BLAZING – DEUTSCHE AUSGABE

KYLIE GILMORE

Übersetzt von
ANNA DRAGO

Übersetzt von
KATRIN DOLLE

Blazing: © 2021 von Kylie Gilmore

Gestaltung des Covers durch: Michele Catalano Creative

Übersetzung: Anna Drago und Katrin Dolle

Veröffentlicht von: Extra Fancy Books

ISBN-13: 978-1-64658-103-0

1

Max

Die Ironie, die Lovers' Lane hinunterzufahren, um Schnee von einem Grundstück zu pflügen, das einer Frau gehört, die ich von dem Moment an wollte, als ich sie das erste Mal sah, entgeht mir nicht. Erstens, weil wir nie Liebhaber sein könnten. Brooke Winters ist verlobt. Zweitens, weil ich diese Bellamy-Gene habe, was bedeutet, dass Verlobung nicht mein Ding ist. Alles geht zurück auf Dad, der uns verließ, als ich acht war, und sagte, er würde in Verantwortlichkeiten ertrinken. Die Leute sagen, dass ich ihm sehr ähnlich bin – entspannt, immer auf der Suche nach einer guten Zeit. Was sie wirklich meinen, ist: unverantwortlich. Deswegen bin ich vermutlich noch Single.

Ich fahre vor dem alten holländischen Farmhaus vor, einem zweistöckigen Haus mit Zedernschindeln und einem großen Anbau an der Seite. Dieses Haus ist älter als die Stadt, erbaut im 18. Jahrhundert. Es hat gute Knochen, aber ich stelle mir vor, dass man ins Innere viel Arbeit stecken muss, um es in ein Bed and Breakfast zu verwandeln. Das planen die Schwestern Brooke und Paige damit zu tun. Ich denke, es wird toll für die Stadt sein, und es gibt viele Menschen in der City, die die frische Luft und die Natur genießen würden, die wir hier haben. New York City ist für uns „die City".

Ich biege an der Einfahrt ab und beginne zu pflügen. Ein Hauch Rot fällt mir auf. Da ist eine Frau in einem beigefarbenen Wollmantel mit einem roten Schal, der um ihren Kopf gewickelt ist, und gräbt fleißig mit einer winzigen Schaufel den Schnee von der Eingangstür. Ist das ein Eiskratzer aus ihrem Auto?

Ich verrenke mir den Hals und entdecke einen schwarzen Mazda, der hinter einem Schneehügel geparkt ist, den der städtische Pflug am Ende der Sackgasse hinterlassen hat. Das ist kein guter Platz, um zu parken. Der Wind bläst Schnee auf das Auto, und wenn der Truck der Stadt vorbeikommt, um Sand auf die Straße zu streuen, sieht der Fahrer ihn möglicherweise nicht.

Ich stelle den Truck auf Park, fahre das Fenster herunter und lehne mich nach draußen. Der Wind peitscht Schnee um mein Gesicht. „Hey!" *Brooke oder Paige? Ich weiß, für wen ich mich entscheide.*

Die Brünette schaufelt weiterhin fleißig mit ihrer lächerlich kleinen Schaufel. Rotkäppchen kommt mir in den Sinn, begierig darauf, hineinzukommen und den großen bösen Wolf zu treffen. Stattdessen hat sie mich, groß, aber nicht böse. Mir wurde gesagt, dass ich charmant bin.

Ich schalte den Truckmotor aus und steige aus, um in meinen wasserdichten Stiefeln durch den Vorgarten zu ihr zu gehen. „Hey!"

Sie wirbelt herum und hält eine … Hundebürste? Ich unterdrücke ein Lachen. Es ist Brooke, die verlobte Frau, an der ich nur ein freundliches Interesse haben darf. Ihr Bruder Wyatt hat mich für diesen Job engagiert. Ich habe Brooke vor zwei Monaten kennengelernt, als sie beim Summerdales Winterfest aufgetaucht ist. Sie war mit ihrem Hund Scout da, einem Golden Retriever ohne erkennbares Talent, mit dem sie beim Supertalent-Wettbewerb für Hunde teilgenommen hat. Scout war ganz hin und weg von mir. Zu schade, dass das nicht zu einem leichten Rankommen an Brooke geführt hat. Ihr funkelnder diamantener Verlobungsring schrie geradezu, ich solle Distanz wahren. Das hat mich aber nicht davon abgehalten, zu schauen.

„Hi", sagt sie, ihre grünen Augen bohren mit einem stählernen Blick in meine. „Wagen Sie es ja nicht zu lachen. Mein Eiskratzer ist an diesem Morgen kaputtgegangen, als ich mein Auto freigekratzt habe. Das ist das einzige Werkzeug, das ich habe." Sie hält inne. „Hat Wyatt Sie geschickt?"

„Und ob." Ich strecke ihr meine behandschuhte Hand entgegen. „Ich bin Max Bellamy." Ich nehme nicht an, dass sie sich an mich vor zwei Monaten erinnert, obwohl ihr hübsches Gesicht in mein Gehirn eingebrannt zu sein scheint.

Sie schüttelt mir die Hand. „Brooke, ich glaube, wir können ruhig du sagen. Wyatt ist mir immer einen Schritt voraus, der große Bruder kümmert sich um uns. Jedenfalls habe ich dieses Haus gekauft."

Ich nicke. „Wir haben uns schon einmal beim Supertalent-Wettbewerb für Hunde beim Winterfest im Januar getroffen."

Sie sieht nachdenklich aus und lächelt dann strahlend, was sie von hübsch zu schön werden lässt. Mein Puls trommelt durch meine Venen. „Ach ja! Das bärtige Wunder. Mit dem Hut auf dem Kopf siehst du ganz anders aus. Ich weiß noch, dass Scout dich nicht in Ruhe lassen wollte. Das war peinlich. Ich habe noch nie gesehen, dass er so auf jemanden reagiert."

Ich grinse. „Bärtiges Wunder?"

Sie sieht unter ihren Wimpern zu mir auf. Mein Herz schlägt eine Stufe schneller. „Du musst ein Wunder sein, zumindest für ihn."

„Du hast ihn wohl zu Hause gelassen."

Sie deutet vage auf die Straße. „Er ist bei Wyatt, wo ich wohne, wenn ich in der Stadt bin."

„Nun, du kannst deine Hundebürste wegstecken, das bärtige Wunder hat eine Schneefräse und eine Schaufel im Truck. Das habe ich in Nullkommanichts weg."

„Danke!" Sie atmet scharf aus, ihr Atem bildet eine Wolke in der kalten Luft. „Heute war von Anfang bis Ende eine Katastrophe. Wir sollen nach Monaten des Wartens auf

Genehmigungen mit den Renovierungen beginnen, ich habe mir zwei Wochen von der Arbeit freigenommen, um sicherzustellen, dass die Dinge reibungslos laufen, und jetzt schafft die Baumannschaft es von New Jersey nicht hierher."

„Warum habt ihr nicht welche von hier engagiert?"

Sie wirft eine Hand in die Luft, und die Hundebürste fliegt direkt auf mich zu. „Oh."

Ich fange sie, bevor sie auf meine Brust trifft.

„Tut mir leid!", ruft sie aus. „Zuerst kann mein Hund nicht aufhören, auf dich zu klettern, und jetzt werfe ich eine Bürste nach dir."

Ich reiche sie ihr zurück, unsere Blicke treffen sich aus nächster Nähe, und ein Flimmern urtümlichen Erkennens blitzt zwischen uns auf. Ihre Lippen teilen sich. Anziehung. *Gegenseitige* Anziehung.

Ich weiche einen Schritt zurück. Auf keinen Fall mache ich mich an eine verlobte Frau ran. Das Drama brauche ich nicht, vor allem, wenn die meisten meiner Kunden in dieser kleinen Gemeinschaft leben, wo ein Gerücht schnell die Runde macht.

Sie blinzelt ein paarmal. „Als Antwort auf deine Frage: ich habe keine Crew von hier engagiert, weil ich Gages Firma durch mein Architekturbüro in New Jersey kannte. Ich vertraue ihm. Die Straßen sind nicht frei, deswegen schafft er es heute nicht, aber er wird morgen hier sein."

Ich schaue auf den schmalen Pfad, den sie etwa zehn Zentimeter tief in den Schnee gegraben hat. „Also schaufelst du die Haustür für die Ankunft der Besatzung morgen frei?"

Sie hält eine Handfläche hoch. „Ich weiß, dass ich hier draußen wie eine dumme Nuss aussehe, die mit einer Hundebürste gräbt, aber ich konnte es einfach nicht abwarten, hineinzukommen und das Haus wiederzusehen. Und ich wollte noch ein paar weitere Bilder machen, bevor sie mit der Demontage beginnen. Natürlich habe ich bereits Bilder, um das Renovierungsbudget zu ermitteln, aber ich wollte unbedingt mehr bekommen, bevor es entkernt wird. Ich hoffe, dass das Inn in einem Architekturmagazin vorgestellt wird, was viel Aufsehen erregen würde." Sie klingt wirklich aufgeregt über das Projekt. Zweifellos ist das ein riesiges Unterfangen.

„Cool."

Sie deutet auf die Straße. „Ich denke, ich werde in meinem Auto warten, bis du hier fertig bist."

„Fahr es in Einfahrt, wenn ich weg bin. Das ist keine gute Stelle, an der du geparkt hast. Dort könnte es vom städtischen Streuwagen getroffen werden."

„Mache ich!"

Sie tritt auf mich zu. Ich weiche nach rechts aus, um ihr aus dem Weg zu gehen, gerade als sie das Gleiche macht. Wir führen einen kleinen Tanz auf, versuchen uns umeinander zu bewegen und schaffen es irgendwie, dem anderen immer wieder im Weg zu stehen. Es wäre lustig, außer dass ich sie ein wenig zu gerne in meiner Nähe habe.

Sie bleibt stehen und hält eine Hand neben meine Brust. Ihr Gesicht, eingerahmt vom roten Schal, ist auffallend – helle Haut mit rosa Wangen von der Kälte, ihre grünen Augen im Kontrast dazu. „Wenn du einfach so zurückgehen könntest. Ich denke, es ist einfacher für mich, den Weg zu gehen, den du bereits genommen hast, und die Auffahrt ist halb frei, also …"

„Richtig." Innerlich schüttele ich den Kopf über meine eigene Ablenkung. Ich drehe mich um und gehe geradewegs auf meinen Truck zu.

Ich warte, bis sie auf die Straße tritt, bevor ich mich wieder an die Arbeit mache. Während ich am Ende der langen Auffahrt pflüge, bekomme ich einen guten Blick auf die Rückseite des Grundstücks. Es ist riesig. Hektarweise ehemaliges Ackerland, das an Waldflächen stößt. Der Vorgarten ist auch groß, das Haus liegt von der Straße zurückgesetzt. Das könnte ein wichtiger Kunde für Bellamy Landscapes werden. Ich hoffe, sie hat nicht schon eine Land-schaftsdesign-Firma aus New Jersey angeheuert, weil ich gerne meinen Hut in den Ring werfen möchte.

Ich brauche das Geschäft, um meinem älteren Bruder, Liam, zu helfen, seine Farm in Vermont zu retten. Er hat gestern angerufen und mich gedrängt, das Haus zu verkaufen, das seit Generationen in der Familie unserer Mutter ist. Mein Bruder, meine Schwester und ich haben es von Mom geerbt, als sie vor zwei Jahren starb, obwohl ich der Einzige bin, der dort lebt. Es ist ein originales See-Cottage aus den 1960ern, als Summerdale von Hippies als eine Art utopischer Gemeinschaft gegründet wurde. Mein Großvater half beim Bau. Das Haus muss renoviert werden, aber es ist auf erstklassigem Grund am Ufer des Lake Summerdale und würde wahrscheinlich für einen anständigen Betrag verkauft werden.

Die Sache ist, ich will nicht verkaufen. Das Haus ist nicht nur unser Familienerbe, sondern für mich ein idealer Ort für mein Geschäft, und meine besten Familienerinnerungen hängen mit ihm zusammen. Wenn ich Liams Anteil mit einem dringend benötigten Geschäft kaufen könnte, würde das alles in Ordnung bringen. Ich kann kein Darlehen für das Haus aufnehmen, weil Liam Bargeld will und nicht an noch mehr Schulden gebunden sein möchte. Er kann keinen weiteren Kredit für seine Farm bekommen, also werde ich nachher noch versuchen, einen persönlichen Kredit als Backup-Plan zu meinem *Schnell-für-neues-Geschäft-sorgen*-Plan zu bekommen.

Er hat mir einen Monat gegeben, um entweder das Geld für seinen Anteil zusammenzubringen oder das Haus zu verkaufen. Er spielt nicht hart. So lange hat er noch, bis er in ernsthaften finanziellen Schwierigkeiten steckt. Und, kein Druck, aber er hat gerade erfahren, dass seine Freundin, mit der er zusammenlebt, schwanger ist. Er hat nicht vor, sie zu heiraten, aber er will auch nicht obdachlos sein. Verantwortungslose Bellamy-Gene, die da durchscheinen.

Sobald die Auffahrt frei ist, hole ich die Schneefräse hinten aus meinem Pickup-Truck, um den vorderen Fußweg zu räumen. Hoffnung erfüllt mich, wenn ich mir nur die Größe dieses Grundstücks ansehe. Vielleicht werde ich doch nicht in Schulden ertrinken oder gezwungen sein, das Haus zu verkaufen. Ich werde Brooke nach der Landschaftsgestaltung fragen, sobald ich fertig bin.

Brooke

Ich sitze in meinem Auto, wärme meine gefrorenen Finger auf und schaue zurück zu Max, der kurzen Prozess daraus macht, den vorderen Weg zu räumen. Es ist fast so, als ob eine Schneefräse im Schnee besser funktioniert als eine Hundebürste. Ha! Ich schüttle den Kopf, immer noch ein wenig verlegen darüber. Bevor Max gekommen ist, habe ich sogar versucht, mit meinen behandschuhten Händen Schnee von der Tür wegzugraben, aber meine Finger wurden zu kalt. Nicht mein schönster Moment. Ich war nur so aufgeregt über mein erstes Projekt als leitende Architektin, und die Einsätze waren noch nie höher. Paige und ich haben nicht nur unsere gesamten Ersparnisse in das Inn fließen lassen, Big Sis konnte sogar noch mehr Geld beisteuern und hat ihre Arbeitsstunden reduziert, um mehr Zeit zu investieren. Wir sind gleichberechtigte Partner. trotz dieser Diskrepanz, was nur noch mehr Druck ausübt. Ich muss beweisen, dass sie eine gute Wahl getroffen hat, mit mir ins Geschäft zu kommen.

Habe ich erwähnt, dass meine große Schwester knallhart ist?

Ich liebe sie, natürlich, sonst hätte ich mich nie auf ein Geschäft mit ihr eingelassen. Ich habe die Tage gezählt, um loszulegen, und ich konnte nicht zulassen, dass ein verdammter Schneesturm mich davon abhält, etwas zu tun, *irgendetwas*, um voranzukommen. Das Inn an der Lovers' Lane muss ein Erfolg werden. Ich werde alles in meiner Macht Stehende tun, um diese Renovierung rechtzeitig und im Rahmen des Budgets durchzuführen.

Ein paar Minuten später sehe ich, dass Max sich meinem Wagen nähert. Ich halte die Luft an, als er in Sicht kommt. Er ist mehr als ein bärtiges Wunder. Er ist *wunderschön*. Groß, breite

Schultern, blaue Augen, die mit viel Humor funkeln. Er trägt eine blaukarierte Flanelljacke, schwarze Jeans und schwarze Stiefel, und ich wette, dass er viele ansehnliche Muskeln hat, die sich von seiner harten körperlichen Arbeit im Landschaftskram dort verstecken. An seinem Truck steht Bellamy Landscapes an der Seite. Schade, dass ich die Finger von Männern lasse.

Ich bin abgestumpft, ich gebe es zu. Ich scheine immer den falschen Mann anzuziehen. Normalerweise, gerade wenn ich denke, dass die Dinge mit einem Typen gut laufen, betrügen sie mich oder sie melden sich nicht mehr, machen sich nicht die Mühe, zu einem Date zu erscheinen und ignorieren meine Anrufe und Texte. Und dann gibt es natürlich die Jungs, die ernst tun, aber nur Sex wollen, was ich erst hinterher herausfinde, wenn sie aus der Tür sprinten, um nie wieder gesehen zu werden. Selbst die Einführung einer Vier-Dates-vor-dem-Sex-Regel konnte nicht die Flut von *Sex-und-weg*-Typen eindämmen. Ziehe ich die Schlimmsten an, oder sind es nur Jungs in meinem Alter, die vor festen Beziehungen Angst haben? Ist es denn so viel verlangt, einen netten Mann zu finden, mit dem man sich niederlassen kann? Ich bin siebenundzwanzig, und ich bin bereit für etwas Dauerhaftes.

Wie auch immer, ich konnte keine Lösung für das Typ-Problem finden, also bin ich einfach aus dem Dating-Spiel ausgestiegen. Deshalb trage ich Paiges alten Verlobungsring, um Männer abzuwehren.

Ich lasse das Fenster herunter, als Max näherkommt. „Hi, alles fertig?"

„Ja, du kannst jetzt rein. Was dagegen, wenn ich mich mit dir umsehe?"

„Ähm." Ich bin verwirrt und kann mir keinen einzigen Grund vorstellen, warum er sich mir *nicht* anschließen sollte, außer dass ich einem Kerl aus dem Weg gehen möchte, den ich attraktiv finde. Ich kann mir in dieser kritischen Zeit für das Inn keine Ablenkung leisten und bin definitiv nicht bereit, eine weitere Enttäuschung zu riskieren. Wie kann ich sagen: du bist zu attraktiv, um in meiner Nähe zu sein, ohne zu klingen, als wollte ich ihn anmachen?

Er fährt fort, seine Stimme glatt wie Seide. „Ich wohne schon mein ganzes Leben hier und war noch nie drinnen. Ich bin neugierig."

Ich ziehe meine Handschuhe aus und achte darauf, meine Hand zu bewegen, damit der diamantene Verlobungsring funkelt. Das ist mein Anti-Mann-Schild. Gott sei Dank hat Paiges Verlobter vor ihrer Hochzeit die Biege gemacht. *Tut mir leid, Paige!* „Klar, warum nicht."

„Großartig!" Er öffnet die Tür und bietet mir seine Hand an, um mir zu helfen.

Ich ignoriere seine hilfreiche Hand und steige allein aus. Er schließt die Tür für mich. *Nette Manieren.*

Nein, spielt keine Rolle. Du hast den Männern aus einem bestimmten Grund abgeschworen.

Sind dreieinhalb Monate nicht lang genug? Wir hier unten haben Bedürfnisse.

Geht nicht. Erinnert ihr euch an Rick? Betrügt und tut so, als ob ich verrückt wäre, weil ich ihn angerufen habe. Ich hab sie zusammen gesehen.

Wir haben Bee-ee-dürfnisse!

„Was hast du für Pläne für das Haus?", fragt Max und unterbricht mein Gespräch mit meinen unteren Regionen.

„So viele Pläne", sage ich und versuche, meinen Geist wieder an seinen gewohnten geordneten Platz zu bringen. „Wenn die Renovierung abgeschlossen ist, haben wir fünf Gästezimmer und eine Wohnung für den Gastwirt. Das wird meine Schwester Paige sein. Ich werde in Teilzeit hier arbeiten."

„Du musst deiner Schwester nahestehen."

„Mmm, ja. Ich meine, wir haben uns als Kinder schon ordentlich gestritten. Eine besonders schlimme Zeit, als wir Teenager waren, aber jetzt, da wir Erwachsene sind, stehen wir einander wirklich nahe."

„Schlimm im Sinne von sich gegenseitig an den Haaren ziehen, oder war es eher Funkstille?" Er schenkt mir ein schiefes Lächeln, das mich erwärmt. „Was, wie ich höre, genauso tödlich sein kann."

Ich lache. „Haare ziehen, brüllen und Dinge werfen. Wir sind nur zwei Jahre auseinander und beide dickköpfig. Meine jüngere Schwester, Kayla, ist die Süße. Hast du eine Schwester? Du scheinst über das normale Verhalten von Schwestern Bescheid zu wissen."

„Hab ich. Jünger als ich. Sie hatte mich und meinen älteren Bruder, also habe ich nie eine Schwestern-Kampf-Aktion gesehen."

Wir gehen den schön geräumten und gestreuten Weg hinauf zu meinem neuen Inn. Die Zedernverkleidung ist in gutem Zustand, und das Dach wurde vor fünf Jahren ausgetauscht. Ich richte mich gerader auf, voller Stolz. Das Inn wird mein erster glorreicher Erfolg als leitende Architektin sein.

Ich ziehe den Schlüssel aus meiner Handtasche und öffne die Haustür. Wir betreten das Wohnzimmer, und ich bin froh, dass es hier noch warm ist. Wir haben die Heizung ein wenig angelassen, damit die Rohre nicht einfrieren und platzen.

Max tritt hinter mir ein. „Hallo, Siebziger."

Ich lache. „Die Holzverkleidung stammt sogar aus den Fünfzigern. Die frühere Besitzerin war eine ältere Frau, die in ein betreutes Wohnen verlegt werden musste. Sie ist dement. Das Haus gehört seit seiner Errichtung ihrer Familie. Kannst du das glauben? Hunderte von Jahren hat hier die gleiche Familie gelebt."

Max streicht mit der Hand an der Holzverkleidung entlang. „Familienerbe. Schade, dass sie verkaufen mussten."

„Sie hatte nie Kinder, und es gab keine nahen Angehörigen, die es wollten."

Ich schaue mich um und katalogisiere mental, was wir im Wohnzimmer tun werden. Die ursprünglichen Parkettböden sind zum größten Teil in gutem Zustand, brauchen nur ein paar Ersatzdielen. Wir werden die älteren Fenster, die nicht original, aber antik sind, restaurieren. Die ursprüngliche Pfosten- und Balkendecke sieht toll aus, muss nur aufgefrischt werden. Nachdem wir die Holzvertäfelung an den Wänden abnehmen, hoffe ich, dass der Putz darunter in gutem Zustand ist.

Die wichtigsten Erneuerungen werden die Küche, die Schlaf- und Badezimmer betreffen. Wir müssen auch Badezimmer hinzufügen. Dann gibt es noch Upgrades für Elektro und Sanitär, und wir müssen eine Klimaanlage installieren. Glücklicherweise waren das Brunnen- und Klärsystem bereits ausreichend groß, um den Bedürfnissen des Inns zu genügen. Ich verkneife mir ein Lächeln und schaukele auf den Fersen vor und zurück. Das Haus hat schon viel zu bieten, den Rest werde ich in die Wege leiten.

„Du siehst aus, als hättest du eine Vision für das Haus", sagt Max.

„Und ob. Sieh dich ruhig um, während ich Fotos mache."

Er hebt beide Hände. „Irgendetwas, worauf ich achten sollte? Lose Dielen? Waschbären?"

Ich lächle. „Alles ist in funktionstüchtigem Zustand. Wir haben das ganze Haus von oben bis unten schrubben lassen, nachdem die Möbel der vorherigen Besitzerin rausgeräumt waren. Bin mir ziemlich sicher, dass die Waschbären in eine bessere Nachbarschaft gezogen sind."

Er neigt den Kopf. „Besser als Lovers' Lane? Ich weiß nicht. Ich habe gehört, dass hier ziemlich viele Waschbären in den Flitterwochen sind."

„Der beste Müll in der Stadt, wie?"

Er setzt ein Lächeln auf, das seine blauen Augen erreicht, kleine Fältchen bilden sich in den Winkeln. „Gourmet-Essen."

Wärme überflutet mich bei diesem Lächeln, mein Puls trommelt. Nein. Auf keinen Fall. Ich wühle in meiner Handtasche nach meiner Digitalkamera und fange an, Fotos zu machen.

Max wandert nach links. „Whoa. Diese Treppe ist aber schmal." Er kommt zurück ins Wohnzimmer. „Waren die Menschen kurz und dünn in den alten Tagen, um auf diese Treppen zu passen?"

„Nur, wenn sie unterernährt waren. Sie haben die Treppe so schmal angelegt, weil sie von den Wänden auf beiden

Seiten getragen wird. Raum war in diesen alten Strukturen kostbar. Moderne Treppen nehmen viel mehr Platz ein."

„Hm. Du kennst dich ja aus."

„Das hoffe ich doch. Ansonsten wären die fünf Jahre, um einen Architekturabschluss zu bekommen, drei Jahre Ausbildung und eine sechsteilige Prüfung, einfach nur gewesen, damit Mom den Nachbarn was zu erzählen hatte."

Er lacht. „Du bist lustig."

Ich hebe eine Schulter. „Wahrscheinlich nicht mehr, wenn die Dinge erst einmal hier losgehen. Es lastet eine Menge Druck auf mir, das richtig zu machen, pünktlich und im Rahmen des Budgets. Wir haben unsere gesamten Ersparnisse hier reingesteckt."

Er stößt mit wenig Mitleid einen Pfiff aus, bevor er zurück zur Treppe geht.

Ich gehe in die Küche und mache weitere Bilder, nur um sicher zu sein, dass ich eine große Menge Vorher-Bilder für einen möglichen Feature-Artikel habe. Es gibt einige renommierte Architekturmagazine, die sich interessieren könnten, sowie regionale Zeitschriften für Besucher der Gegend. Vielleicht wird das Inn sogar die Titelgeschichte sein! Ich habe es so vermisst, hier zu sein. Ich war seit einem Monat nicht mehr auf unserem Grundstück, weil ich so viel Arbeit hatte, in Moms Haus gezogen bin, um Geld für die Miete zu sparen, und dieses Haus geplant habe.

Die Küche sieht aus wie bei einer Sitcom aus den 1950ern, mit einem alten, glänzenden weißen Kühlschrank, staubigen Schränken und Linoleum-Boden. Ich entferne die alten Geräte nur ungern, aber damit es ein richtiges Bed and Breakfast wird, müssen wir zu einer Gourmet-Küche upgraden und sie nach hinten ausdehnen. Unser Plan ist es, einen Koch als Berater zu engagieren, der die Menüs für das Frühstück zusammenstellt und mir und Paige beibringt, wie man die Gerichte zubereitet. Wir können es uns nicht leisten, dauerhaft einen Koch auf die Gehaltsliste zu setzen. Eines Tages.

Kurze Zeit später kommt Max wieder zu mir nach unten,

wo ich mir gerade eine Sitzanordnung um den Originalkamin im Wohnbereich vorstelle.

„Vielen Dank für die Tour", sagt er.

Ich drehe mich um. „Selbstgeführte Tour. Überhaupt kein Problem. Hast du den Anbau gesehen? Da werden die größte Suite und die Wohnung des Gastwirts eingerichtet. Es gibt eine Tür durch den Essbereich."

Er schüttelt den Kopf. „Ist schon okay. Das ursprüngliche Haus reicht aus. Habt ihr schon Pläne für das Gelände? Vielleicht ein Gemüsegarten für die Küche, ein Koi-Teich mit einem Wasserfall für die Gäste zum Entspannen, mehrjährige Pflanzungen?"

Ich starre ihn an „Das klingt, als hättest du dir Gedanken gemacht. Wir haben einen privaten Hundespielplatz für Gäste geplant, da wir ein hundefreundliches B&B sein wollen."

Seine Augenbrauen heben sich. „Ach ja? Cool. Ich bin mir sicher, dass das beliebt sein wird. Habt ihr ein Landschaftsdesign-Unternehmen engagiert?"

„Nein, noch nicht. Das ist Paiges Abteilung. Sie schaut sich gerade ein paar an."

Seine Stimmung hellt sich auf. „Ich bin euer Mann." Er zieht seine Brieftasche aus der Gesäßtasche seiner Jeans, fischt eine Visitenkarte heraus und gibt sie mir. „Ihr habt viel Grund mit reichlich Potenzial. Ich kann es zu einem Traum für eure Gäste machen. Außerdem komme ich von hier und bin Eigentümer, ihr könnt mich also jederzeit anrufen, wenn es ein Problem gibt. Könnte ich einen Entwurf erstellen und ihn dir und Paige präsentieren?"

Ich schaue über seine Karte, während ich versuche, einen Grund zu finden, um abzulehnen. Er hat eine Website, was Paige bevorzugt, damit sie seine früheren Arbeiten sehen kann. Ah, verdammt. Ich möchte nicht voreingenommen gegen ihn sein, nur weil er so toll aussieht. Auch schöne Menschen brauchen Kunden.

„Und ich habe Erfahrung mit großen Objekten", fügt er hinzu. „Ich arbeite gerade auf dem Bell Estate. Aber ich hätte

trotzdem noch Platz im Zeitplan für euch. Ich habe eine vierköpfige Crew plus mich. Das Anwesen Bell liegt in der Stadt,
wo der königliche Ball für das Winterfest stattgefunden hat.
Ich hab dich dort gesehen."

„Das hast du?"

Seine Lippen verziehen sich. „Du bist schwer zu
übersehen."

Ich werde rot, mein Herz schlägt um sich. Ich habe ihn
dort nicht bemerkt. Ich war zu sehr damit beschäftigt, mir auf
die Nägel zu beißen, weil ich mich fragte, ob unser Angebot
für das Inn angenommen werden würde. Ich bin nur zum
Ball gegangen, weil meine jüngere Schwester Kayla darauf
bestand, da ich in der Stadt war. Sie lebt hier mit ihrem
Verlobten Adam. Ich denke, sie hat gehofft, dass ich einen
Typen von hier treffe und wir zusammenkommen. Nein. Sie
ist eine Romantikerin, weil sie sich wahnsinnig verliebt hat.
Sie versteht nicht, warum ich immer noch meinen Anti-
Mann-Schild trage. Es ist ein hübscher Schild – ein goldenes
Band mit einem runden funkelnden Diamanten.

Ich schaue hinauf in Max' eifrigen Ausdruck und werde
schwach. „Sicher, wir würden uns freuen, deinen Vorschlag
zu sehen."

„Großartig! Vielen Dank. Wie wäre es mit einem Treffen
am Donnerstag? Jederzeit nach vier funktioniert für mich."

„Donnerstag wäre perfekt. Paige fährt am Freitag für ihren
Job in die City." New York City ist für uns „die City". Paige
ist Immobilienmaklerin und arbeitet derzeit nur an den
Wochenenden, damit sie mehr Zeit hier verbringen kann.

Ich halte seine Karte hoch. „Ich rufe dich an, nachdem ich
mit ihr eine Uhrzeit besprochen habe."

„Großartig!" Er hält mir seine Hand hin. Ich lege meine
Hand in seine, und ein kribbelndes Gefühl zischt bei der
Berührung meinen Arm hoch. Eine ganz andere Erfahrung als
mit meinen Handschuhen. Seine Hand ist warm und stark,
während sie meine kleinere Hand in einem festen Schütteln
umhüllt.

Er nimmt seine Hand herunter und macht rasch einen

Schritt zurück. „Dann sollte ich jetzt mal besser daran arbeiten." Er dreht sich um und marschiert zur Haustür. Dann bleibt er stehen und dreht sich zurück. „Danke, Brooke. Ich bin dankbar für die Gelegenheit."

„Natürlich."

Er setzt ein Lächeln auf, dreht sich um und geht zur Tür hinaus.

Mein Puls rast bei diesem Lächeln. Ich habe nicht gesagt, dass ich ihn definitiv engagieren würde. Er hat sich nur so über die Gelegenheit gefreut. Das lässt mich glauben, dass er den Auftrag wirklich braucht. Eigentlich könnte das eine gute Sache sein. Er wird sich bemühen, die Arbeit richtig zu machen.

Und wenn wir professionell zusammenarbeiten, nimmt das sein gutes Aussehen direkt aus der Gleichung. Ich würde mich nie mit jemandem auf meiner Gehaltsliste einlassen. Ein Koi-Teich mit Wasserfall klingt schön. Und ein Gemüsegarten könnte unser Frühstücksangebot erweitern. Frische Kräuter, Frühlingszwiebeln, Zwiebeln, Kartoffeln. Mein Kopf rast bereits mit Ideen. Paige und ich haben nur über das Aufräumen des Grundstücks gesprochen, über neue Pflanzen und einen Hundespielbereich.

Jetzt muss ich Paige nur noch überzeugen, dass diese coolen Ergänzungen der Immobilie für uns eine gute Investition sein werden. Ich lege eine Hand seitlich an meinen Hals. Und überrede meinen Puls, nicht jedes Mal, wenn Max lächelt, loszurennen.

2

Max

Ich klopfe auf der Fahrt zu Wyatts Haus aufs Lenkrad, Adrenalin rast durch mich. Viel hängt davon ab, wie mein Angebot heute Abend ankommt. Vor drei Tagen hat mir Brooke eine Übersichtskarte des Grundstücks per Mail geschickt, und seitdem arbeite ich kräftig daran, einen umfassenden Landschaftsplan zu erstellen. Ich brauche diesen Auftrag. Mein Privatkredit wurde von der Bank abgelehnt. Ich habe zu wenige Ersparnisse und zu viele Schulden für mein Unternehmen gemacht wegen der Gartenbauausrüstung und der Trucks, um kreditwürdig zu sein. Kein Scherz. Ich lasse mein ganzes Geld zurück in mein Geschäft fließen. Meine Kunden sind hauptsächlich lokale Privatkunden, aber mit dem Bell Estate und möglicherweise dem Inn könnte Bellamy Landscapes auf die nächste Ebene wachsen.

Die Situation meines Bruders geht mir nie ganz aus dem Kopf. Ums Überleben kämpfende Farm und eine schwangere Freundin. Er baut Heu an, und als er aufgehört hat, Chemikalien dafür zu verwenden, sind achtzig Prozent des Heus vernichtet worden. Er hat mit anderen Bauern gesprochen und ein junges Paar gefunden, das auch auf Chemie verzichtet, und hat die Heufelder jetzt wiederhergestellt, indem er Hühner, Truthähne und Schafe darauf hält. Etwas daran, dass die Tiere dort grasen und düngen, hilft den Heufeldern wohl. Er braucht das Geld, um Tiere zu kaufen und sich über Wasser zu halten, bis die Heufelder wieder aufgefüllt sind. Die neue tierische Methode ist nicht nur ökologischer als Chemikalien, sondern er kann dann auch Fleisch, Eier und Wolle verkaufen. Wenn ich ihm helfen könnte, ohne das Haus zu verkaufen, wird es ihm auf lange Sicht gut gehen.

Ich atme scharf aus und bedaure es sehr, dem Bell Estate einen 30-prozentigen Rabatt auf die Modernisierung der Landschaftsgestaltung auf ihrem Grundstück gegeben zu haben. Ich habe das nur meiner Freundin Sloane zuliebe getan. Das Bell-Anwesen wird für Veranstaltungen vermietet, und Sloane hat es für den königlichen Ball des Winterfestes gebucht. Ich habe einen reduzierten Preis für ihr Catering im Austausch für den Rabatt auf die Landschaftsgestaltung ausgehandelt. Sloane und ihr Dad sind für mich wie Familie. Nicht, dass ich ihnen das jemals gesagt hätte.

Sloanes Dad, Rob Murray, ist das echte Salz der Erde. Er war über die Jahre ein zweiter Dad für mich. Er hat mir meinen ersten Job in der Highschool gegeben, hat mich in seiner Autowerkstatt arbeiten lassen und mir alles beigebracht, was ich über Autos weiß. Die Wahrheit ist, dass ich so gut wie nichts wusste, als ich anfing. Ich habe ihn überzeugt, mich einzustellen, und gesagt, dass ich schnell lerne und bereit bin, hart zu arbeiten. Rückblickend hat er wahrscheinlich einen rauflustigen Jungen im Teenageralter gesehen, der Geld brauchte. Mit Moms Sekretärinnengehalt war es immer knapp. Dad hat keinen Kindesunterhalt gezahlt. Tatsächlich haben wir ihn nie wieder gesehen. Unverantwortlich, wie gesagt.

Rob hat mir nicht nur einen Job gegeben, als ich ihn am meisten brauchte, er lässt mich auch im Winter weiter schichtweise in seinem Laden arbeiten, wenn mein Landschaftsbauunternehmen schleppend geht. Wenn ich mir einen Dad aussuchen könnte, würde ich ihn wählen.

Ich biege auf die lange ansteigende Auffahrt, die zu Wyatts Haus führt. In der Stadt geht das Gerücht, er sei ein

Milliardär im Ruhestand, von irgendeinem Tech-Start-up. Er ist Anfang dreißig. Muss nett sein. Ich komme an einem grauen Leuchtturm rechts von mir auf dem komplett von Land umgebenen Grundstück vorbei. Es ist eigentlich ein Wasserturm, der wie ein Leuchtturm gestaltet ist, wie Wyatt jedem erzählt, der fragt. Er mochte die Ironie und sagt, das sei der Hauptgrund gewesen, warum er das Haus überhaupt gekauft habe.

Ich parke den Truck und schnappe mir einen Ordner mit Fotos und den Pappdrehpack, der meine Landschaftszeichnungen enthält. Ich bin Autodidakt, aber ich denke, ich habe ein gutes Auge dafür. Zumindest scheinen meine lokalen Kunden immer zufrieden zu sein. Dies hier ist jedoch das nächste Level. Ich habe noch nie ein so großes Projekt gemacht. Das Bell Estate war bereits gestaltet gewesen. Ich habe es nur aufgefrischt. Doch ich konnte sie überzeugen, einen bröckelnden Betonweg durch Steinfliesen zu ersetzen.

Ich atme tief ein und steige aus dem Truck. Das Glück ist mit den Kühnen, richtig? Oder waren es die Mutigen? Ach was. Spielt keine Rolle. Ich bin beides.

Wyatts Haus ist ein großes zweistöckiges Gebäude mit grauen Schindeln. Ich war schon mal hier. Wieder Sloane. Sie hat mich zu einem Fotoshooting für den Charity-Kalender ihres Freundes hierher eingeladen, um Geld für unser lokales Tierheim zu sammeln. Ein Mann ohne Oberteil mit einem Hund pro Monat. Nicht gerade meine Szene, aber ich habe offensichtlich ein Faible für Sloane. Sie ist wie eine kleine Schwester für mich. Dasselbe gilt für meine eigene kleine Schwester Skylar, die mich anbetet. Es ist nicht nur mein Ego, das hier spricht. Sie sagt mir das ohne eine Spur Ironie. Skylar sagt immer alles ohne Filter, aber auf eine gute Art und Weise. Sie ist wie ein Sonnenstrahl.

An Skylars bedingungslose Anbetung zu denken beruhigt mich, fast so, als würde sie mich anfeuern. *Natürlich schaffst du das, Max! Du bist der Beste.* Wenn ich diesen Job bekomme, werde ich versuchen, sie beim Inn an Bord zu holen. Vielleicht können Brooke und Paige auch eine Innenarchitektin gebrauchen.

Ich erreiche die blaue Haustür und klingele.

Die Hunde fangen an, wütend zu bellen. Es sind nur ein kleiner weißer Shih Tzu und ein süßer Pitbull-Mix. Das ist ihr *Jemand-ist-an-der-Tür*-Verhalten. Das haben sie bei jedem neuen Mann getan, der für unser Fotoshooting für den Charity-Kalender aufgetaucht ist.

Die Tür öffnet sich zu Wyatt, einem Mann meiner Größe, mit zerzaustem braunem Haar, braunen Augen und einem getrimmten Bart. Er hat den Shih Tzu unter einem Arm und den Pitbull am Halsband. Scout, Brookes Golden Retriever, stürzt sich auf mich und springt an meinem Bein hoch. Ich schüttle ihn ab.

„Schluss", sagt Wyatt zu den Hunden, die sofort still werden. Er dreht sich zu mir um. „Hey, Max, komm herein. Paige und Brooke warten am Küchentisch auf dich."

Ich trete ein. „Danke!"

Er setzt den Shih Tzu ab und bedeutet mir, ihm zu folgen. Die Hunde laufen im Kreis um mich, um mich zu beschnüffeln. Scout stößt immer wieder mit seiner Schnauze gegen meine Hand, weil er gestreichelt werden will. Mit meinen Zeichnungen unterm Arm kann ich ihm nur kurz den Kopf tätscheln.

„In letzter Zeit noch mehr Oben-ohne-Fotoshootings gemacht?", fragt Wyatt.

„Ha! Nein." Ich folge ihm den vorderen Flur entlang und versuche, nicht auf den Shih Tzu zu treten. Die anderen Hunde sind jetzt hinter mir und versuchen, an meinem Hintern zu schnüffeln. Ich eile weiter. „Das war eine einmalige Aktion."

„Ja, für mich auch, aber es war für einen guten Zweck."

„Scout, komm!", ruft eine Frau. Wahrscheinlich Brooke.

Scout rast an uns vorbei, und die anderen Hunde rennen ihm nach. Schätze, Scout ist der Alpha dieses Spiels.

„Ich hab gehört, sie planen, das Fundament für das neue

Tierheim zu legen", sage ich, da wir schon über den Charity-Kalender dafür sprechen.

Er grinst über seine Schulter. „Das habe ich auch gehört."

Sloane sagt, sie vermutet, dass Wyatt anonym den Betrag gespendet hat, der nach unseren Spendenaktionen noch benötigt wurde, um das Tierheim zu ermöglichen. Er hat es niemandem gegenüber zugegeben, aber er ist der Einzige in der Stadt, der so viel Geld hätte ausgeben können. Sein Grinsen sagt mir gerade, dass es definitiv er war.

Ich betrete eine moderne Küche in Weiß und Grau. Mein Blick schweift zu Brooke, die an einem großen, hellen Holztisch in einem Essbereich gegenüber der Küche sitzt. Ihre Schwester sehe ich in der Peripherie meines Gesichtsfeldes, aber ich kann mich nicht von Brooke losreißen. Ich habe mehr an sie gedacht, als ich sollte.

Sie steht auf, und mein Mund wird trocken. Ihr rosa-weißer gerippter Pullover schmiegt sich an ihre Kurven, und ihre dunkle Jeans liegt eng an diesem sexy Körper. Ich sage mir, dass ich mich auf ihren Verlobungsring konzentrieren soll, aber mein Blick geht zurück zu ihrem Körper und ihren grünen Augen. Atemberaubend schön von Kopf bis Fuß.

Ich sauge die Luft ein, plötzlich aus dem Gleichgewicht. Scout stößt in meine Kniekehle. Er umrundet mich und wedelt mit dem Schwanz. Dann springt er an meinem Bein hoch und senkt den Kopf, um Streicheleinheiten zu bekommen.

„Scout!", ruft Brooke. „Tut mir leid, Max." Sie eilt herüber, packt ihn am Halsband und befiehlt ihm, Sitz zu machen. Er tut es. Sie sieht mir in die Augen. „Du musst gut riechen für ihn. Normalerweise verhält er sich nicht so."

„Das bärtige Wunder riecht nach frischem Fleisch", scherze ich.

Sie lacht. „Richtig. So etwas in der Art." Wie auch immer, vielen Dank fürs Kommen."

Wyatt ruft die Hunde, schüttelt eine geschlossene Hand, wahrscheinlich hält er Leckerchen darin, weil die Hunde schnurstracks auf ihn zulaufen und ihm aus der Küche folgen.

„Kann ich dir was zu trinken anbieten?", fragt sie mit einem süßen Lächeln.

Ich zucke zurück in die Realität. Zeit, meinen größten Kunden zu gewinnen, den ich dringend brauche, damit ich nicht am Ende das Haus der Familie verliere oder meinen Bruder mit seiner kämpfenden Farm und seiner schwangeren Freundin im Stich lasse. Kein Druck. „Nein, danke. Ich bin bereit, loszulegen und euch meinen Vorschlag zu zeigen."

Brooke schenkt mir dieses Mal ein fades professionelles Lächeln, als wäre auch ihr gerade eingefallen, warum ich hier bin. „Klar."

Sie geht zum Küchentisch, und ich folge. „Paige, das ist Max Bellamy von Bellamy Landscapes. Max, meine Schwester Paige."

Ich wende meine Aufmerksamkeit ihrer Schwester zu. Paiges braunes Haar hat Highlights und ist kürzer als das ihrer Schwester, mit einigen Locken. Sie ist komplett zurecht- gemacht und trägt ein ärmelloses weißes T-Shirt mit V- Ausschnitt und Kirschmuster. Brooke hat ein viel natürli- cheres Aussehen. Ich schätze Paige sofort als kompliziert ein, die Art von Frau, die regelmäßig in den Salon geht und sich endlos mit ihrem Make-up und Cremes beschäftigt. Was soll ich sagen? Ich kenne Frauen.

Ich gehe zu Paige und biete ihr meine Hand an. „Schön, dich kennenzulernen."

Ihre braunen Augen sind scharf und einschätzend, scannen meinen Ausdruck und werfen einen kurzen Blick auf mein Hemd. „Ganz meinerseits."

Ich bin plötzlich froh, dass ich mir die Zeit genommen habe, meinen Bart zu trimmen und ein Hemd mit Kragen, zu Hose und Lederschuhen anzuziehen. Ich hoffe, ich habe die Inspektion bestanden.

Brooke bedeutet mir, mich auf den Stuhl Paige gegenüber zu setzen, und nimmt den Platz vor Kopf, neben mir. Ich lege meinen Ordner auf den Tisch, eine Sammlung von beschrifteten Bildern von Pflanzungen, und nehme die aufgerollten Zeichnungen aus dem Papprohr heraus, dann breite ich sie auf dem Tisch aus.

Paige dreht sofort die Pläne so um, dass sie in ihre Richtung liegen, und Brooke verschiebt sie so, dass sie in einem Winkel liegen, in dem sie sie auch sehen kann.

„Ein wenig über mich", sage ich. „Ich bin der Eigentümer von Bellamy Landscapes. Wir sind seit elf Jahren im Geschäft mit einer stabilen Liste von lokalen Stammkunden und arbeiten auch an größeren Projekten wie eurem. Ich habe eine vierköpfige Crew und mich selbst, und wir erledigen alles, von der Landschaftsgestaltung über Gärten bis zum Mähen und Pflügen."

„Wyatt hat ihn beauftragt, während dieses Schneesturms das Inn für uns freizuräumen", sagt Brooke.

Ich lächle und erinnere mich, wie sie mit ihrer kleinen Hundebürste geschaufelt hat. Ich bin versucht, sie damit aufzuziehen. Nicht die richtige Zeit.

„Ich habe hauptsächlich Privathäuser auf deiner Website gesehen", sagt Paige.

„Ja, das ist der Großteil meiner Klientel gewesen, aber wie ich Brooke schon gesagt habe –" Ich schaue sie an, und sie lächelt aufmunternd „– wir arbeiten im Moment auf dem Bell-Anwesen –"

„Warum ist das nicht auf deiner Website?", fragt Paige.

„Es ist noch nicht fertig. Ich stelle gerne die Vorher-Nachher-Bilder hinein."

„Hör auf, ihn zu unterbrechen", sagt Brooke. „Ich möchte was über die Pläne hören."

Paige schießt ihr einen verärgerten Blick zu, und Brooke schickt dafür einen erbitterten Blick zurück. *Schwestern.*

Ich fahre fort. „Dieses obere Blatt zeigt den Blick auf den vorderen Bereich des Inns." Ich stehe auf und gehe hinüber, um mich zwischen die Schwestern zu stellen und während ich es erkläre Dinge auf der Zeichnung zeigen zu können. Ich erwärme mich für das Thema, bin wirklich begeistert von dem Aussehen und dem Gefühl, das die Landschaftsgestaltung vermitteln kann, wenn sich die Besucher zum ersten Mal nähern. Einheimische Pflanzen, die zur natürlichen Umgebung passen, aber auch einladendes B & B auf dem Land verheißen. Es gibt viele Menschen in der City, die die frische Luft und die Natur genießen würden, die wir hier haben.

Paige unterbricht mich ständig mit Fragen, die ich zu ihrer Zufriedenheit zu beantworten scheine. Brooke hört einfach zu.

Als ich zur Rückseite des Grundstücks komme, lächelt Brooke und nickt. Paiges Gesicht bleibt steinern.

Ich komme zum Ende und nehme Platz. Dann öffne ich meinen Ordner. „Das hier zeigt, wie die Pflanzungen zu verschiedenen Zeiten des Jahres aussehen würden. Einige schöne Farben für Frühling, Sommer und Herbst."

„Oh, ich mag die Idee, mit der Saison das Aussehen zu ändern", sagt Brooke.

Die Inspiration schlägt zu. „Mein Team könnte sogar für Weihnachten draußen schmücken, wenn ihr das möchtet – Kränze, Grün, Lichter, was ihr wollt." Wir haben noch nie für Weihnachten dekoriert, aber jetzt, da ich so darüber nachdenke, warum nicht? Im Winter läuft das Geschäft mit Ausnahme des Räumens nur schleppend. Das könnte eine weitere Einnahmequelle für uns mit vielbeschäftigten Familien sein, sogar mit lokalen Geschäftsinhabern. Ich bin ein Genie.

„Ich kann dekorieren", sagt Paige. „Ich inszeniere regelmäßig Apartments und Eigentumswohnungen für meinen anderen Job. Dekorieren ist nicht das, was wir brauchen."

„Klar", sage ich. „Kein Problem. Werfen wir einen Blick auf den New Yorker Farn. Das sind übrigens rotwildresistente Pflanzen. Sie mögen ihren Geschmack nicht."

„Wie ist es mit Hunden?", fragt Paige.

„Ich glaube nicht, dass Hunde Pflanzen fressen", sagt Brooke. „Scout könnte es nicht weniger interessieren, wenn ich ein Blatt Salat fallenlasse."

„Ich werde das prüfen, bevor wir fortfahren", sage ich.

Bis ich fertig bin, bin ich voller Energie für dieses coole

Projekt. Aber Paige kann ich überhaupt nicht lesen. Brooke sieht zufrieden aus, obwohl es klar ist, dass sie ohne ihre Schwester keinen Schritt machen wird. Zeit, den Deal abzuschließen.

„Ich kann schon nächste Woche anfangen. Ich würde mit jeder nötigen Grabung beginnen, ausdünnen, was bereits da ist, und dann am erforderlichen Hardscaping arbeiten, wie dem Hundespielplatz, dem geschwungenen Pfad zum hinteren Teil des Gartens, der Terrasse und dem Koi-Teich. Ich möchte ein paar Wochen mit neuen Pflanzungen warten, um sicherzustellen, dass es warm genug ist, dass sie die Nacht überstehen."

Ich ziehe den Kostenvoranschlag hinten aus dem Ordner. Ich war mir nicht ganz sicher, wie ich ein solches Projekt einpreisen sollte. Ich habe Kosten und Arbeit plus meine üblichen fünfzehn Prozent Aufschlag berechnet. Das ist das, was ich Privatkunden in Rechnung stelle. Ich war mir nicht sicher, ob ich von Geschäftskunden mehr verlangen müsste, aber ich wollte nicht riskieren, sie zu verlieren, wo ich das Geschäft doch so dringend brauche.

Paige schaut sich meine Kostenkalkulation wortlos an und übergibt sie dann an Brooke.

„Wollt ihr heute schon unterschreiben, oder braucht ihr mehr Zeit?", frage ich und versuche, meinen Eifer zu verbergen.

Paige lächelt kurz, steht auf und bietet mir ihre Hand an. „Wir rufen dich an."

Verdammt. Das klingt wie ein Nein. Ich schüttle ihre Hand. „Klar, danke für eure Zeit. Ihr könnt die Pläne dabehalten und sie euch nochmal ansehen."

Ich wende mich an Brooke, um ihre Hand zu schütteln. Sie ignoriert sie und steht auf. „Ich werde dich hinausbegleiten."

Ich schnappe mir meine Sachen und gehe mit Brooke hinaus. Gerne würde ich sie fragen, was sie von meinen Ideen hält, aber ich möchte nicht so verzweifelt klingen, wie ich es bin.

„Das ist ein guter Plan", sagt sie. „Mir hat besonders die

Privatsphäre des Koi-Teiches mit dem Wasserfall und den Steinbänken gefallen."

„Danke! Es ist gut, ein paar Sitzbereiche für die Gäste zu haben. Schon eine Idee für euren Zeitrahmen?" Ich bekomme eine Anzahlung von zehn Prozent im Voraus, wenn sie den Vertrag unterzeichnen, was meinen Bruder davon abhalten würde, mir weiter im Nacken zu sitzen. Er sagte, dass er mir einen Monat geben würde, aber er schickt mir immer wieder neue Immobilienangebote in unserer Gegend und wofür sie verkauft wurden. Er denkt, ich sitze auf einer Goldmine. Offensichtlich hat er keine sentimentale Bindung an das Haus, das seit Generationen in unserer Familie ist. Ich denke, er hat jetzt größere Sorgen.

„Landschaftsbau ist nicht unsere Priorität, um ehrlich zu sein", sagt Brooke. „Uns geht es mehr darum, das Innere zu renovieren."

„Es wäre gut, beide Teile gleichzeitig in Bewegung zu bringen. Ich könnte auf der Rückseite des Grundstücks beginnen, dann stehe ich der Baumannschaft nicht im Weg. Das ist ein großer Job."

„Mal sehen, was Paige dazu sagt. Sie ist für das Äußere verantwortlich. Und wir warten noch auf eine Genehmigung für den Hundespielplatz. Wir haben gerade erfahren, dass eine öffentliche Anhörung der Nachbarn in der Lovers' Lane erforderlich ist, um zu sehen, ob es in Ordnung ist."

„Es gibt noch jede Menge anderer Arbeiten, mit denen man loslegen könnte." Ich halte an der Eingangstür an und mache ein letztes Gebot für ihr Geschäft. „Ich wäre gerne ein Teil von Summerdales erstem Gasthaus."

Sie lächelte, ihre grünen Augen tanzen vor Humor. „Was ist mit dem Horseman Inn? Ich habe gehört, dass es das schon seit Jahrhunderten gibt."

„Das war großartig für die ersten Kolonisten. Aber es ist seit mehr als hundert Jahren schon kein Gasthaus mehr."

Sie neigt den Kopf. „Was ist eigentlich ein Horseman?"

„Nach Angaben meines Großvaters wurde das Inn so benannt, um Reiter anzulocken, die auf dem Weg durch den

Staat waren. Postkutscher hielten oft in Summerdale auf ihrem Weg nach New York City oder auf der Straße weiter nördlich nach Boston."

„Das ergibt absolut Sinn. Wie cool."

Ich lege auf den historischen Blickwinkel noch etwas obendrauf, da ihr das scheinbar gefällt. „Ich bin in der dritten Generation in Summerdale. Mein Großvater war einer der Gründer in den sechziger Jahren, als sie die Stadt als eine Art Utopie entwarfen. Ich lebe im Cottage am See, an dessen Bau er mitgewirkt hat."

Ihr Gesicht leuchtet mit Interesse. „Wirklich? Oh, das würde ich gerne sehen. Ich bin durch den Lakeshore Drive gekommen und habe einige der neueren dreieistöckigen Häuser gesehen, aber es gibt nur noch wenige der ursprünglichen zweistöckigen Häuser. Ich wette, es hat Geschichte."

Mir fällt ein, dass ich das während meiner Präsentation hätte erwähnen sollen. Summerdale in der dritten Generation zeigt, dass ich diese Stadt kenne und dazu beitragen möchte, den Reiz der Stadt mit dem Inn zu erhöhen. „Mein Haus ist renovierungsbedürftig, aber die Aussicht ist unschlagbar. Wann immer du vorbeikommen magst, sag einfach Bescheid. Du hast ja meine Nummer auf der Karte."

Sie presst die Lippen fest aufeinander. „Ich würde mir gerne mal ein original Summerdale-Haus ansehen, aber das muss vielleicht warten. Ich muss mich auf das Inn konzentrieren. Ich habe zwei Wochen Urlaub, und dann werde ich nur noch Teilzeit hier sein. Ich arbeite immer noch Vollzeit in einem Architekturbüro in New Jersey mit zwei Tagen Homeoffice hier, Donnerstag und Freitag."

„Klingt wie zwei Vollzeitjobs."

Sie stößt einen Atem aus. „Ja, wahrscheinlich wird es das auch für eine Weile sein. Aber ich brauche den Gehaltsscheck."

„Wirst du nach der Renovierung Vollzeit in Summerdale sein?" Es sollte keine Rolle spielen, da sie verlobt ist, aber ich hoffe, dass sie bleiben wird.

Sie nickt. „Ich würde gerne in Teilzeit im Inn arbeiten und

auch in Teilzeit lokale Bauherren annehmen. Ich interessiere mich besonders für die Arbeit an Wohnhäusern. *So* viel befriedigender als meine üblichen Büroarbeiten. Das hat mich überhaupt zur Architektur hingezogen."

Ich merke, wie ich mich vorbeuge. Sie duftet nach Blumen. „Das ist großartig", sage ich mit zu viel Begeisterung. Hitze steigt in meinen Nacken. „Ich meine, gut für dich."

Sie betrachtet meinen Ausdruck, bevor sie sich abrupt abwendet und nach der Tür greift. Ihr diamantener Verlobungsring fängt das Licht ein. „Bye, Max. Vielen Dank fürs Vorbeikommen."

Mir geht gleich die Luft aus. Kein Zeitrahmen. Kein unterzeichneter Vertrag. Großes Problem.

Ich zwinge mich zu einem optimistischen Ton. „Ich freue mich über die Gelegenheit. Bye."

Ich gehe hinaus, meine Gliedmaßen sind schwer, und ich stapfe zurück zu meinem Truck. Vielleicht ist es an der Zeit, einen Immobilienmakler anzurufen.

Brooke

Es ist Freitagnachmittag, vier Tage nach Beginn meines ersten Solo-Architekturjobs, und ich bin super zufrieden mit den Fortschritten, die wir machen. Ich wusste, dass es richtig war, Gage einzustellen. Wir sind im gleichen Alter, also habe ich das Gefühl, dass wir die gleiche Sprache sprechen. Er ist ein geborener Anführer, schnell und entschlossen und vor allem kompetent. Seit seinem achtzehnten Lebensjahr betreibt er sein eigenes Baugeschäft. Ich habe ein gutes Gefühl dabei, wenn ich weiß, dass die Renovierung in seinen fähigen Händen ist, nachdem ich in etwas mehr als einer Woche auf Teilzeit zurückschalten muss.

Paige ist für ihren Job zurück in die City gefahren. Sie war nicht bereit, Max zu engagieren, da sie noch einen anderen Landschaftsgärtner ausgesucht hatte, mit dem sie sprechen wollte. Mir hat Max' Plan sehr gut gefallen, und ich mochte vor allem, dass er von hier kommt und so begeistert war. Gut, ich mag ihn einfach. Er scheint mir ein ehrlicher, direkter Typ zu sein. Von der Sorte treffe ich nicht viele. Ich kann mir nicht vorstellen, dass er jemals jemanden ignoriert.

Ich starre durch die Plastikplane, die früher die hintere Küchenwand war, auf den Garten des Inns. Ich stelle mir vor, Max arbeitet dort ohne Oberteil, die Muskeln glänzen vor

Schweiß. *Meine Güte. Hallo! Professionelle Grenzen.* Ich schiebe es auf meine lange Männer-Pause und die Tatsache, dass ich neu darin bin, der Boss zu sein. Ich musste nie die Komplikation in Betracht ziehen, mich mit jemandem einzulassen, den ich bezahle. Jedenfalls haben Paige und ich im Vorfeld schon beschlossen, dass alle wichtigen Entscheidungen gemeinsam getroffen werden müssen, sodass die Einstellung eines Landschaftsarchitekten bis nächste Woche auf Eis liegt.

Ich gehe durch den Küchenbereich. Die Demontage ist abgeschlossen, und es ist nur noch eine Hülle übrig, denn die Rückwand ist weg, um Platz für die Erweiterung zu machen. Gage sorgt dafür, dass seine Crew jeden Abend vor dem Aufbruch sauber macht, daher ist es hier nicht so schlimm, was Staub und Schmutz angeht. Ich stelle nur sicher, dass die Knochen gut sind, bevor wir uns an die Klempnerarbeiten machen.

Ich drehe mich um und trete in das, was am Ende das Esszimmer gleich neben dem großen Wohnzimmer sein wird. Gage kommt mit einem grimmigen Gesichtsausdruck und einem Brecheisen in der Hand herein. Bei diesem Ausdruck feuert Adrenalin durch mich. Ich denke sofort an das Budget und wie weit jedes Problem, das er findet, uns aus dem Zeitplan werfen könnte.

Eigentlich, wenn ich ihn nicht von früher kennen würde, würde ich ihn ein wenig einschüchternd finden. Er ist ein großer Kerl, seine kurzen braunen Haare sind an den Seiten rasiert, Stoppeln an seinem Kiefer, pralle Muskeln in seinem roten Flanellhemd. Seine Unterarme, die von den aufgerollten Ärmeln seines Hemdes freigelegt sind, sind voller Tattoos. Ich stelle mir vor, dass auch noch mehr von ihm mit Tinte geschmückt ist, aber ich habe ihn noch nie ohne Hemd gesehen. Er ist auf die grobe Art attraktiv, wenn man nichts gegen einen starken, stillen Typ hat. Ich bevorzuge Männer, die ohne Aufforderung reden.

„Was ist los?", frage ich.

„Schimmel im Keller von einem Rohr, das vor kurzem da geplatzt ist. Ich bin mir nicht sicher, wie weit sich der

Schimmel schon ausgebreitet hat. Ich würde gerne einige der Holzvertäfelungen im Wohnzimmer ablösen, um die Wandinnenräume zu überprüfen. Das Leck war direkt unter dem Wohnzimmer."

„Die Küche sah nach der Demontage gut aus", sage ich und klammere mich verzweifelt an die Hoffnung.

Er neigt den Kopf. „Lass mich den Schaden überprüfen. Sanierung ist ein Muss. Dafür musst du jemanden vor Ort finden."

Ich verschränke die Arme und umarme mich selbst. „Klar, lass uns mal sehen, was wir haben."

Er schält ein Stück Holzverkleidung mit dem Brecheisen ab, und es splittert in zwei Hälften. „Billig vertäfelt", murmelt er. Er zieht eine Taschenlampe aus seinem Werkzeuggürtel und lugt dahinter. Dann zieht er noch weitere Tafeln ab, bis die Hälfte des Wohnzimmers auf den ursprünglichen zerbröckelnden Putz heruntergerissen ist. Er streicht mit der Handfläche über die verputzte Wand. Es gibt keine sichtbaren Wasserflecken.

„Was dagegen, wenn ich ein kleines Loch in den Putz schneide, um einen Blick dahinter zu werfen?", fragt er.

„Na schön. Wir müssen sowieso frischen Putz auftragen. Diese Wände sind so alt wie das Haus."

Er nickt einmal. „Du solltest rausgehen wegen des Staubes. Ich hole meine Säge und Maske."

Ich schlucke schwer und gehe zur Haustür hinaus. Ich trage bereits eine leichte Jacke, da es im Haus kühl ist. Unruhig gehe ich neben dem Haus auf und ab, bis ich das Brüllen der Säge zum Leben erwachen höre, das Geräusch, das mir den letzten Nerv tötet.

Ich gehe davon, auf die Straße und vor dem Haus auf und ab. Natürlich hatte ich erwartet, dass es Probleme geben würde. Kein Renovierungsprojekt ist einfach, und ich weiß, dass es ein altes Farmhaus ist, aber ich möchte wirklich nicht auf irgendetwas verzichten, das ich geplant habe. Genau das wird passieren, wenn wir dadurch über das Budget kommen. Dann muss ich woanders Einsparungen machen.

Kurze Zeit später erscheint Gage auf der Veranda und zieht seine Brille und Maske ab.

Ich eile zu ihm. „Und?"

Er setzt ein seltenes Lächeln auf. „Kein Schimmel. Die ursprüngliche Leiste und der Gips hinter den Putzschichten wirken solide."

„Oh, Gott sei Dank."

„Aber die Schimmelpilzsanierung im Keller muss durchgeführt werden. Wir haben Glück, dass es wahrscheinlich erst vor kurzem passiert ist; sonst hätte es sich ausbreiten können."

„Eine Vorstellung zu Kosten oder Dauer?"

„In der Regel dauert die Sanierung ein paar Tage und wird sich auf dreitausend summieren, mehr oder weniger. Wir können in der Zeit nicht weitermachen, das wird also schon den Zeitplan durcheinanderbringen. Ruf sofort jemanden an, und wenn du eine bestimmte Zeit weißt, werden wir uns entsprechend anpassen."

Ich versuche, nicht zu hyperventilieren. Der Zeitplan ist perfekt festgelegt, um zu bestimmten Zeiten verschiedene Subunternehmen einzubinden. Wenn ich zum Beispiel den Klempner verschieben muss, dann schiebt das auch alle anderen zurück. Und vielleicht bekommen wir dann nicht so schnell wieder einen Termin. Der Frühling ist eine geschäftige Zeit für Handwerker.

„Geht es dir gut?", fragt er. „Du siehst blasser aus als sonst." Gage nimmt nie ein Blatt vor den Mund.

Ich setze ein Lächeln auf. „Alles gut, danke. Ich werde jemanden für die Sanierung finden und melde mich bei dir, sobald ich was weiß."

„Ja." Er dreht sich um und geht zurück ins Haus.

Ich gehe zu meinem Wagen, steige ein und schnappe mir meine Laptoptasche. Das ist mein mobiles Büro. *Jetzt nicht durchdrehen. Durchdrehen ist das Gegenteil von dem, was jetzt gebraucht wird.* Ich warte noch damit, Paige die schlechten Nachrichten zu erzählen, bis ich genau weiß, wie schlecht die Nachrichten sind.

Mit ruckartigen Bewegungen öffne ich den Reißverschluss meiner Laptoptasche und schalte den Computer ein. Das Laden dauert ewig. Wenn ich jetzt schon durchdrehe, wie soll ich dann die nächsten drei Monate überstehen? Wir sollen im Juni eröffnen, in der Hoffnung, dass eine geschäftige Sommersaison unsere Kosten tragen wird. Ich muss kühl, ruhig und gefasst bleiben.

„Aahhh!" Ich stoße einen frustrierten Urschrei aus.

Vergiss den Laptop. Ich ziehe mein Handy für eine schnelle Google-Suche nach Schimmel-Sanierungskosten in der Gegend heraus. Natürlich sind sie hoch. Alles in diesem Teil des Landes ist teuer. Schweiß tritt mir auf die Stirn. Mir hat noch nie so viel an einem Projekt gelegen, bis meine eigenen Finanzen auf dem Spiel standen.

Mein E-Mail-Posteingang quillt über, aber ich ignoriere ihn. Ein paar SMS-Benachrichtigungen sehe ich mir aber an, nur für den Fall, dass es wichtig ist. Mein Chef möchte, dass ich mich wegen irgendwelcher CAD-Zeichnungen melde, die ich vor meinem zweiwöchigen Urlaub gemacht habe, Paige möchte wissen, wie es läuft, Kayla lädt mich morgen zum Mittagessen ein und eine ist von einem unbekannten Absender.

Ich schicke ein paar schnelle Antworten zurück und klicke auf den unbekannten Absender. *Hi, Max Bellamy. Ich hoffe, es stört dich nicht, dass ich Kayla nach deiner Nummer gefragt habe. Ich wollte nur mal nachhaken und hören, ob ihr Fragen zu meinem Vorschlag habt.*

Es ist erst einen Tag her, seit wir uns getroffen haben. Wow. Er muss die Arbeit *wirklich* brauchen. Ich bin mir nicht einmal sicher, ob wir jetzt noch den vollständigen Plan mit ihm durchziehen können. Sicher, ich würde lieber die Landschaftsgestaltung warten lassen, als die Pläne für die Renovierung runterzufahren.

Ich texte ihm zurück: *Hi, Max. Aufgrund von Renovierungsproblemen müssen wir möglicherweise die Pläne für die Landschaftsgestaltung reduzieren. Paige hat noch zwei weitere*

Landschaftsgärtner, mit denen sie sich am Montag treffen will. Wir sagen dir Bescheid.

Max: *Ich hoffe, dass es bei der Renovierung nichts zu Schlimmes ist. Ich bin sicher, dass ein altes Haus viele Herausforderungen mit sich bringt.*

Ich entspanne mich ein wenig. Ich mag die Art, wie er es „Herausforderungen" genannt hat, anstatt „große verworrene Katastrophe", was, wie ich zugeben muss, mein erster Gedanke war. Für einen Moment erwäge ich, bei ihm Dampf abzulassen. Ich möchte das nicht bei Paige tun, weil ich ihr gerne zeigen möchte, dass ich den Job bewältigen kann. Ich will mich immer noch der großen Schwester beweisen. Traurig, aber wahr. Da ich weiß, dass sie mehr Geld in das Inn gesteckt hat und bald Vollzeit hier arbeiten wird, muss ich das Meinige beitragen.

Ich stoße einen Atemzug aus. Ich kenne Max nicht gut genug, um bei ihm Dampf abzulassen. Ich schicke ihm ein kurzes Dankeschön und steige mit meinem Laptop aus, um mich von meinem vorherigen Ausraster abzukühlen. Ich stelle den Laptop auf den Kofferraum meines Autos und mache mich an die Arbeit. Diese *Herausforderung* sollte besser nicht alles vermasseln. Wie viele weitere Herausforderungen muss ich wohl bewältigen? Besser, wenn ich es nicht weiß.

Max

Ich setze mich auf die Terrasse meines Hauses, mit Blick auf den Lake Summerdale. Die frühen Knospen in den umliegenden Bäumen werden bald in Grün ausbrechen. Neues Leben. Vielleicht ist es Zeit für mich, auch eine Veränderung vorzunehmen. Warum hänge ich so an diesem alten Holz-Cottage am See? Nostalgie. Warme Kindheitserinnerungen.

Grandpop, der mich im Ruderboot mit rausnimmt und mir das Angeln beibringt.

Dad, der mir zeigt, wie man schwimmt. Sein Jubel, als ich es geschafft habe, beim ersten Versuch zu paddeln.

Liam, Skylar und ich, wie wir am Strand herumlaufen. Schwimmen und plantschen. Skylar, die uns zu ihrem ausgefallenen Picknick mit Feen und Kobolden einlädt.

Feuerwerk am 4. Juli mit der ganzen Familie.

Mom schmückt unsere schwimmende Kreation für die Regatta am Ende des Sommers.

Ich schüttle den Kopf. Ich bin jetzt erwachsen. Grandpop und Mom leben nicht mehr. Ich habe sie beide geliebt, und es ist schwer, ihr Vermächtnis hier im Cottage loszulassen. Dad ist eine ferne Erinnerung, da ich acht war, als ich ihn das letzte Mal sah. Ich muss im Jetzt leben. Ich habe immer noch keinen großen Kunden, der mir dabei helfen könnte, mich aus dieser Situation herauszuholen, und jetzt sagt Brooke, dass sie aufgrund der Renovierungskosten möglicherweise die Landschaftsgestaltung reduzieren müssen.

Da es weniger wahrscheinlich aussieht, dass ich das Geld bekommen kann, das Liam braucht, muss ich zumindest die Option des Hausverkaufs in Betracht ziehen. Kein Festhalten mehr aus emotionalen und unscharfen Gründen. Tatsache ist, ich bin nur Teileigentümer mit meinen Geschwistern, und einer der Eigentümer braucht einen schnellen Verkauf, weshalb ich heute in meiner Mittagspause einen Immobilienmakler angerufen habe. Ich warte immer noch darauf, von ihm etwas zu hören. Ich habe meine jüngere Schwester, Skylar, vorgewarnt. Ihre Antwort? *Wir müssen einfach dem Universum vertrauen, aber ich hoffe, wir können das Haus behalten.* Auch sie hat hier tolle Erinnerungen.

Eine Ente fliegt zur Landung und spritzt im See herum, schwimmt und taucht zum Abendessen ihren Kopf unter Wasser. Vielleicht liegt Liam falsch, was den Wert des Hauses angeht. Wollen wir doch mal ehrlich sein. Es wurde in den sechziger Jahren gebaut, und die einzige Erneuerung war die Küche in den Achtzigern. Dad hat am Bau gearbeitet, aber unser Haus nie renoviert und es vorgezogen, sich am Ende des Tages mit einem Bier in seinen alten Sessel fallen zu lassen. Das Beste am Haus ist die Terrasse, und selbst die kann nur vier Personen bequem Platz bieten. Drinnen gibt es keine zentrale Klimaanlage, nur Fensterklimaanlagen im Wohnzimmer und in meinem Schlafzimmer im Dachgeschoss im oberen Geschoss. Drei Schlafzimmer, Wohnzimmer, Badezimmer, Küche, Essnische und ein von außen begehbarer Keller. Außer der Lage ist es nichts Besonderes.

Mein Telefon klingelt, und mein Bauch verkrampft sich in Erwartung des Gesprächs über den Verkauf meines Hauses. Es ist eine lokale Nummer. „Max Bellamy", melde ich mich.

„Hallo, Max, Pete Faulkner hier, Sie hatten mich angerufen. Sie möchten Ihr Haus verkaufen?"

Ich stoße einen Atemzug aus. „Im Moment sondiere ich nur das Terrain. Ich wollte sehen, zu welchem Preis es sich verkaufen könnte, bevor ich mich entscheide."

„Wo steht es?"

„Lakeshore Drive in Summerdale. Es ist eines der Original-Cottages am See."

„Oh, wow, das ist ein seltener Fund. Es gibt nur noch eine Handvoll Originalhäuser, und nur wenige Leute verkaufen am Lakeshore Drive. Ich kann Ihnen jetzt schon sagen, ohne es überhaupt gesehen zu haben, dass es einen guten Preis bringen wird. Menschen aus der City lieben es, sich diese kleineren Häuser für einen Sommerurlaub zu schnappen."

Mein Magen dreht sich um. „Okay, wie geht es also weiter?"

„Ich komme morgen früh vorbei. Ich brauche Bilder von außen und innen bei Tageslicht. Ich bin ganz begeistert, und Sie haben zum perfekten Zeitpunkt für einen Verkauf angerufen. Der Frühling ist unsere größte Saison für Hauskäufer."

Galle steigt in meinem Hals auf, während ich die Zeit mit ihm ausmache und ihm die Adresse nenne. Ich lege auf und schließe die Augen. Ich kann nicht umhin zu glauben, dass Liam und Skylar es letztendlich bereuen werden, unser Cottage am See aufgegeben zu haben. Ich weiß, ich werde es. Wir könnten es uns jetzt nie leisten, hier zu kaufen, und das ist Teil unserer Familiengeschichte. Eine Vision von Mom, die sich hier in ihrer Chaiselongue mit einem Buch und ihrem großen Schlapphut entspannt, blitzt mir durch den Kopf. Sie hat oft mir und Liam am Ufer kleine Erinnerungen zugerufen, wir sollten auf unsere kleine Schwester aufpassen.

Ich reibe mir die Augen. *Tut mir leid, Mom.*

Mein Telefon klingelt erneut. Lokale Nummer, aber nicht die gleiche wie Petes. Ich antworte neugierig.

„Hi, Max, Audrey hier. Ich, äh, habe deine Nummer von Kayla." Diese Kayla ist anscheinend die Vermittlung der Stadt. Sie hat mir auch Brookes Nummer gegeben. Audrey Fox war meine erste Liebe in meinem Abschlussjahr in der Highschool. Ich habe es beendet, als sie an der Columbia University angenommen wurde, weil ich sie nicht zurückhalten wollte. Sie ist brillant, und ich habe geglaubt, sie würde weit kommen. Stattdessen ist sie nach einem Semester nach Summerdale zurückgekehrt, um zur staatlichen Universität zu pendeln. Ihr Dad hatte seinen Job verloren, und sie konnten sich die Studiengebühren nicht mehr leisten. Zu dieser Zeit war ich mit einer anderen zusammen. Obwohl Audrey und ich in der gleichen Stadt leben, haben wir seit Jahren kaum mehr als ein kurzes Hallo zueinander gesagt.

Ich setze mich gerader auf. „Schön, von dir zu hören, Aud."

„Ich wollte dich fragen, ob wir uns morgen zum Mittagessen treffen könnten. Ich würde gerne reden."

„Worüber?"

„Nur ein paar alte Sachen, die ich besser verstehen möchte. Ich hatte einige Zeit, darüber nachzudenken, und ich denke, ich war zu hart zu dir. Du weißt schon, als ich dich in der Bar angebrüllt und dich Mr. Wrong genannt habe."

Sie war hart. Vor ein paar Monaten hab ich sie an der Bar im Horseman Inn getroffen. Sie war betrunken, aber immer noch klar genug, um mich anzubrüllen, hat mich Mr. Wrong genannt und gesagt, sie hätte keine Zeit, sie an Typen wie mich zu verschwenden. Sie sagte, ihre biologische Uhr ticke, und sie wolle einen Mann und Kinder – in dieser Reihenfolge. Dann hat sie mich angeschrien, ich solle verschwinden. Es hat wehgetan. Früher waren wir uns so nahe.

Moment mal. Sie hält mich nicht für einen Kandidaten als

Ehemann und Vater, oder? Erinnert sie sich nicht an die Bellamy-Gene? Selbst nach meiner ernsthaften Beziehung zu Penny – fünf Jahre – konnte ich mich nicht dazu bringen, sie zu heiraten. Sie wollte das; ich konnte es nicht tun. Mein Bruder ist auch nicht der Typ, der heiratet, und Skylar ist so ein Freigeist, dass ich mir nicht vorstellen kann, dass sie sich jemals niederlässt.

„Max?"

„Klar, das wäre großartig."

„Im Horseman um zwölf."

„Das passt. Ich verkaufe vielleicht mein Haus." Mein Bauch verkrampft sich schon, als ich die Worte nur ausspreche.

„Oh nein! Du liebst dieses Haus. *Ich* liebe dieses Haus. So niedlich, und die Aussicht ist genial."

Ich plaudere die ganze Geschichte aus und erzähle ihr, was mich zu diesem Punkt geführt hat. Sie ist eine gute Zuhörerin, warmherzig und unterstützend. Sie erzählt mir ein wenig darüber, was bei ihr so passiert ist, seit wir das letzte Mal wirklich gesprochen haben.

Eine Stunde später hänge ich auf und fühle mich etwas leichter. Die Sonne geht über dem See unter. Zwei Schwäne schwimmen in der Ferne und halten dann an, mit Blick zueinander, und ihre gebogenen Hälse bilden das, was wie ein Herz aussieht. Mein Puls trommelt ein wenig schneller. Vielleicht gibt es noch etwas zwischen mir und Audrey nach all diesen Jahren. Es ist elf Jahre her, seit unserer sechsmonatigen Beziehung. Wir sind beide neunundzwanzig. Vielleicht befinden wir uns an einem Punkt in unserem Leben, an dem das Timing endlich richtig ist.

Biologische Uhr.

Ich stehe abrupt auf und gehe zurück ins Haus. Ich hatte mir vorgenommen, nie das ganze Familiending zu machen. Das ist es, weswegen Dad gegangen ist – die überwältigende Verantwortung einer Frau, Kinder, Rechnungen. Und jeder sagt, ich bin wie er.

Ich nehme einen gefrorenen Burrito aus dem Gefrierschrank und stecke ihn in die Mikrowelle. Mein Gourmet-Abendessen. Es könnte nicht schaden, mit Audrey zu Mittag zu essen. Ich habe sie im Laufe der Jahre vermisst, obwohl ich sie in der Stadt gesehen habe. Audrey ist die Art von Person, die nur einige wenige einlässt. Lange Zeit war ich ausge-schlossen. Das hatte ich vermisst. Nicht so sehr unsere Bezie-hung, als vielmehr Teil ihres inneren Kreises zu sein, wo sie häufig lächelt und mehr sagt als *Hallo, wie geht's dir*?

Ich kann es zugeben. Ihre Süße ist etwas, das ich im Moment dringend brauche.

4

Am nächsten Tag gehe ich zum Horseman Inn, mein Geist brummt. Pete ist heute Morgen vorbeigekommen, um Fotos von meinem Haus zu machen und mir seine professionelle Meinung über dessen Wert zu sagen. Und es war verdammt viel mehr, als ich gedacht hätte. Die Hypothek wurde vor langer Zeit schon abbezahlt, sodass der Erlös durch drei geteilt an mich, meinen Bruder und meine Schwester ginge. Genug für Liam, um diese Tiere zu kaufen, die er braucht, um die Heufelder aufzufüllen und ihn über das nächste Jahr zu bringen. Ich könnte meine Geschäftsschulden abbezahlen. Skylar könnte tun, was Skylar eben tut, wahrscheinlich alles einem guten Zweck spenden. Auf jeden Fall ist es die Antwort auf eine Menge.

Wenn es mich nur nicht so schmerzen würde, das Erbe meiner Familie zu verlieren. Drei Generationen haben in diesem Cottage am See gelebt.

Ich schaue mich im Restaurant nach Audrey um. Es ist Samstag, aber es ist nicht zu voll zum Mittagessen. Sie winkt mir von einem Tisch am Fenster im vorderen Speisesaal zu. Audrey hat sich im Laufe der Jahre kaum verändert. Sie ist zierliche eins fünfundfünfzig, mit langen dunklen Haaren, blauen Augen und heller Haut. Sie kleidet sich zurückhaltend, meist in einer Bluse mit Hose oder Rock, aber heute trägt sie einen weich aussehenden rosa Pullover. Ihre braven Outfits bedeuten nicht, dass sie prüde ist. Sie flucht ungeniert, und wir hatten auch eine Menge nackten Spaß. Ich war ihr erster.

Ich nehme Platz an dem quadratischen dunklen Holztisch für zwei Personen. „Schön, dich zu sehen."

Sie lächelt süßlich. „Finde ich auch. Wie lief es heute Morgen mit Pete?"

Ich lehne mich vor und flüstere ihr zu, wie viel es wert ist.

Sie schlägt sich die Hand vor den Mund, ihre blauen Augen werden ganz weit.

„Ich weiß. Rein aufgrund der Lage am See. Und es hat auch die richtige Größe für Leute aus der City, die ein zweites Zuhause für einen Sommerurlaub suchen."

„Wow. Also werdet ihr definitiv verkaufen?"

„Ich weiß nicht. Er sagte, wir sollten es einfach auf den Markt bringen, sehen, welche Art von Angeboten ich bekomme, und dann kann ich immer noch entscheiden. Der Frühling ist die beste Zeit für einen Verkauf. Ich werde es, solange ich kann zurückhalten."

„Wohin würdest zu ziehen?"

Ich zucke die Schultern. „Das hab ich mir noch nicht überlegt. Nicht weit weg. Mein Geschäft ist hier. Im schlimmsten Fall würde ich bei Rob Murray unterkriechen, bis ich etwas Eigenes gefunden habe."

„Er war immer gut zu dir", sagt sie mit einem Hauch nostalgischer Erinnerung, die ich in den letzten Tagen auch gefühlt habe. Sie weiß, dass ich Rob als meinen Dad ehrenhalber betrachte.

„Absolut! Er hilft mir immer noch, indem er mich im Winter in seinem Laden Schichten arbeiten lässt, wenn die Geschäfte für mich nur schleppend laufen."

Sie mustert mich einen Moment lang, bevor sie sich eine Speisekarte schnappt. „Lass uns essen, und dann reden wir."

„Klar."

Sobald wir entscheiden, was wir wollen, schaue ich mich nach einer Kellnerin um und sehe Ellen, eine Frau in ihren

Sechzigern, mit kurzen, blondgefärbten Haaren. Sie arbeitet schon immer hier. Sie zuckt mit dem Kinn und kommt rüber.

„Das ist doch mal eine Augenweide", sagt sie. „Max und Audrey wieder zusammen. Ich erinnere mich noch, wie ihr früher hier hereingekommen seid und euch eine Portion Pommes geteilt und euch gegenseitig die Ohren abgekaut habt."

Ich fange Audreys Blick auf. Ihre Augen sehen bei der Erinnerung ganz weich aus. „Gute Zeiten", sage ich. „Wir wollten nur mal hören, was bei dem anderen so los ist."

Ellen zwinkert. „Sicher, sicher. Was kann ich euch bringen?"

Wir bestellen Mittagessen – Burger und Pommes für mich, Salat mit Huhn für sie.

Nachdem Ellen geht, blickt Audrey in meine Augen. „Wir hatten damals wirklich eine gute Sache", sagt sie leise.

Ich setze mich gerader auf. *Hofft sie, dass wir wieder zusammenkommen?*

„Was ist mit deiner biologischen Uhr?", platze ich heraus.

„Schh! Oh mein Gott, ich kann nicht fassen, dass du das gerade gesagt hast." Sie schaut sich um, aber hier ist nur noch ein anderes Paar, und das kenne ich nicht.

„Das hast du gesagt, als du mich bei der Ladies Night angeschrien hast."

Sie lehnt sich über den Tisch und bedeutet mit, näherzukommen.

Ich beuge mich vor und flüstere: „Ist es das, worüber du sprechen wolltest, deine tickende biologische Uhr? Kann dir da nicht helfen."

Sie verdreht die Augen und flüstert zurück: „Ich wollte bis nach dem Mittagessen warten, aber da du es jetzt schon angesprochen hast: ich bedaure, was ich dir an dem Abend gesagt habe. *Alles.* Ich hatte zu viel Margarita –"

Ich grinse. „Du warst schon immer ein Leichtgewicht. Ein Wein, und du warst weg."

„Ja, nun ja, wie dem auch sei. Ich war den Abend mies gelaunt, war diese ganzen Loser leid, die ich durch das

Online-Dating getroffen habe. Ich habe das an dir ausgelassen und entschuldige mich."

„Kein Problem. Ich habe keine weiteren Gedanken daran verschwendet." *Vielleicht nur ein wenig.*

Sie lehnt sich zurück. „Wirklich? Ich hab mich so schlecht gefühlt."

Ich spiele es aus. „Es war der Stoff für Alpträume! Ich bin wochenlang jede Nacht in kaltem Schweiß gebadet aufgewacht. Audrey hat mich angebrüllt." Ich gestikuliere, als würden Worte aus einem Cartoon-Mund kommen. „Mr. Wrong-Wrong-Wrong." Ich füge den Echoeffekt zur Hervorhebung hinzu.

Sie schüttelt den Kopf und lächelt. „Solange du nicht traumatisiert warst."

„Völlig traumatisiert. Werde mich nie wieder erholen."

Sie schaut hinunter und zieht einen Finger über den Tisch. „Ich gebe zu, dass ich sehr lange auf dich wütend war. Du hast mit mir Schluss gemacht, gerade als ich an mein Traumcollege gekommen war. Ich hab es nicht verstanden, weil du mich doch in der City hättest besuchen können. Es war zugleich die beste als auch die schlimmste Zeit meines Lebens."

Ich werde ernst. „Ich weiß, wie klug du bist, und ich wollte nirgendwohin, hab zu Hause gelebt und versucht, ein Landschaftsbau-Geschäft aus dem Boden zu stampfen. Das erste Jahr habe ich meistens nur Rasen gemäht. Ich wollte dich nicht zurückhalten."

Sie sieht mir in die Augen, mustert meinen Gesichtsausdruck. „Ironisch, dass ich wieder hier gelandet bin und als Bibliothekarin arbeite. Du musst gedacht haben, ich würde die Welt erobern, während alles, was ich wollte, ein ruhiges Leben umgeben von Büchern war."

Ich greife über den Tisch und halte ihre Hand, die Geste zugleich vertraut und tröstend. „Schätze, wir hätten ein wenig besser kommunizieren sollen. Wir mussten beide noch erwachsen werden.

„Hi, Max! Hi, Audrey!"

Ich lasse Audreys Hand los und drehe mich zu Kayla und ihrer Schwester Brooke um. Mein Blick kollidiert mit Brookes, und ich bin plötzlich wach und bewusst. Und nicht, weil sie eine potenzielle Kundin ist. Da ist einfach etwas an ihr, das mich anzieht. Ihr Haar trägt sie heute oben, und ihr Hals ist frei. Ein dunkler Puls durchfährt mich. Sie trägt eine weiße Daunenjacke, dazu Jeans und schwarze Stiefel. Umwerfend von Kopf bis Fuß. Und mit umwerfend meine ich verdammt sexy.

Ich halte einen freundlichen Ton. „Hey, schön, euch beide wiederzusehen."

Audrey sagt irgendwas, aber ich kann mich nicht auf die Worte konzentrieren, während Brooke sich nähert. Sie sieht zwischen mir und Audrey hin und her und wendet dann ihre Aufmerksamkeit Kayla zu.

„Wir wollten nur ein Mädels-Mittagessen, um darüber zu quatschen, was es so Neues gibt", sagt Kayla fröhlich.

„Wir auch", sage ich.

Alle Frauen starren mich an.

„Kein Mädelsessen", korrigiere ich mich schnell. „Wir plaudern über Neues."

Kayla schenkt mir einen wissenden Blick und zwinkert. „Richtig. Verstehe ich vollkommen. Lasst euch das Mittagessen schmecken!"

Sie gehen weiter in den hinteren Speisesaal.

Unser Essen kommt einen Moment später und sorgt für eine dringend benötigte Ablenkung. Ich sage mir, dass Brooke verlobt ist, und selbst wenn sie es nicht wäre, versuche ich, mit ihr eine Geschäftsbeziehung aufzubauen. Was werde ich tun, mit meiner wichtigsten Kundin schlafen? So viel zum Thema chaotisch. Ganz zu schweigen von ihrem überfürsorglichen Bruder Wyatt. Wenn er einen mag, wie er mich derzeit mag, ist er angenehm und wirklich hilfsbereit und empfiehlt mich regelmäßig neuen Kunden. Andererseits hat er jedem, der ihn kennt, klargemacht, dass man sich auf keine seiner geliebten jüngeren Schwestern ohne einen großen Kampf mit ihm einlässt. Als Tech-Milliardär im Ruhestand verfügt er

über das Geld und das digitale Know-how, jemanden auszu-
löschen. Kein Risiko, das ich eingehen möchte, schönen Dank
auch.

Ich nehme einen großen Bissen von meinem Burger und
versuche, nicht in den hinteren Speisesaal zu blicken. Ich bin
mir extrem bewusst, dass Brooke dort sitzt.

„Wie ist dein Mittagessen?", fragt Audrey.

„Gut", sage ich um einen Bissen Burger. „Schmeckt dir
dein Salat?"

„Ja, tatsächlich. Spencer, das ist der neue Koch, er hält es
interessant. Ich habe eingelegte rote Zwiebeln, Luzerne,
kleine Traubentomaten. Eine Art Buttermilch-Ranch-Dres-
sing. Alles in allem sehr lecker."

Ich nicke und esse weiter, mein Blick schweift zum
hinteren Raum, trotz meiner Bemühungen, nicht zu schauen.
Kaylas Rücken ist zu uns und verdeckt teilweise den Blick auf
Brooke. Ich schaue ein paar Mal hinüber, manchmal sehe ich
kurz, wie Brooke lächelt oder lacht. Es ist schön, sie mit ihrer
jüngeren Schwester zu sehen. Sie sehen einander nahe aus.

Genau als wir mit dem Essen fertig sind, sagt Audrey:
„Ich erinnere mich, dass du mit Matts jüngerer Schwester
zum Schulball gegangen bist. Ich hatte immer den Verdacht,
dass du Livvie magst."

Oh-kay, wir wühlen also *wirklich* in alten Zeiten. Schätze,
Audrey muss das alles loswerden.

Ich nehme einen Schluck Wasser und lehne mich über den
Tisch. „Unsere Trennung war auch für mich nicht einfach,
okay? Ich bin mit ihr gegangen, weil ich den Abschlussball
nicht verpassen wollte. All meine Freunde hatten Dates, und
sie war eine Last-Minute-Option. Ich wusste, dass sie
mitkommen würde, da sie erst im zweiten Jahr war, und der
Schulball war eine große Sache. Danach haben wir uns nicht
mehr gesehen. Sie hätte dich nie ersetzen können."

Ihre Lippen teilen sich, ihre Augen weiten sich. „Oh, das
ist viel schöner als das, was ich erwartet habe. Ich schätze, ich
hab das nicht vergessen, weil ich mit Dave hingegangen bin,
der gerade mit Sara Schluss gemacht hatte, und dann sind sie

auf dem Abschlussball wieder zusammengekommen. Da war ich also, allein, und hab dich mit Livvie beobachtet. Sie sah aus, als hätte sie den Spaß ihres Lebens."

Ich zucke die Schultern. „Das hatte sie wahrscheinlich. Das heißt aber nicht, dass ich das hatte."

Sie lehnt sich über den Tisch, packt mich am Hemd und küsst meine Wange. „Ich fühle mich jetzt besser, danke."

Ich lächle. „Ich bin froh, dass ich das nach all den Jahren klarstellen konnte."

Ellen legt die Rechnung hin und geht zum nächsten Tisch. Ich nehme meine Kreditkarte heraus.

„Ich mach das schon", sagt Audrey. „Ich bin diejenige, die dich zum Mittagessen eingeladen hat."

„Das ist das Mindeste, was ich tun kann, nachdem ich dir so endloses Leid zugefügt habe." Ich signalisiere Ellen, als sie zurückkommt, und reiche ihr die Rechnung mit meiner Karte.

Audrey lächelt. „Schreckliches Trauma. Das schlimmste." Sie blickt aus dem Fenster, wo Drew Robinson gerade aus seinem Truck steigt. Er starrt uns an, seine Augen verengen sich. Die Winkel seines Gesichts sind hart, die Stoppel an seinem Kiefer lassen ihn gefährlich aussehen. Nun, er ist gefährlich – ein schwarzer Gürtel und ehemaliger Army Ranger. Er hat mich praktisch aus der Bar geworfen, nachdem Audrey mich an jenem Abend angeschrien hatte.

Er schreitet zur Eingangstür des Restaurants.

„Sollte ich wegen Drew nervös sein?", frage ich. „Er sieht tödlich aus."

Sie reibt sich seitlich den Hals, ihre Wangen hochrot. „Was? Nein."

„Wart ihr mal zusammen?"

Sie starrt über meine Schulter.

Ich schaue hinter mich, als Drew durch die Eingangstür kommt und direkt auf uns zusteuert.

Ich spiele cool, als er uns erreicht, obwohl ich mich langsam zurückziehen will. „Hey, was ist los?"

Er ignoriert mich, sein Blick ist auf Audrey gerichtet. „Ich war gerade in der Bibliothek, und du warst nicht da."

Sie gestikuliert in der Luft herum. „Ich mache manchmal Mittagspause. Ich bin sicher, dass du auch bei Kathy ein Buch hättest ausleihen können."

Er schaut auf mich und dann auf sie. „Was ist hier los?"

„Wir plaudern nur", sage ich.

Er wirft mir einen stahläugigen Blick zu. „Ich habe Audrey gefragt."

Sie blickt zu ihm auf, einen schelmischen Ausdruck im Gesicht. „Wonach sieht es denn aus? Ich esse mit meinem Ex zu Mittag."

„Das ist der Typ, der –" Drew unterbricht sich, sein Kiefer ist verkrampft.

Mein Kopf zuckt zu Audrey herum. Sie hat ihm erzählt, dass ich ihr erster war? Welche Art von Beziehung haben diese beiden?

„Der Typ, der mich nicht zum Abschlussball mitgenommen hat", sagt sie und wirft mir einen gespielt wütenden Blick zu. „Ich war immer noch wütend darüber, bis Max mir eine so süße Erklärung gab."

Drews Mund öffnet und schließt sich. Dann marschiert er in den hinteren Raum in Richtung Barbereich.

Audrey spielt mit dem Kragen ihres Pullovers und zieht ihn von ihrem Hals weg.

„Was zum Teufel ist los mit ihm?", frage ich. „Du ziehst an seiner Kette, während ich meine, mich daran zu können, dass du ihm täglich eine Mail geschickt hast, als er bei seinen Militäreinsätzen unterwegs war. Wie hast du ihn noch genannt? Es war etwas, als wäre er besser als die anderen Typen."

Ihre Wangen färben sich leuchtend pink. „Gar nichts. Schh! Wovon haben wir noch gesprochen?"

Ich hebe triumphierend einen Finger. „Ritter in glänzender Rüstung."

„Ich fasse es nicht, dass du dich daran erinnerst", murmelt sie.

„Ich kann nicht fassen, dass du ihm gesagt hast, dass ich der Typ war, der –"

Sie schlägt sich eine Hand vor den Mund. „Ich fürchte, ich

habe per Mail zu viel erzählt. Ist ein bisschen peinlich." Sie nimmt ihre Hand herunter und reibt sich seitlich den Hals. „Sehr peinlich. Ich hatte keine Ahnung, dass er sich an diesen kleinen Leckerbissen erinnern würde. Das könnte seine Feindseligkeit dir gegenüber erklären."

„Meinst du? Und aus irgendeinem Grund verhält er sich so, als hätte er einen Anspruch auf dich." Ich schüttle den Kopf. „Warum würdest du überhaupt einem anderen Mann davon erzählen?"

Sie wirft ihre Hände in die Höhe. „Weil ich ihm dummerweise alles erzählt habe, als würde ich in mein Tagebuch schreiben. Können wir gehen?" Sie steht auf.

Ich erhebe mich und begegne Brookes Blick. Ich zucke das Kinn in ihre Richtung, ignoriere meine unangebrachte Anziehungskraft und begleite Audrey aus der Tür.

„Lass uns einen Moment an deinem Truck stehen, um uns noch unter vier Augen zu unterhalten", sagt Audrey.

Merkwürdig. Ich dachte, wir hätten hauptsächlich unter vier Augen geplaudert. Gibt es noch mehr, was sie mir sagen muss? Geheime Geständnisse? Ich gehe mit ihr hinüber, ein wenig unbehaglich.

„Max", sagt sie leise.

Ich lehne mich näher hinunter, um sie zu verstehen, und merke verspätet, dass die Höhe meines Trucks uns verbirgt. Ich habe am anderen Ende des Parkplatzes weg von den Fenstern geparkt, und es sind nur Bäume hinter uns. Hofft sie auf etwas Körperliches? „Ja?"

„Ich vergebe dir."

„Okay. Das ist gut."

„Und ich werde ehrlich sein, ich habe schöne Erinnerungen an unsere gemeinsame Zeit. Und es ist *so lange* her, dass ich einen anständigen Typen getroffen habe. Du bist anständig."

Mein Herz schlägt heftiger. Fragt sie mich, ob ich etwas mit ihr anfangen will? Ich kann bei ihr zwischen den Zeilen lesen. *Schöne Erinnerungen. So lange her.*

Dann erinnere ich mich an ihre biologische Uhr. Ich weiß

wirklich nicht, was sie mit uns beiden vorhat. Wir hatten einmal etwas Gutes.

„Was denkst du?", frage ich.

„Ich denke, dass ich dich gern küssen würde."

„Und dann?"

„Wir werden sehen."

Ich zögere. „Was ist mit deiner biologischen Uhr?"

Sie winkt das ab. „Ich bin darüber hinweg. Lass uns einfach—"

Ich küsse sie, ein schneller Kuss. Sie wirft ihre Arme um meinen Hals und küsst mich zurück, ein richtiger Kuss, der tiefer ist, aber irgendwie nicht aufregender.

Sie löst sich von mir und legt ihre Finger an die Lippen.

Ich starre sie an, ein wenig angespannt, während ich abwarte, ob sie zu der gleichen Schlussfolgerung gekommen ist wie ich – wir sind alte Geschichte ohne Zukunft. Ich will ihre Gefühle nicht verletzen, aber da war nichts auf meiner Seite.

Sie lässt ihre Hand fallen und sieht enttäuscht aus. „Das war nicht dasselbe."

Die Spannung lässt nach. Ich weiß, was sie meint. Es fühlte sich wohl und vertraut an, nicht aufregend. „Es ist irgendwie so, als ob du ein altes T-Shirt findest, das du geliebt hast, und es erneut anprobierst."

„Eine weiche Erinnerung an die Vergangenheit."

„Ja, vertraut."

Sie umarmt mich. „Wir sollten wieder Freunde sein, Max. Sei kein Fremder. Ich verspreche dir, dich nicht zu traumatisieren und dich nicht wieder zu beschimpfen."

Ich legte eine Hand auf ihren Kopf als Geste der Zuneigung, die ich bei meiner Schwester und Schwester ehrenhalber Sloane verwende. „Klar doch. Geh wieder rein und bitte deinen Ritter in glänzender Rüstung, der anscheinend schon alles über dich weiß, dich zu küssen, und schau, was zwischen euch beiden ist."

Sie schiebt meine Hand vom Kopf. „Ja, das wird nicht passieren. Er sieht mich als das kleine Mädchen mit gut gelaunten Mails mit dreifachen Ausrufezeichen und Emojis. Bevor du und ich etwas hatten, hab ich wahnsinnig und unerwidert für ihn geschwärmt. Er nimmt mich nicht ernst, glaub mir. Er wird mich immer als die kleine Schwester mit dem Dackelblick sehen."

„Er sah verdammt ernst aus, als er eben an unserem Tisch stand. Vielleicht gefällt es ihm, dass du ihn einen Ritter in glänzender Rüstung genannt hast."

„Das habe ich *ihm* nie gesagt! Wie auch immer, er beschützt mich nur, weil ich so viel Zeit in seinem Haus verbracht habe, als ich ein Kind war und mit Sydney rumhing." Das ist Drews jüngere Schwester. Sie drückt meinen Arm. „Vielen Dank, dass du eine alte Ex bei Laune gehalten hast."

„War mir eine Freude."

Sie geht die Straße hinunter, wahrscheinlich zurück zu ihrer Arbeit in der Bibliothek.

Ich klettere in meinen Truck. Vermutlich kann Audrey endlich jede alte Wunde, die sie von unserer Beziehung noch hatte, hinter sich lassen. Und ich bin nach diesem uninspirierten Kuss als Ehemann und Vater aus dem Rennen. Die Sache ist, ich kenne Audrey. Sie mag so tun, als ob die ganze Familiensache nicht im Vordergrund ihrer Gedanken steht, aber es ist das, was in ihrem Herzen ist.

Wie auch immer, der Kugel bin ich gerade noch ausgewichen.

5

Ich grabe weiter und setze meinen Rücken ein, um den verbliebenen bröckelnden Beton vom gewundenen Pfad auf der Rückseite des Haupthauses des Bell-Anwesens zu heben. Gott sei Dank ist der Schnee so weit geschmolzen, dass wir die Arbeit hier wieder aufnehmen konnten. Wir setzen große Steinfliesen ein, um den Beton zu ersetzen. Es wird edler aussehen. Das Bell Anwesen war früher im Privatbesitz einer Familie, aber jetzt wird es hauptsächlich für Hochzeitsempfänge, Bankette und andere formelle Anlässe genutzt.

Ich wische mir den Schweiß von der Braue. Wir werden danach die Pflanzungen entlang der vorderen Zufahrt und entlang der Terrasse erneuern, einige der überwuchernden Sträucher entlang der Seite des Grundstücks trimmen, und das war's. Job erledigt mit nichts sonst in Aussicht, außer Mähen und Pflege. Es ist schon eine Woche her, und ich habe von Brooke nichts zur Landschaftsgestaltung des Inns gehört. Ich schaue mich zu meiner schwer arbeitenden Mannschaft um, ein ungutes Gefühl in meinem Bauch. Pete, der Immobilienmakler, hat drei interessierte Kunden, die dieses Wochenende bei mir zu Hause vorbeischauen. Er sagt, es sei ein gutes Zeichen, nur wenige Tage nach der Veröffentlichung des Kaufangebots Interessenten zu haben. Wenn ich nur seine Begeisterung teilen könnte.

Mein Handy vibriert, und ich ziehe es aus der Tasche meiner Jeans. Brooke. Mein Herz schlägt heftiger. Könnte das die Nachricht sein, auf die ich hoffe?

Ich melde mich mit einem professionellen Ton. „Max Bellamy."

„Hi, Max, Brooke hier. Du hast den Job. Wir würden dich gern für die Landschaftsgestaltung des Inns engagieren."

Ich pumpe eine Faust mit einem stummen *yeah!* in die Luft. Adrenalin brennt durch mich, wodurch ich das Gefühl habe, einen Marathon laufen zu können. Das könnte bedeuten, dass ich mein Haus behalten werde! Zuerst muss ich herausfinden, wie viel von meinem Plan sie umzusetzen bereit ist. Das ist eine persönliche Unterhaltung, falls sie etwas Überzeugungsarbeit braucht. Ich kenne die Grenzen des Charmes am Telefon.

„Danke, Brooke. Ich werde für einen kurzen Überblick und einige Messungen vorbeikommen." *Und den Vertrag mit deiner Anzahlung unterzeichnen lassen.* „Ich bringe auch die Papiere mit. Wäre jetzt ein guter Zeitpunkt?"

„Bist du sicher, dass du mitten am Arbeitstag herkommen möchtest? Wir können uns heute Abend treffen, um den Papierkram zu erledigen."

„Kein Problem. Danke noch mal. Bye." Ich lege auf und stelle meine Schaufel gegen das Haus. „Harry!", brülle ich, schon in Bewegung. „Ich muss mich mit einer Klientin treffen. Kannst du hier übernehmen?"

Ich warte nicht auf seine Antwort, während ich zu meinem Truck jogge, der auf dem Nebenparkplatz steht. Ich kann einem breiten Lächeln nicht widerstehen. Wurde auch verdammt Zeit, dass mal etwas Gutes passiert. Mein Verstand rast voraus, das Inn in meinem Online-Portfolio zu haben und all die großen neuen Kunden, die folgen könnten. Ich werde das Haus nicht verkaufen müssen; meinem Bruder wird es gut gehen; alles wird funktionieren. *Ja, ja, ja!*

Es ist eine Fünf-Minuten-Fahrt, und ich erhöhe die Geschwindigkeit den ganzen Weg dorthin. Ich parke auf der

Straße und sehe Brooke, die in den Vorgarten kommt. Ihre Hände liegen auf ihren Hüften, und sie lächelt mich an.

Ich steige aus dem Truck und kämpfe gegen den Drang, sie zu umarmen und herumzuschwingen. Ich bin einfach so glücklich, das Projekt bekommen zu haben. „Hey!"

„Das ging aber schnell!"

Ich versuche ein Achselzucken, aber ich bin so voller Adrenalin, dass es wahrscheinlich wie ein nervöser Tick aussieht. „Ich habe fünf Minuten von hier auf dem Bell Estate gearbeitet." Ich schließe die Distanz und biete meine Hand an. „Vielen Dank für den Auftrag. Dieses Grundstück wird wirklich glänzen."

Sie schüttelt schnell meine Hand, ihre grünen Augen funkeln. „Ich merke, dass du dich über die Arbeit freust."

„Verdammt – ich meine *sehr* richtig."

Sie lacht. „Ich arbeite mit Bauarbeitern. Mach dir meinetwegen keine Sorgen, wenn du deine Ausdrucksweise ein wenig ausschmückst."

„Gut zu wissen."

„Komm, wir können uns hier vorne auf die Stufen setzen, um den Vertrag zu unterzeichnen. Ich habe mein Scheckbuch in der Handtasche." Sie klopft auf ihre kleine Umhängetasche. Dann dreht sie sich um und geht zu den Stufen.

Ich widerstehe kaum, mir vor die Stirn zu schlagen. Vor lauter Aufregung hab ich den Vertrag vergessen. Der ist bei mir zu Hause. So viel zum Thema cooler Profi. „Ich muss für den Vertrag noch mal kurz zum Büro." Wenigstens klingt „Büro" professionell, obwohl mein Büro nur der Küchentisch ist.

Sie dreht sich um und lächelt und sagt mit einer neckenden Stimme: „Lass mich raten, du warst so aufgeregt, dass du das Werkzeug hast fallenlassen, das du in der Hand hattest –" Sie neigt den Kopf „– Rasentrimmer? Und dann bist du wie ein Besessener hergefahren."

Hitze kriecht meinen Hals hoch. Ersetze Rasentrimmer durch Schaufel, und sie ist unheimlich nah dran. „Ich kann nicht anders, als begeistert zu sein, wenn ich weiß, was aus diesem Grundstück werden kann. Und vergiss nicht: ich bin in der dritten Generation Einwohner von Summerdale. Ich möchte, dass dies zum Wohle der Gemeinschaft gelingt. Und für dich und Paige auch, natürlich. Machen wir den vollen Plan?" Ich plappere in meiner Aufregung.

Sie lächelt. „Ja zum vollen Plan."

Ich hebe die Hände, um sie in meiner Aufregung zu umarmen, doch ich lasse sie schnell fallen. „Ja", wiederhole ich, lächelnd wie ein Irrer, überglücklich über das Wunder in letzter Minute. *Wartet nur, eifrige Citybewohner, mein Haus geht nicht an den Meistbietenden.* Solange ich hier im Zeitplan bleibe, kann ich Liam das Geld beschaffen, das er braucht. Ich muss diesen Plan perfekt und pünktlich umsetzen. „Ich kann es nicht abwarten anzufangen."

„Deine Begeisterung für das Projekt ist einer der Gründe, warum wir dich eingestellt haben. Komm einfach rein, wenn du zurück bist, du findest mich schon."

Ich salutiere mit zwei Fingern, schäme mich gleich für die Geste und zwinge mich, in einem ruhigen Tempo zurück zu meinem Truck zu gehen.

Dann trete ich aufs Gaspedal und rase nach Hause.

Eine Woche später habe ich die Materialien, die ich brauche, um im Inn zu beginnen. Ich habe zwei Crewmitglieder mitgenommen, die mich dorthin begleiten, einen hab ich auf dem Bell-Anwesen gelassen, und ein Mann kümmert sich um das Mähen und die Pflege bei Stammkunden. Der Schnee ist geschmolzen, und es ist der Beginn meiner geschäftigsten Jahreszeit. Wir arbeiten zuerst am Hardscaping und Ausgraben, beginnend auf der Rückseite des Grundstücks, um dem Baupersonal, das zur Haustür hinein- und herausgeht, aus dem Weg zu bleiben.

Unser erstes Projekt ist eine neue hintere Terrasse mit Beleuchtung. Ich hatte auch die Idee, ein paar aufrechte Stützen zu setzen, um weiße funkelnde Lichter ringsherum zu spannen. Ich dachte, Gäste mit Hunden möchten gerne Tag und Nacht draußen herumhängen.

Ich sehe Brooke in der Ferne auf- und abgehen. Dies ist erst mein zweiter Tag hier, aber sie tut dies häufig, und sieht aufgeregt aus. Ich vermute, dass die Dinge bei der Inneneinrichtung nicht so reibungslos laufen, wie sie das gerne möchte. Ich schweige und lasse sie uns bei der Arbeit sehen, alles im Zeitplan hier draußen. Ich bin froh über den unterzeichneten Vertrag und die zehn Prozent Anzahlung. Die nächste Rate bekomme ich bei der Viertelmarke, der Hälfte, bei drei Vierteln und dann bei Fertigstellung. Wenn ich das Budget hätte, mehr Leute einzustellen, könnte ich schneller dorthin kommen, aber es ist einfach nicht machbar.

Leider konnte ich meinem Bruder die Anzahlung nicht geben. Ich musste es für die Materialien verwenden, die wir brauchen. Ich schätze sechs Wochen bis zur Fertigstellung. Ich hoffe, dass ich die Halbzeit vor dem Zeitplan erreiche, die nächste Zahlung erhalte und mein Haus vom Markt nehmen kann. Ich hatte bisher nur ein niedriges Angebot für das Haus, und ich habe mit einem erhöhten Preis geantwortet. Der Käufer hat sich zurückgezogen, was für mich in Ordnung ist.

Einer meiner Crew-Jungs, Dave, nähert sich mit einem düsteren Blick im Gesicht. Er ist in seinen Dreißigern, bereits kahl, trägt eine Bellamy Landscapes Mütze. Ich gebe ihnen T-Shirts und Kappen sowie Staubmasken, wenn wir Stein schneiden müssen. Sicherheit geht vor.

Ich hebe mein Kinn. „Was ist los?"

Er nimmt seine Mütze ab und fährt mit der Hand über seinen Kopf. „Bin auf ein paar große Steine auf dem Hundespielplatz gestoßen. Ich werde einen Bagger brauchen, oder wir könnten den Hundebereich verschieben, aber wir könnten dort auf das gleiche Problem treffen."

Der Hundespielbereich befindet sich am äußersten Rand des Grundstücks in der Nähe der Baumgrenze. Nicht allzu überraschend, dass es da Felsbrocken gibt. Die früheren Bauern haben wahrscheinlich die Felsen aus dem offenen

Gras, das einst Ackerland war, entfernt. Felsbrocken sind in unserer Gegend häufig. Brooke und Paige haben den Platz am Wald gewählt, damit der Lärm der Hunde die Nachbarn nicht stört.

„In Ordnung", sage ich. „Lass mich mit Brooke und Paige reden und sehen, was sie tun wollen."

„Sollst du haben." Er schlendert zum Terrassenbereich, den ich ausgegraben habe, und nimmt ein Wasser aus dem isolierten Kühler.

Ich gehe zur Vorderseite des Hauses. Brooke hat mir gesagt, dass sie und Paige am Donnerstag und einen Teil des Freitags beide da sind. Es ist Freitagvormittag, sodass Paige hoffentlich noch hier ist. Ich würde lieber nicht bis Montag warten, bis sie gemeinsam eine Entscheidung treffen. Wir müssen die Arbeit in einem zügigen Tempo weiterführen.

Ich trete durch die unverschlossene Haustür und in den Lärm der Bauarbeiten. Einige Leute sind im Wohnzimmer und flicken den Parkettboden, eine Crew ist in der Küche und installiert die Schränke, und mehr Lärm kommt aus dem Wohnzimmer auf der linken Seite der Treppe. Ich sehe die Schwestern nicht in dem einen Wohnzimmer oder in der Küche, also mache ich mich auf den Weg ins andere Wohnzimmer.

In der Wand gleich hinter dem Wohnzimmer ist ein klaffendes Loch, wo sie wohl noch mehr Platz schaffen wollen. Einige Jungs arbeiten direkt außerhalb des Lochs. Vielleicht eine Toilette und ein Flur für den Anbau? Platz genug haben sie für einen Anbau.

Die Schwestern und Gage, der Chef der Crew, sprechen vor einem großen Kamin. Gage steht geduckt da und deutet in den Schlot. Brooke und Paige sehen aufgewühlt aus. Vielleicht nicht der beste Zeitpunkt, um sich mit einem Problem n sie zu wenden.

Ich gehe zurück aus dem Zimmer und sitze eine Minute lang auf der schmalen Treppe im vorderen Flur, um darüber nachzudenken. Ich kann es mir wirklich auch nicht leisten, meine Arbeit schleifen zu lassen. Paige wird wahrscheinlich bald in die Stadt fahren.

Eine Säge wird ausgeschaltet, und ich höre die hitzige Diskussion der Schwestern. Gage geht direkt an mir vorbei auf dem Weg zu seiner Crew, ohne mich auf der Treppe zu bemerken.

„Er sagte, wir *müssen* den Kamin neu bauen und ein Rohr einsetzen", sagt Brooke. „Er hat recht. Das ist die Bauordnung." Ich erkenne ihre Stimme, weil sie höher ist als Paiges.

„Oder wir könnten ihn schließen und nicht verwenden", sagt Paige. „Ich mag diese Option."

„Das können wir *nicht* tun", sagt Brooke. „Das ist Teil des historischen Charmes. Die Gäste sollen sich im Wohnzimmer versammeln und ein gemütliches Feuer genießen können."

„Okay, wo schlägst du dann vor, dass wir das Geld herbekommen? Wir sind bereits über dem Budget wegen der Schimmelsanierung und weil wir es mit Asbestdecken im Anbau zu tun hatten."

Schweigen.

Bitte sag nicht, dass ihr die Landschaftsgestaltung runterfahrt.

Paige fährt fort. „Hab schon verstanden. Was wäre, wenn wir die Kücheneinrichtung reduzieren würden. Statt –"

„Kann nicht. Alles ist bereits gekauft."

„Wir könnten Sachen zurückgeben."

„Nein, die Küche ist wichtig."

„Okay, aber wir haben bereits einen Kamin im anderen Wohnzimmer. Wir brauchen den Kamin nicht *unbedingt*."

„Paige, wir werden das ganze Jahr über viele Gäste haben, und wir brauchen viel Platz, damit sie sich wohlfühlen können. Denk an die kühleren Abende im Herbst und Winter, die Gäste treffen sich mit warmem Apfelwein oder Kakao um ein knisterndes Feuer." Das klingt wirklich gut.

„Es ist optimistisch zu glauben, dass wir das ganze Jahr über Gäste haben werden."

„Natürlich bin ich optimistisch! Glaubst du, ich bin im Glauben an die Sache gegangen, dass wir scheitern könnten?"

„Nein, ich dachte nur, wir hätten eine geschäftige Frühling-Sommer-Saison und einen langsamen Herbst-Winter. Meine Recherche hat ergeben, dass das typisch für B&Bs ist."

„Nicht für unseres."

Eine Pause.

Mist, ich habe zu lange gehört, um jetzt zu gehen.

Brooke wieder: „Wir könnten deinen Verlobungsring verkaufen. Das heißt, natürlich nur, wenn es für dich okay ist."

Autsch. Es klingt, als hätte Paige eine gelöste Verlobung hinter sich.

„Kein Anti-Männer-Schild mehr", sagt Paige leise.

„Du hast immer gesagt, eines Tages würdest du ihn verkaufen wollen."

Schweigen.

Paige spricht mit angestrengter Stimme. „Sie werden wahrscheinlich den Diamanten aus seiner Fassung nehmen, um ihn zu verkaufen, und dann würde er nicht einmal mehr wie der gleiche Ring aussehen." Eine Pause. „Ist mir doch egal. Es ist nicht so, als würden Noah und ich dort weitermachen, wo wir aufgehört haben, auch wenn er wieder in New York ist."

„Das ist die richtige Einstellung. Scheiß auf Noah. Er hat gekniffen, und er verdient es nicht, dass du an irgendeinem Teil von ihm hängst. Im Ernst, wer haut eine Woche vor der Hochzeit ab? Zusätzlich zu dem emotionalen Leid bist du noch auf den Kosten für dein Hochzeitskleid sitzengeblieben, die Kaution –"

„Erinnere mich nicht daran", sagt sie, und dann leiser: „Kannst du dich um den Verkauf kümmern?"

„Kein Problem. Und was auch immer wir bekommen, geht direkt in die Reparatur des Kamins, abgemacht?"

„Es ist ein reiner Zweikarat-Diamant", sagt Paige mit erstickter Stimme. „Wir könnten sogar noch was übrighaben."

Es folgt ein Moment des Schweigens. Ich stehe auf und schaue hinüber. Sie umarmen einander.

Brooke zieht *ihren* Verlobungsring vom Finger und steckt

ihn in die Handtasche. *Was!* „Es war gefühllos von mir, ihn vor dir zu tragen."

Paige wischt sich die Augen. „Nein, es war für einen guten Zweck. Du hattest viel zu lange einen schlechten Lauf bei den Jungs."

Moment mal. Brooke trägt Paiges alten Verlobungsring, nur um die Jungs fernzuhalten? Das ist ihr Anti-Männer-Schild? Nun, es hat bei mir funktioniert.

Brooke ist Single.

Mein Blick frisst sie von ihren glänzenden braunen Haaren bis zu ihrem bequemen Baumwollhemd und ihren Jeans auf. *Verlangen.*

Ich weiche zurück und stoße mit Gage zusammen. „Mist. Tut mir leid."

„Kein Problem."

Er geht an mir vorbei. Paige schießt zur Haustür.

Ist es sicher, Brooke nach dem Fels-Problem zu fragen? Nun, sie hat eine Lösung für ihr Problem mit dem Kamin gefunden.

Ich gehe gerade um die Ecke, als Brooke es tut. Sie springt zurück, ihre Hand auf ihrer Brust. „Du hast mich erschreckt!"

„Tut mir leid! Ich bin gerade schon mit Gage zusammengestoßen. Es ist schwer, hier nicht im Weg zu sein. Hast du eine Minute Zeit, um nach draußen zu kommen? Wir haben ein Problem mit der Platzierung des Hundespielbereichs."

„Großartig! Noch ein Problem." Sie deutet zur Haustür. „Okay, lass uns gehen. Gib's mir."

Ich drehe mich um und gehe hinaus, während sie murmelt: „Das ist jetzt mein Leben, ein Problem nach dem anderen."

Sobald wir draußen sind, kann ich ihr versichern: „Das hier kann behoben werden, da bin ich mir sicher. Ich brauche nur deinen Input." Ich schaue mich um. Mist. „Ist Paige in die City gefahren?" Sie verkauft in Teilzeit von Freitag bis Sonntag Immobilien.

„Ja, ist okay. Ich kann damit umgehen und sie informieren, wenn es was Größeres ist."

Ich hoffe, sie unterschreibt heute, damit wir voran-kommen können. Als wir zu der Stelle kommen, sehe ich mir die Felsen an. Sie sind wirklich riesig, flach und breit, und wer weiß, wie tief sie gehen. Ich habe Dave beim Wort genommen. Er ist jetzt seit neun Jahren bei mir und kennt sich aus.

„Also, zwei Optionen", sage ich. „Wir können schwere Ausrüstung holen, um die Felsbrocken auszugraben, oder wir können den Hundebereich zur Seite schieben, aber da riskieren wir weitere Felsbrocken. Es ist wahrscheinlich, dass die früheren Besitzer sich nicht darum gekümmert haben, Felsen entlang der Baumgrenze zu entfernen."

Sie schaut sich um und zeigt auf den seitlichen Garten. „Da. Das sollte für den Hundespielplatz in Ordnung sein."

„Was ist mit deinen Nachbarn?"

„Es sind immer noch achtzehn Meter zwischen den Grundstücken. Auf der anderen Seite sind es nur neun Meter zum Nachbarn, also ist das die beste Option. Problem gelöst." Sie reibt die Hände aneinander, als ob sie damit das Problem loswerden könnte. Ich kann nicht anders, als den fehlenden funkelnden Diamanten an ihrem Finger zu bemerken. Wie schlecht war ihre Erfahrung mit Jungs, wenn sie das Bedürfnis hatte, so zu tun, als wäre sie verlobt?

Ich will ihr plötzlich zeigen, dass wir nicht alle schlecht sind. „Wie läuft es mit der Renovierung?"

Sie schiebt eine Hand in ihr Haar und glättet es dann wieder, wirft es sich über die Schulter. „Es läuft."

„So gut?"

Sie bringt ein Lächeln zustande. „Ich gebe zu, dass ich gestresster bin, als ich dachte. Es sind mein Geld und mein Geschäft, die hier auf dem Spiel stehen."

„Klar, das ist persönlich. Dann arbeitet man natürlich noch härter. Ich bin mir sicher, dass es am Ende ein Erfolg werden wird."

„Ich bin dir dankbar für deinen Vertrauensvorschuss."

„Schön, wenn ich helfen konnte." Und dann kann ich nicht widerstehen. „Ich bin sicher, dass auch dein Verlobter eine große Unterstützung ist." Ich schaue auf ihren bloßen Ringfinger. „Oder vielleicht auch nicht."

Sie stößt ein lautes Lachen aus, das ich gleich als aufgesetzt einstufe. „Der Ring muss nur gereinigt werden, aber ja. Großer Halt. Bis bald."

Ich verkneife mir ein Lächeln, während sie davoneilt. Ich frage mich, wie lange sie vorgeben wird, verlobt zu sein, bevor sie die Wahrheit zugibt. Ich werde viel Spaß dabei haben.

6

Max

Ich habe mich mehr auf diesen Donnerstag gefreut, als ich zugeben möchte, da ich weiß, dass Brooke wieder im Inn sein wird. Ich habe sie noch nicht gesehen, aber sie kommt häufig hinten in den Garten, wenn sie gestresst ist. Ich habe mit Sloane, meiner engsten Freundin, über die gefälschte Verlobung gesprochen, da sie ja jetzt Teil der Mädelstruppe ist. Ich dachte mir, sie könnte mir sagen, ob die gefälschte Verlobung ein Indikator dafür ist, dass etwas mit Brooke ernsthaft nicht stimmt oder dass alleinstehende Frauen das halt so machen. Mir ist das zum ersten Mal untergekommen, aber wer weiß das schon? Es könnte andere Frauen gegeben haben, die dasselbe gemacht haben, und ich wusste es einfach nicht. Jedenfalls ist die gefälschte Verlobung laut Sloanes Mädels nicht so selten, wie ich dachte. Sloane sagt, das ist auf einer Ebene mit dem falschen Freund, um Jungs wegzuhalten. Gibt es so viele miese Typen auf der Welt, dass Frauen so weit gehen müssen? Ich hoffe, meine Schwester hat nicht mit vielen Idioten zu tun, obwohl, so wie ich Skylar kenne, würde sie sie so gut sie kann reparieren und dann ihrer Wege schicken.

Ich mache eine Pause von der Arbeit auf der Terrasse und schaue hinaus in den Garten. Der Hundespielplatz ist markiert und für die Bodenbedeckung, einen durchlässigen Kunstrasen, geräumt. Er wird auch eingezäunt. Aber wegen der öffentlichen Anhörung müssen wir noch warten. Zum Glück war der Rest meines Landschaftsgestaltungsplans kein Problem.

Dave und ich machen große Fortschritte auf der Terrasse. Als ich das noch allein machen musste, ging es nur schleppend voran. Ich hoffe, die nächste Zahlung zu bekommen, wenn wir hier fertig sind.

Brooke erscheint im Garten und trägt eine Laptoptasche über ihrer Schulter. Ich mache mich wieder an die Arbeit und beobachte sie unbemerkt. Sie schnappt sich einen Klappstuhl, den ich mitgebracht habe, und stellt ihn in einiger Entfernung im Gras auf. Es ist ein milder Tag. Sie trägt eine weinrote Daunenjacke, Jeans und Stiefel. Keine Handschuhe. Nichts funkelt an ihrem Finger. Ihr langes braunes Haar ist in einem unordentlichen Knoten, eine übergroße dunkle Sonnenbrille schirmt ihre hübschen grünen Augen ab.

„Neues Home Office?", rufe ich.

Sie schaut rüber und winkt. „Ja, ich konnte keine Minute mehr in meinem Auto arbeiten. Nicht förderlich, um Stress abzubauen, wenn man sich eingeengt fühlt."

Ich gehe zu ihr, neugierig. „Weitere Probleme mit der Renovierung?"

Sie verzieht das Gesicht. „Die falschen Badezimmerfliesen wurden geliefert, und die, die ich möchte, sind sechs Wochen im Rückstand, der Anbau ist mit zerknüllten Zeitungen isoliert, also müssen wir das durch etwas Substanzielleres ersetzen, und mein Chef erwartet, dass ich mich mehr auf meinen bezahlten Job konzentriere. Und das versuche ich gerade. Andernfalls wird er denken, dass diese zwei Tage in der Woche Fernarbeit eine schlechte Idee waren und mich zurück ins Büro beordern."

„Ich kann mir nicht vorstellen, zwei Vollzeitjobs zu haben."

Sie seufzt. „Ich konnte es mir nicht leisten, meinen Gehaltsscheck aufzugeben, bevor das Einkommen hier reinkommt, und es ist ein Sicherheitsnetz, weißt du? Wenn das Worst-Case-Szenario, das ich nicht wage, laut auszusprechen, hier eintrifft, habe ich immer noch ein Backup." Sie hält eine Handfläche hoch. „Lass uns nicht darüber reden. Wie auch immer, es sind nur noch zwei Monate, Daumen drücken." Sie sieht auf ihren Laptop. „Könntest du nicht noch langsamer sein!", schreit sie ihn an.

„Klingt, als wären deine Nerven ziemlich am Ende."

Sie drückt mehrmals eine Taste auf dem Laptop. „Sie sind nur noch hauchdünn."

Mein schmutziger Geist denkt sofort, dass Massage helfen könnte oder, noch besser, Sex als Stressabbau, aber das kann ich nicht sagen. Sie ist meine beste Kundin und unterschreibt meine Gehaltsschecks.

„Oh, ganz großartig", sagt sie nur. „Mein Programm ist abgestürzt. Versuchen wir es also nochmal." Sie rollt die Schultern. „Ich brauche dringend eine Massage. Meine Schultern und mein Nacken sind so verkrampft."

Schau mal an. Wir denken das Gleiche.

„Scheint etwas zu sein, bei dem dein Verlobter helfen könnte", sage ich beiläufig.

Sie öffnet den Mund und schließt ihn mit einem Geräusch. „Ich werd es ihm sagen, wenn ich ihn das nächste Mal sehe."

„Muss hart sein, eine Fernbeziehung zu führen. Du bist doch von Donnerstag bis Sonntag hier. Keine gemeinsamen Wochenenden."

Sie lächelt mich mit zusammengekniffenen Lippen an. „Wir schaffen das."

Ich schenke ihr mein charmantestes Lächeln und genieße es, sie subtil mit ihrem falschen Verlobten zu ärgern. Hey, wenn ich meine Auftraggeberin nicht anmachen darf, kann ich doch wenigstens ein wenig Spaß mit ihr haben. „Jetzt heißt es zurück an die Arbeit für mich. Die Terrasse kommt gut voran. Schau mal vorbei, wenn du Gelegenheit hast."

„Werd ich machen." Sie starrt auf ihren Laptop und schüttelt ihn. „Ich brauche einen neuen Laptop."

Ich mache mich wieder an die Arbeit. Nicht mein Fachgebiet.

Sie ruft mich: „Ich schätze es, dass du so umgänglich und pünktlich bist. Danke dir!"

Ich drehe mich zurück. „Gerne. Das ist mein Ziel. Es meinen Kunden leicht zu machen."

Sie lächelt, ein aufrichtiges Lächeln, das meine Brust wärmt, bevor sie sich wieder ihrem Laptop zuwendet. Ich merke, wie ich vor mich hin pfeife, als ich mich wieder an die Arbeit mache.

Gerade als wir für den Tag zusammenpacken, kommt Brooke mit Paige vorbei, um die Terrasse zu begutachten. Sie sieht gut aus. Ich hab sowohl Harry als auch Dave hergeholt, um unseren Fortschritt zu beschleunigen. Wir sind beim Frühjahrsputz und dem Mähen bei einigen Kunden im Rückstand, aber ich muss unseren größten Kunden Priorität einräumen. Alles, was wir tun müssen, ist ein weiterer Eckbereich der Terrasse und dann füllen wir die Räume zwischen den großen Blausteinfliesen mit feinem Sand. Als Nächstes kommen die umliegenden Terrassenbepflanzungen und die Beleuchtung dran. Es ist der letzte Tag im März, und die Sonne ist noch nicht untergegangen, sodass die Schwestern einen guten Blick auf unsere Arbeit bekommen.

„Wow", sagt Paige. „Es gefällt mir. Ich kann mir die Leute vorstellen, wie sie sich in bequemen Stühlen um eine Feuerstelle versammeln. Vielleicht ein paar Chaiselongues an der Seite."

„S'mores für die Gäste", sagt Brooke.

„Ja!" Paige setzt ein seltenes, strahlendes Lächeln auf. „Ich würde lieber hier draußen arbeiten als im Chaos drinnen. Himmel, mir ist nie aufgefallen, wie laut Elektrowerkzeuge in einem Haus sind."

„Ich werde weiter die Arbeiten im Freien überwachen",

sagt Brooke schnell und sieht mit einem Lächeln in meine Augen. „Das ist mein Stressabbau."

Ich wäre gern dein Stressabbau, meine Schöne.

Paige schaut mich an und dann zurück zu Brooke. „Max ist dein Stressabbau?"

Mist. Meine Lust auf Brooke muss wohl zu offensichtlich gewesen sein. Moment mal, hängt Brooke genauso gerne mit mir rum, wie ich es mag, mit ihr zusammen zu sein?

„Nein!", ruft Brooke. „Das ist überhaupt nicht das, was ich meinte."

Ich gehe auf die andere Seite der Terrasse, klappe Stühle zusammen und stelle sie gegen meinen Kühler. Ich mische mich nicht in die Schwesterndiskussion zu diesem Thema ein. Mache einfach meinen Job.

Brooke fährt fort. „Ich meinte, nur hier draußen zu sein, nimmt mir den Stress."

Die Schwestern geraten in eine hitzige, aber geflüsterte Diskussion. Ich würde gerne gehen, aber ich muss sie wissen lassen, dass die Zahlung für den Abschluss des ersten Teils meiner Arbeit fällig ist. Paiges Stimme erregt sich so sehr, dass ich höre: „Ich möchte nur nicht, dass du dich mit jemandem einlässt, den wir bezahlen."

Ihr Blick fällt auf mich, und ihr ist wohl gleich klar, dass ich das gehört habe, weil sie dann sagt: „Tut mir leid. Wir hätten dieses Gespräch lieber später privat führen sollen. Du verstehst schon, es geht nur darum, professionell zu bleiben."

Ich halte meine Handflächen hoch. „Kein Problem. Außerdem wäre Brookes Verlobter darüber sicher nicht glücklich."

Paiges Kopf peitscht zu Brooke herum. Eine stille Kommunikation geht blitzartig zwischen ihnen hin und her. „Richtig", sagt Paige. „Nigel wäre nicht glücklich darüber."

Brooke stößt ein ersticktes Geräusch aus.

„Nigel?", frage ich und gehe zu ihnen. „Klingt wie ein alter britischer Diener."

„Er ist Ire, wenn du es schon wissen musst", erwidert Brooke. „Und er reist viel hin und her. Wie auch immer, kommen wir zurück zur eigentlichen Arbeit hier. Ich hab gesehen, dass die Beleuchtung für die Terrasse angekommen ist."

Im Gegensatz zu der falschen Arbeit, die du in deine Gefälsch-ter-Verlobter-Geschichte investiert hast.

Ich lasse sie vom Haken. „Ja, das werden wir als Letztes tun. Ich werde graben, um Platz für die Verkabelung und Pfosten zu machen. Ich habe einen Elektriker, der kommt und es verkabeln wird. Er hat bereits die Genehmigung einge-reicht, und er wird sich um die Bauinspektion kümmern, um die Freigabe zu bekommen, sobald alles installiert ist."

„Ich habe nicht einmal an Genehmigungen für den Außenbereich gedacht", sagt Brooke und reibt sich die Stirn. „Warum habe ich nicht daran gedacht? Bei meiner Arbeit brauchen wir immer Genehmigungen für den Außenbereich."

„Weil deine Nerven nur noch hauchdünn sind", erwidere ich. „Sorg dich um nichts hier draußen. Ich hab das im Griff."

Paige stemmt die Hände in die Hüfte. „Ich werde Terras-senmöbel bestellen. Dann haben wir einen schönen Platz, um in der Pause draußen zu sitzen."

„Vielleicht wartest du damit noch", sagt Brooke leise.

Sie tauschen einen weiteren kurzen Blick aus. Ich schätze, das ist nicht im Budget. Der Cashflow könnte eng sein. Ich sollte mir besser meinen Gehaltsscheck geben lassen, bevor es verschwindet.

„Wir werden morgen die Terrasse fertigstellen", sage ich. „Dann warten wir nur noch auf den Elektriker. Mit dem Hundespielbereich und der Terrasse, ist damit das erste Viertel des Plans umgesetzt, wie wir besprochen haben. Die erste Zahlung ist fällig. Ich muss die Crew weiter bezahlen und Ausrüstung kaufen." *Und mein Zuhause retten.*

„Ja", sagt Brooke. „Ich werde deinen Scheck morgen fertig haben, nachdem ich eure Arbeit abschließend überprüft habe."

Ich hatte gehofft, ihn heute zu bekommen, aber zumindest stimmt sie zu, dass wir das erste Viertel des Plans abge-schlossen haben. Ich stoße einen Atemzug aus. „Fantastisch.

Am Montag werde ich mit Dave am Koi-Teich loslegen. Dann sind der Gemüsegarten und neue Pflanzungen rund um den vorderen und hinteren Bereich dran. Ich bin optimistisch, dass wir dem Zeitplan voraus sein werden."

Brooke wirft die Hände in die Luft. „Max, ich könnte dich küssen! Das ist Musik in den Ohren dieser gestressten Architektin."

Ich trete näher heran, von ihr angezogen. „Alles, was ich tun kann, um deinen Stresslevel zu senken, mache ich gern."

Wir sehen uns in die Augen, eine Spannung, die plötzlich zwischen uns vibriert. *Sie will mich.* Vielleicht, nachdem ich den Job beendet habe ...

„Ich werde jetzt Feierabend machen", sagt Paige laut.

Brooke zuckt zusammen und macht einen Schritt zurück, blinzelt wie benommen. Ich weiß irgendwie, wie sie sich fühlt. Es ist wirklich intensiv, wenn wir uns so nah kommen. Ich hatte vergessen, dass Paige hier ist.

„Ich sehe dich dann bei Wyatt", sagt Paige zu Brooke. Sie dreht sich zu mir um. „Bye, Max. Großartige Arbeit."

„Ich werde mit dir gehen", sagt Brooke und ergreift Paiges Arm.

Ich schaue zu, wie sie zusammen davongehen. Brooke blickt mich über ihre Schulter an, ein Hauch von Sehnsucht in ihren Augen, bevor sie sich abwendet.

Jetzt bin ich noch eifriger, den Job hier zu beenden. Den letzten Gehaltsscheck zu bekommen und einen Schritt auf Brooke zuzugehen, frei und klar. Es ist nicht unprofessionell, einen Kunden zu begehren, wenn es nur ein kurzfristiger Auftrag ist, nicht wahr?

∾

Brooke

Ich treffe mich am Freitag am Ende des Tages mit Max. Sein Scheck steckt in meiner Tasche. Ich habe heute Nachmittag von einem Schlafzimmer im Obergeschoss einen Blick auf die Terrasse geworfen, und aus der Ferne sieht es fantastisch aus. Ich bin froh, dass wir sie hinzugefügt haben. Er hatte recht damit, dass Gäste viele Orte brauchen, an denen sie mit ihren Hunden draußen rumhängen können. Es wird auch eine Sitzecke am Teich geben. Ich werde ihn wahrscheinlich als meinen Zen-Garten nutzen, während die Renovierungsarbeiten abgeschlossen werden. Ich könnte sicher etwas Zen gebrauchen. Dank zahlreicher Probleme sind wir über das Budget und drei Tage im Rückstand. Jeder Tag im Rückstand kann leicht einen Schneeballeffekt haben und für weitere Verzögerungen sorgen, wenn wir einen Auftragnehmer dann nicht mehr rechtzeitig bekommen. Man muss die ganze Zeit jonglieren. Und, verdammt, ich möchte wirklich, dass es funktioniert.

Ich gehe seitlich ums Haus für die Endabnahme. Max und Dave räumen in ihren gleichen marineblauen Bellamy Landscape Langarm-Shirts auf, fegen Sand und Oberboden von den Fliesen. Die Bepflanzungen befinden sich direkt unter der vorhandenen Veranda und an der Seite der Terrasse. Mittelgroße Farne, von denen Max meint, sie werden zu großen Wedeln wachsen. Max ist der Lichtblick im Chaos dieser Renovierung. Hat immer gleich ein Lächeln oder ermutigende Worte parat. Und er hält sich an das, was er versprochen hat. Ein Mann mit Integrität.

Nicht, dass ich an etwas denke, das über das rein Professionelle hinausgeht. Kann mir die Ablenkung nicht leisten, und dann ist da noch *Nigel*. Ich hätte Paige umbringen können, weil sie sich einen so altmodischen Namen ausgedacht hat. Warum konnte er kein Ethan oder, noch besser, etwas Cooles wie Jake sein? Ein falscher Verlobter Jake könnte ein muskulöser Hengst mit ernsthafter Ausdauer sein. Nigel nicht so sehr.

Jedenfalls ist Max bei Audrey. Ich gebe zu, dass ich kurz eifersüchtig war, als sie vor ein paar Wochen beim Mittagessen im Horseman Inn so vertraut zusammen aussahen. Lächerlich, ich weiß. Ich habe keinen Anspruch auf ihn. Kayla hat mir erzählt, dass sie in der Highschool furchtbar verliebt waren, und sie sagte auch, dass Audrey seit langer Zeit nach einem Mann sucht, mit dem es ernst wird. Ich mag Audrey, eine süße, ruhige Frau. Sie ist die Bibliothekarin der Stadt.

Obwohl … sie nicht ganz der Typ ist, von dem ich gedacht hätte, dass Max darauf steht. Ich habe ihn mir mit jemandem vorgestellt, der mehr wie er ist – aufgeschlossen mit einem spielerischen Sinn für Humor. Beschreibe ich mich selbst, wenn ich nicht gerade maximal gestresst bin? Ha! Max. Und vielleicht.

Gerade da fällt mir Max ins Auge, und er lächelt. Wärme breitet sich in mir aus. Es schien, als ob er gestern ein wenig mit mir geflirtet hat. Ich unterdrücke ein Seufzen. Ist das nicht immer so? Ich ziehe die Betrüger an. Es ist durchaus möglich, dass er Integrität am Arbeitsplatz hat und keine, wenn es Frauen betrifft.

Er kommt zu mir herüber und schiebt seine Sonnenbrille auf den Kopf. „Bereit, dir deine Outdoor-Oase anzusehen?"

Ich nicke. „Ich habe vorhin schon einen Blick von oben drauf geworfen, aber sehen wir es uns aus der Nähe an."

Er bedeutet mir, vorauszugehen.

Ich gehe um die vier Ecken der quadratischen Terrasse, inspiziere die Fliesenarbeiten und mache ein paar Bilder, um sie Paige zu zeigen. Ich bin wirklich glücklich darüber, wie es geworden ist. Ich folge dem neuen Steinweg auf der Rückseite des Hauses. Er endet an der gepflasterten Einfahrt.

Auch er kommt zum Weg. „Wir werden passende Bluestone-Trittsteine an der Vorderseite des Hauses haben, sobald eure Baumannschaft nicht mehr rein und raus muss. Die gesamte Außen-Ästhetik wird wirken, als würde alles zusammenfließen."

Ich schließe die Distanz. „Außen-*Ästhetik*, wie? Das mag ich."

„Oh, ich kenne sämtliche Begriffe für Schönheit." Er beugt sich vor und fährt in einem verschwörerischen Ton fort. „Meine kleine Schwester kann dir das Ohr abkauen."

„Und du musst ein guter großer Bruder sein, dass du ihr zuhörst."

„In unserem winzigen Haus, in dem wir aufgewachsen

sind, hatte ich keine andere Wahl." Er lächelt, und in den Winkeln seiner blauen Augen bilden sich Fältchen. So liebenswert, als wäre er ein Mann, der die Freude im Leben findet. „Ich liebe sie, versteh mich nicht falsch. Und sie verehrt mich. Frag sie einfach."

„Immer ein gutes Zeichen, wenn ein Kerl eine anbetende kleine Schwester hat."

„Ja?" In seiner Stimme ist ein Hauch von Flirt zu hören.

Ich erinnere mich daran, ihm nicht zu nahe zu kommen. Er ist mit Audrey zusammen, und ich bezahle ihn. Ich ziehe den Scheck aus der Tasche meiner Jeans. „Bitte sehr."

Er blickt nicht auf die Summe, sondern steckt ihn einfach in die Tasche. „Vielen Dank."

Wir drehen uns um und gehen zurück zur Terrasse.

„Seid ihr knapp mit dem Budget für Terrassenmöbel?", fragt er. „Ich könnte ein paar Liegestühle von meinem Haus mitbringen. Nichts Besonderes, aber wenn du und Paige etwas Bequemes wollt, wenn ihr mal eine Pause vom Lärm im Haus braucht oder wenn ihr in Ruhe im Homeoffice arbeiten wollt, dann sagt einfach Bescheid."

Ich drehe mich um, von seiner Geste gerührt. „Das wäre großartig. Wir haben zwar das Budget für Terrassenmöbel, aber ich halte mich ein wenig zurück. Es ist nur so, dass Paige gewohnt ist, Apartments und Eigentumswohnungen in der Stadt in einem eleganten, modernen Stil zu inszenieren. Ich glaube nicht, dass das zu der *Ästhetik* passt, die wir hier anstreben." Er grinst über die *Ästhetik*, wie ich gehofft hatte. „Ich möchte ihre Entscheidungen überprüfen, bevor sie etwas bestellt, und ich habe einfach keine Zeit, es an den zwei Tagen zu tun, an denen wir beide persönlich hier sind."

„Meine Schwester – die mich anbetet –", er zwinkert, „– ist Innenarchitektin. Sie hat das studiert und die nationale Zertifizierungsprüfung bestanden. Sie könnte eine gute Ergänzung für euer Team sein. Sie arbeitet für eine High-End-Firma in Greenwich, Connecticut, aber ich bin sicher, dass sie die Chance, ein Soloprojekt zu übernehmen, lieben würde. Sie könnte ein Puffer zwischen dir und Paige sein, um die Hitze ein wenig rauszunehmen. Auf diese Weise besprecht ihr beide mit ihr die Möglichkeiten, anstatt miteinander zu streiten."

Ich merke, dass er stolz auf seine Schwester ist. So süß. Das mit dem Puffer ist ein guter Punkt, das könnte das Gezanke reduzieren. Ich habe bereits mit Innenarchitekten zusammengearbeitet, und obwohl sie nicht billig sind, kompensieren sie ihre Gebühren oft mit Rabatten auf Möbel und Innendekorationen über ihre Großhandelsverbindungen.

„Es könnte nicht schaden, mit ihr zu sprechen", sage ich.

Er holt sein Handy hervor. „Großartig! Sie heißt Skylar. Sie ist immer sonnig. Ich bin sicher, ihr werdet sie lieben." Er sendet ihre Kontaktinformationen an mein Handy. „Sie ist auch noch jung und deshalb nicht so teuer wie erfahrenere Designer."

„Wie jung?"

„Vier Jahre jünger als ich. Gerade fünfundzwanzig geworden."

Okay, sie hat also mindestens drei Jahre Erfahrung *und* hat einen Abschluss. Ich bin bereit, ihr eine Chance zu geben.

Er textet mir die Website ihres Arbeitgebers. Ich klicke auf die Startseite und überfliege sie. Elegante, unaufdringliche Häuser. Nicht ganz Bauernhaus-Inn, aber viel näher als die moderne Optik, die Paige bevorzugt.

Ich sehe zu ihm auf. „Danke, Max. Dich einzustellen war die beste Entscheidung, die ich bisher getroffen habe."

„Weil ich so unkompliziert bin."

Ich lache und gehe weiter den Weg zurück zur Terrasse. Er folgt mir. „Und du verrichtest gute Arbeit."

„Freut mich, das zu hören."

Ich schaue auf die zwei Klappstühle, die mit seinen Werkzeugen an der Seite der Terrasse versteckt sind. Dave ist gegangen, und das Haus ist ruhig. Gage und seine Crew sind bereits auf dem Weg zurück nach New Jersey. Ich würde gerne einfach auf meiner brandneuen Terrasse sitzen und mit Max plaudern. Vielleicht etwas Wein trinken und wirklich entspannen. Zu schade, dass ich hier keinen Wein habe.

Dennoch höre ich, wie ich plötzlich frage: „Willst du dich ein bisschen setzen? Es ist schön hier draußen."

„Klar, warum nicht?"

„Großartig!"

Seine Augenbrauen heben sich bei meinem Enthusiasmus.

Meine Wangen erröten vor Hitze. „Es ist nur so, dass du die entspannendste Person bist, der ich je begegnet bin. Das könnte ich gerade gebrauchen."

Ein kleines Lächeln umspielt seine Lippen. „Ich entspanne dich?"

Ich nicke. „Es ist deine gelassene Ausstrahlung. Und du stellst keine Forderungen."

„Ich schätze, das ist gut. Normalerweise bist du ein Stress-ball." Er geht, um die Stühle aufzuklappen, mit Blick auf die Baumgrenze in der Ferne. Wir nehmen Platz.

„Deine Gäste werden es hier draußen lieben", sagt er.

Ich atme tief ein und strecke meine Beine aus. Ich habe einen leichten rosa Pullover mit V-Ausschnitt an, genau das Richtige für den milden Tag. „Ich liebe den Ausblick. Beim Haus meiner Mom in New Jersey sind ein paar Bäume im Garten, aber nichts das sich so offen anfühlt, wie das hier."

„Ich bin hier aufgewachsen, also vergesse ich manchmal, wie glücklich wir sein können, von der Natur umgeben zu sein. Woher in New Jersey kommst du?"

„Princeton. Meine Eltern waren beide Professoren an der Universität. Dad war Matheprofessor. Er, ähm, starb, als ich neun war." Meine Stimme erstickt, und ich starre in die Ferne, die vertrauten Schmerzen in meiner Brust kehren zurück. Es wird nie einfacher, über Dad zu sprechen. Mein Leben hat sich mit seinem Tod über Nacht verändert. Ich weiß ehrlich nicht, warum ich es erwähnt habe. Normalerweise behalte ich privaten Kram für mich.

„Tut mir leid, das zu hören."

Ich räuspere mich. „Danke! Es war unerwartet, ein Herz-infarkt." Ich atme tief ein und versuche, die Schmerzen in meiner Brust zu lindern. „Mom ist immer noch Geschichts-professorin. Meine Schwestern, mein Bruder und ich durften deswegen ohne Studiengebühren Princeton besuchen." Ich schaue ihn an, meine Kehle ist eng.

Er erwidert den Blick. „Das nenne ich Glück, Princeton ohne Studiengebühren besuchen zu können. Du musst wirklich klug sein."

Ich neige den Kopf. „Meine Eltern haben, wie du dir vorstellen kannst, als Professoren, immer viel Wert auf Bildung gelegt. Wir hatten Glück, diese Gelegenheit zu haben. Paige und ich hätten dieses Haus nicht kaufen können, wenn wir noch bis über beide Ohren mit Hochschulkrediten verschuldet wären."

Er schaut auf die Baumgrenze. „Meine Schwester ist die Einzige, die in unserer Familie *mit* einem Darlehen zur Hochschule gegangen ist. Mein älterer Bruder Liam ist Landwirt in Vermont." Er unterbricht sich, seine Brauen sind zusammengezogen, was wie tiefes Nachdenken aussieht.

„Du bist also nicht für Landschaftsgestaltung zur Schule gegangen?"

„Autodidakt."

„Das wäre wohl eine gute Frage gewesen, bevor ich dich eingestellt habe. Ich nehme an, das ist die Art von Arbeit, die man lernen kann, indem man sie macht. Es scheint also, als ob du und dein Bruder beide draußen seid, und deine Schwester ist mehr drinnen."

„Sie ist eine Haus- und Draußenkatze. Wir sind am See aufgewachsen und die meiste Zeit unserer Kindheit am Strand herumgelaufen und geschwommen."

„Oh, das muss so schön gewesen sein. Ich liebe den See."

„Ich lebe immer noch in dem Haus, in dem ich aufgewachsen bin, direkt am Seeufer. Nachdem meine Mom gestorben ist, haben meine Geschwister und ich es geerbt. Skylar wollte in einer Wohnung in der Nähe ihrer Arbeit leben, und Liam wollte in Vermont bleiben. Dort besitzt er Land. Also gibt es nur noch mich."

„Ich erinnere mich, dass du erwähnt hast, dass du in einem der ursprünglichen Summerdale Cottages wohnst, an deren Bau dein Großvater mitgewirkt hat."

Er lächelt. „Das stimmt. Da hat aber jemand gut aufgepasst."

Ich setze mich aufrechter hin und wittere ein architektonisches Juwel. „Kann ich einen Rundgang durch dein Haus machen?"

Er zögert. „Jetzt?"

„Na ja, ja. Ich meine, nur wenn du denkst, dass Audrey nichts dagegen hat, wenn ich vorbeikomme."

„Audrey?"

„Ja."

„Warum sollte es Audrey interessieren, ob du vorbeikommst?"

Ich versteife mich. Muss ich wirklich erklären, wie es für seine Freundin aussehen könnte? Vielleicht ist es ihm egal. „Nun, wenn ich deine Freundin wäre, würde ich gerne wissen, ob eine andere Frau bei dir zu Hause mit dir rumhängt."

„Audrey und ich sind eine uralte Geschichte."

„Aber ich habe euch im Horseman Inn gesehen, und ihr habt sehr intim ausgesehen", platze ich heraus. „Ihr habt Händchen gehalten."

Einer seiner Mundwinkel hebt sich. „Spionierst du mir nach, hm, Brooke? Was würde Nigel denken?"

Ich winke das ab. „Er würde nur denken, dass ich neugierig bin. Also, wann habt ihr euch getrennt?"

„Vor elf Jahren."

„Oh! Du bleibst mit deiner Ex befreundet? Das ist nett."

„Nicht wirklich. Sie hat mich lange Zeit gemieden, und dann wollte sie sich vor kurzem, du weißt schon, versöhnen."

Mich trifft die Erkenntnis. „Sie wollte dich zurück."

Er verzieht das Gesicht. „Wir haben entschieden, dass wir besser nur Freunde sind. Es war wie ein altes T-Shirt, bequem und vertraut, aber nicht aufregend, wie es war, als wir in der Highschool zusammen waren."

Ich entspanne mich. „Oh, Highschool. Ja, ich möchte nicht mit dem Typen zusammen sein, mit dem ich in der Highschool gegangen bin. Kann ich also dein Haus sehen, bevor die Sonne untergeht?"

„Warum nicht." Er steht auf und faltet den Stuhl zusammen.

Ich erhebe mich ebenfalls und klappe auch meinen Stuhl zusammen. Die Aufregung rast rein aus architektonischen Gründen durch mich. Okay, ich war schon lange nicht mehr allein bei einem Mann.

Und er ist Single!

Was keine Rolle spielt, weil es völlig unprofessionell wäre, die Grenze zu überschreiten, wenn er auf meiner Gehaltsliste steht. Paige hat sichergestellt, dass ich das weiß, was ich auch so bereits tat. Und dann ist da natürlich noch Nigel. Wenn ich zugebe, dass ich Nigel erfunden habe, wird Max denken, dass ich total verrückt bin. Vielleicht wird er sogar denken, ich bin durchgeknallt und erfinde ständig falsche Beziehungen. Das ist das erste Mal, dass ich das gemacht hab. Paiges Verlobungsring war eine so bequeme Möglichkeit, eine Pause von Männern zu haben. Kayla ist diejenige, die mich auf die Idee gebracht hat. Sie hat ihn vor mir für eine falsche Verlobung mit Adam getragen (ihre Idee und dann seine Idee, weiterzumachen – eine komplizierte Geschichte) und man muss sie sich nur jetzt ansehen, sie leben zusammen und sind wirklich verlobt.

Meine kleine Schwester heiratet vor mir und Paige. So sollte es eigentlich nicht laufen. Es sollte nach dem Alter gehen: Paige (fast passiert), dann ich und dann Kayla. Nicht, dass ich Kayla ihr Glück nicht gönne. Sie hat es verdient. Ich auch, aber das Leben ist unfair. Ich denke, ich muss eine gewisse Verantwortung dafür übernehmen, weil ich ständig von der falschen Sorte Mann angezogen werde.

„Wir treffen uns dort", sagt Max und nimmt beide Klappstühle. Er rattert die Adresse am Lakeshore Drive runter.

„Ich helfe dir", sage ich und strecke meine Arme nach den Stühlen aus. Sie sind leicht.

Er reicht sie mir. „Danke!"

Mein Herz schlägt etwas schneller, meine Nervenenden

sind hellwach. Ich war vorhin noch so ausgelaugt, aber jetzt fühle ich mich energiegeladen. Ich schaue zu, wie er Werkzeuge und einen Putzlappen aufhebt, und folge ihm zu seinem Pickup-Truck.

Er belädt die Ladefläche des Trucks und nimmt mir die Stühle ab, wobei seine Hand meine streift. Ein Ruck durchzieht mich bei der Berührung. Unsere Blicke kollidieren für einen intensiven Moment, bevor er sich abrupt abwendet und auf den Rest seiner Sachen zusteuert.

Ich gehe mit leicht schwungvollem Gang zu meinem Wagen. Ein originales Cottage, eine Aussicht auf den See, ein wunderschöner Single. Es könnte wirklich nicht besser sein als das für eine Freitagabend-Pause. Im Moment interessiere ich mich nicht für professionelle Grenzen. Ich muss etwas Dampf ablassen.

7

Ich parke auf der Straße vor Max' Haus und betrachte es. Es ist bescheiden, ein einfaches Haus im Ranch-Stil, mit Holzverkleidung und einem von außen begehbaren Keller. Draußen steht ein Zu-Verkaufen-Schild. Ich wusste nicht, dass er umziehen will.

Ich gehe um die Ecke des Hauses, um den See zu sehen. Eine Treppe führt zu einer Holzterrasse auf der Rückseite des Hauses, die zur Aussicht gerichtet ist. Ich wette, da verbringt Max eine Menge Zeit. Das würde ich zumindest.

Ich gehe zur Eingangstür zurück, gerade als er in die Einfahrt biegt. Er parkt, steigt aus und kommt zu mir herüber.

„Du ziehst um?", frage ich.

Sein Ausdruck verdunkelt sich. „Hab nur die Fühler ausgestreckt. Ich meine es nicht zu ernst mit dem Verkauf." Er schließt die Vordertür auf.

Ich betrete ein bescheidenes Wohnzimmer mit Parkettböden und blassgelben Wänden. Ein dunkelbraunes Ledersofa dominiert den Raum. „Wenn ich das Geld hätte, würde ich dieses Haus sofort kaufen, schon allein wegen der Aussicht."

„Die Aussicht ist unschlagbar. Möchtest du was trinken? Wasser, Bier oder Milch?"

„Ich nehme ein Bier."

Er lächelt, seine blauen Augen funkeln. „Wusste ich doch, dass es einen Grund gibt, warum ich dich mag. Zwei Biere, kommen sofort."

Ich folge ihm in eine kleine Küche mit einer Essnische, die Fenster der Nische mit Blick auf den See. Die Küche sieht aus, als ob sie in den achtziger Jahren renoviert wurde – Schränke aus dunkler Eiche, hellbeigefarbene Formica-Oberflächen, Vinylböden.

Er reicht mir eine offene Flasche Twisted House Ale. Klingt interessant.

„Danke!" Ich nehme einen Schluck. „Mmm, das ist gut."

Er lächelt um die Flasche, bevor er trinkt. „Lokale Braue-rei. Im Horseman Inn servieren sie es vom Fass." Er lehnt sich gegen den Tresen. „Ich erinnere mich, dass du erwähnt hast, dass du Teilzeit Architekturarbeiten an Häusern übernehmen willst, sobald das Inn fertig ist. Planst du immer noch, in Summerdale zu bleiben?"

„Das hoffe ich doch. Falls, nein, *sobald* das Gasthaus ein Erfolg ist –" Ich halte meine gedrückten Daumen in die Luft „– dann werde ich nach einem bezahlbaren Haus suchen, um hier in der Stadt zu leben und in Teilzeit einerseits im Inn und andererseits freischaffend als Architektin zu arbeiten."

„Also ist Paige die Vollzeit-Gastwirtin, und du bist was?"

„Ich springe ein, wenn sie freihat, und wo immer ich gebraucht werde."

„Cool. Summerdale wird dir ans Herz wachsen."

Ich lächle. „Ist es bereits. Wyatt hat Summerdale angepriesen, seitdem er es entdeckt hat, und Wyatt, typisch Wyatt eben, hat uns immer wieder zu einem Besuch eingeladen, Partys veranstaltet und uns zu lokalen Veranstaltungen mitgenommen. Sein Ziel ist es, unsere ganze Familie hierher zu bekommen."

„Es sieht so aus, als wäre ihm das gelungen."

Ich halte einen Finger hoch. „Mom ist die Einzige, die noch widersteht. Sie liebt ihren Job, und ihre Freunde sind in

New Jersey. Aber sie hat gesagt, dass sie unser erster Gast im Inn sein wird."

Seine Augen sehen lange in meine. Mein Puls trommelt fröhlich, während ich seinen Blick halte. Ich mag ihn wirklich.

Er richtet sich abrupt auf und nimmt einen Schluck von seinem Bier.

„Wäre es in Ordnung, eine Tour von oben nach unten zu machen?", frage ich mit einem, wie ich hoffe, gewinnenden Lächeln. Nicht jeder mag es, wenn man in seinem Haus herumschnüffelt. „Das ist die Architektin in mir. Ich möchte sehen, wie es konstruiert ist."

Er stellt sein Bier auf die Theke, also mache ich das Gleiche. „Sollst du haben."

Er bedeutet mir, ihm zu einer Speisekammer zu folgen, und öffnet eine Holztür. „Mom hat uns in der Speisekammer gemessen." Er weist auf verschiedene Linien mit den Namen der Kinder hin.

„Aww." Die Menge an Nostalgie, die in ein Haus eingebaut ist, das seit drei Generationen in der Familie ist, muss überwältigend sein. Max und Liam sind mit der letzten Linie fast gleich groß. Skylar ist etwa achtzehn Zentimeter kleiner.

Er schließt die Tür zur Abstellkammer. „Du glaubst, das ist *aww*, die Größen von Mom und ihrem älteren Bruder befinden sich auf dem Türrahmen, der zum Dachboden führt."

„Doppeltes *aww*."

Er grinst und geht durch einen kurzen Flur zu einer Dreckschleuse mit einer Waschmaschine und einem Trockner. Eine Außentür führt zur Veranda. „Dreckschleuse, Schrägstrich, Waschküche."

Ich hätte die Waschküche in den Keller verlegt und diesen Raum mit einer Bank, Haken zum Aufhängen nasser Handtücher und einem Platz für Schuhe noch sinnvoller genutzt. Das behalte ich für mich. Es ist nicht so, dass er mich anheuern wird, um das Haus zu renovieren. Ich gehe zur Tür, in der ein Fenster ist, und nehme den glitzernden See, der von Bäumen umgeben ist, in mir auf. Ein paar Enten sind auf dem Wasser, aber sonst ist es ruhig. Ich drehe mich zu ihm um. „Ich denke, als sie das Haus gebaut haben, haben sie erwartet, dass viele nasse und schlammige Menschen auf diese Weise vom See kommen würden."

„Ja", sagt er und geht zurück zur Küche.

Ich folge ihm. „Wenn ich ein Haus am See hätte, würde ich ein tolles Zimmer mit raumhohen Fenstern und -türen bauen, die zur Terrasse führen."

Er hält an und dreht sich um. „So haben sie in der Hippie-Ästhetik der 60er aber nicht getickt. Sie haben es einfach gehalten, weil sie meinten, dass sie ohnehin hauptsächlich im Freien sein würden."

Wir setzen die Tour durch den Hauptwohnraum fort. Ich schaue in ein kleines Badezimmer mit einem weißen Stand-waschbecken, einer weißen Badewanne mit einem fröhlichen Duschvorhang voller tropischer Fische und in Wassertönen gehaltenen Mosaikfliesen auf dem Boden, bevor er vage dahinter deutet. „Schlafzimmer."

Ich linse hinein. Blumentapete, Parkettboden. Ein paar Kisten. Ich wette, das war das Zimmer seiner Mom. Ich erwähne es nicht, da ich weiß, dass sie gestorben ist. Er muss ihre Habseligkeiten ausgeräumt haben.

Er deutet über den kurzen Flur. „Skylars Zimmer." Ich schaue in ein süßes Zimmer mit einem Doppelbett mit Balda-chin und hauchdünnen Vorhängen. Ein Wandbild eines Feen-landes nimmt eine ganze Wand ein. Er hat es behalten, für den Fall, dass sie zu Besuch kommt. Süß. Oder vielleicht kam es ihm komisch vor, ein Schlafzimmer mit Feen an der Wand zu benutzen.

„Schönes Wandbild", sage ich.

„Skylar hat das gemacht, als sie zehn war."

Überrascht schaue ich noch einmal hin. „Das ist wirklich gut."

„Sie ist ihr ganzes Leben lang schon eine Künstlerin. Jetzt nutzt sie ihre Kunst, um die Häuser anderer Menschen aufzu-hübschen."

„Malt sie immer noch Wandbilder?"

„Das könntest du sie fragen. Das hier ist das einzige, von dem ich weiß. Sie wohnt jetzt zur Miete, also bezweifle ich, dass sie die Wände in ihrer Wohnung bemalen würde. Als ich das letzte Mal dort war, hatte sie hauptsächlich große Schwarz-Weiß-Fotos von ihrer Reise nach Kenia an den Wänden."

Ich lächle. „Sie klingt so interessant. Ich kann es nicht abwarten, sie kennenzulernen."

„Ich bin sicher, dass sie das auch sagen würde", erwidert er über seine Schulter und geht zum Ende des kurzen Flurs zu einer anderen Tür. Er öffnet sie und gibt eine Treppe zum Dachboden frei.

„Da sind ja die Größenmarkierungen", sage ich und staune über sie. So eine klassische Elterngeste. Man sollte meinen, dass mein Vater als Mathematikprofessor uns gemessen hätte, aber er war eher der geniale, aber verwirrte Professorentyp.

Er geht nach oben, und ich folge ihm.

„Liam und ich haben uns hier oben ein Zimmer geteilt", sagt er. „Jetzt bin ich allein."

Unter dem Fenster steht ein Queensize-Bett, daneben ein paar Nachttische und eine Kommode mit einem Spiegel darüber. Das Bett ist mit einer rot-blau karierten Decke bedeckt. Alles schön und ordentlich.

Er wahrt Distanz und steht mir gegenüber. Kommt er auf Ideen in seinem Schlafzimmer? Ich weiß, dass ich nicht so denken sollte, aber es ist schwer, es nicht zu tun. Es ist so lange her, und Max ist der erste Typ, bei dem ich mich seit langer Zeit wohlfühle. Ganz zu schweigen davon, dass er wunderschön, sexy und ein harter Arbeiter ist. Seine Familie ist ihm eindeutig wichtig. Alles ausgezeichnete Qualitäten bei einem Kerl.

„Ich bin beeindruckt, dass du dein Bett gemacht hast", sage ich. „Du wusstest nicht einmal, dass du heute einen Besucher haben würdest."

„Gewohnheit. Mom hat ständig aufgepasst, dass wir aufräumen. Mit fünf Personen, in ein so kleines Haus eingepfercht, kann ich das jetzt verstehen. Sie konnte nicht zulassen, dass es sich in eine Müllkippe verwandelt. Außerdem ist Dad durchgedreht, wenn er von der Arbeit nach Hause kam und Chaos herrschte. Gute Zeiten."

„Ah!" Keine verlorene Liebe.

Ich drehe mich um und gehe den Weg hinunter, den wir gekommen sind. Er folgt nicht. Ich warte ein paar Minuten, neugierig, was er vorhat. Endlich kommt er mit einem weißen Handtuch.

„Was dagegen, wenn ich kurz dusche? Das mache ich immer, wenn ich nach Hause komme, nachdem ich den ganzen Tag draußen gearbeitet habe."

„Klar."

„Entspann dich auf der Terrasse mit deinem Getränk, und ich treff dich dann da."

Ich winke ihm zu, gehe in die Küche und schnappe mir mein Bier auf dem Weg zur Terrasse. Dort stehen zwei beigefarbene Gitterstühle und ein kleiner Plastiktisch. Perfekt. Ich setze mich und stoße einen Atemzug aus. Das ist Leben. Ich kann meine riesige Liste von Dingen, die ich für das Inn erledigen muss, und meinen Vollzeitjob fast vergessen. Mein Chef, Bill, hat mir wirklich im Nacken gesessen, ich sollte mich an meinen Tagen im Homeoffice öfter melden. Ich habe so das Gefühl, er meint, ich vernachlässige meine Arbeit. Tue ich nicht, aber ich musste die Arbeit für ihn manchmal aufs Wochenende verschieben, um mithalten zu können.

Ich schüttle den Kopf. *Keine Gedanken an die Arbeit.* Ich nehme einen langen Schluck vom Bier und schaue auf den See. Bevor ich es weiß, ist mein Bier weg. Ich sollte wahrscheinlich bald etwas essen. Oh, sieh mal! Ein paar Schwäne schwimmen da draußen. Schwäne paaren sich fürs Leben. Das ist so cool. Ich möchte ein Bild. Mist, ich hab meine Handtasche auf dem Küchenstuhl gelassen.

Ich eile hinein und mache mich auf den Weg in die Küche. Die leere Flasche lasse ich auf dem Tisch, um sie später zu recyceln. Ich nehme meine Handtasche und gehe zurück, wie ich gekommen bin. Gerade als ich die Dreckschleuse erreiche, klappern die Rohre, wahrscheinlich, weil das Wasser der Dusche abgestellt wurde. Ich wette, ich könnte auf Zehenspitzen ins Wohnzimmer gehen und Max sehen, wie er in einem Handtuch zum Schlafzimmer im Dachgeschoss geht, um sich umzuziehen. Bin ich so notgeil?

Ich gehe nach draußen, von meinen eigensinnigen Gedanken verwirrt. Ein Bier, und ich bin bereit für Action. Ich hol mein Handy für das Schwanenbild heraus. Ich kann sie immer noch sehen, aber sie sind weiter entfernt. Verdammt! Ich zoome sie ran und nehme das Bild auf. Hoffentlich kommen sie bald wieder.

Max erscheint ein paar Minuten später. Er trägt ein schwarzes T-Shirt und Jeans, seine Haare sind noch nass von der Dusche und nach hinten gestrichen. Sein Haar sieht so etwas dunkler aus und betont seine blauen Augen.

„Du hast so viel Glück, hier zu wohnen", sage ich mit einer atemlosen Stimme. Er ist *atemberaubend*.

Er nimmt den Stuhl neben mir und stellt sein Bier auf den Tisch. „Ja, selbst als Kind wusste ich das, weil ich den See als meinen Spielplatz hatte."

Er zeigt dorthin, wo er gerne im Schatten einer Trauerweide geangelt und Liam seine Initialen in einen Baum geschnitzt hat. Weitere Enten schwimmen herum und gründeln unter Wasser nach Nahrung.

„Die Schwäne sind zurück", flüstere ich und halte mein Handy hoch, um ein weiteres Bild zu bekommen. Ich mache ein paar, während sie schwimmen, und dann halten sie an, wenden sich einander zu, ihre Hälse bilden die Form eines Herzens. Ich knipse drauflos. Das muss ich Kayla zeigen. Sie wird die Romantik lieben.

Ich drehe mich zu Max um. „Sie haben ein Herz geformt. Wusstest du, dass Schwäne sich fürs Leben paaren?"

„Das wusste ich." Seine Stimme klingt rau, seine Augen sind weich.

Ein Schauer der Vorfreude rast mir den Rücken hinunter. „Ich könnte die ganze Nacht hier draußen bleiben. Ich wette, die Sterne sind abseits der Straßenlaternen ganz klar."

Ein Lächeln umspielt seine Lippen. *War ich zu offensichtlich mit meinem Hinweis, dass ich bleiben möchte?* Er zuckt mit dem Kinn in Richtung See. „Bessere Aussicht, wenn du am Strand oder auf dem See in einem Boot bist."

„Können wir das? Auf einem Boot rausfahren?"

Er beugt sich zu mir, seine Augen sind auf meine gerichtet. „Musst du erst Nigel fragen? Er könnte es falsch verstehen, wenn er hört, dass du mit einem anderen Mann in der Dunkelheit der Nacht auf einem Boot rausgefahren bist. Könnte man als ... ich weiß nicht, romantisch auffassen."

Ich schlucke kräftig. *Gebe ich zu, dass es keinen Nigel gibt, und riskiere, als Verrückte dazustehen?*

Andererseits, wenn ich es nicht zugebe, könnte er denken, dass ich einen romantischen Schritt auf ihn zumache, obwohl ich verlobt bin.

Und ich unterzeichne immer noch technisch gesehen seinen Gehaltsscheck.

„Wie viel Uhr ist es in Irland?", fragt er.

Meine Augenbrauen ziehen sich verwirrt zusammen. „Irland?"

„Hast du nicht gesagt, dass Nigel von dort kommt? Du hast erwähnt, er reist viel hin und her." Er streckt seine langen Beine aus und überkreuzt sie an den Knöcheln. „Ich nehme an, dass du deswegen heute Abend nicht bei ihm bist."

Ich räuspere mich. „Ich bin sicher, dass sogar Nigel verstehen würde, dass zwei Freunde sich die Sterne gemeinsam ansehen. Außerdem brauche ich die Ruhe und Stille."

Da. Ich bin professionell geblieben. Verdammt.

Er wirft mir einen wissenden Blick, ein Mundwinkel hebt sich. „Weil ich dich entspanne", murmelt er.

Mein Puls rast. Nicht im Moment, aber ... gibt es hier Vibes? Es fühlt sich an, als würde er flirten. Nicht so sehr mit seinen Worten, sondern mit der Wärme in seinen Augen und seinem heiseren Ton. „Du hast eine sehr entspannte Haltung", sage ich schließlich.

Er hebt seine Flasche zustimmend. „Das habe ich." Er nimmt einen langen Schluck und stellt die Flasche auf den Tisch. „Du scheinst ständig angespannt."

Ich versteife mich. Er sagt im Grunde, ich sei verklemmt. „Das liegt daran, dass du mich nur beim Versuch gesehen hast, den wichtigsten Job meines Lebens anzugehen! Das ist nicht mein normaler Modus." Ich schüttle den Kopf. „Alles ist bei weitem nicht normal."

„Ich will dich nicht beleidigen. Jeder wäre angespannt, wenn er zwei Jobs übernimmt, von denen einer voller Probleme ist, von denen jedes einzelne in deine persönliche Bilanz einschneidet."

„Genau!" Ich bin erleichtert, dass er es versteht. „Können wir also auf deinem Boot segeln?"

Er grinst. „Es ist eigentlich ein Ruderboot, also können wir rudern." Er steht auf und reicht mir die Hand.

Ich lege meine Hand in seine, während er mir aus dem Stuhl hilft, ein Kribbeln rast durch meinen Arm. Es ist selten, dass ich eine so intensive Reaktion erlebe, wenn ich nur eine Hand halte. Er lässt nicht los, seine Augen blicken glühend in meine. Mein Atem stockt.

„Ich muss etwas Dampf ablassen,", flüstere ich.

„Ich wette, das musst du", murmelt er und streichelt mit einem Finger über mein Handgelenk.

Ich starre auf die Stelle, fasziniert von seinem langen Finger auf meiner empfindlichen Haut. Mein Puls scheint jedes Mal zu springen, wenn sein Finger darüberstreicht.

Er hebt meine Hand auf Brusthöhe und dreht sie, um auf meine Finger zu starren. „Kein Ring. Läuft es nicht gut im Nigel-Land?"

Ich lege meine ringlose Hand hinter meinen Rücken und versuche, mich nicht zu winden. Ich ertrage es nicht mehr zu lügen, aber ich kann die Wahrheit nicht zugeben und riskieren, wie eine Irre dazustehen. Ich schwöre, ich hatte legitime Gründe, Männer abzuwehren! Viele schreckliche Erfahrungen, die mir keine Hoffnung ließen, jemals einen anständigen Kerl zu finden, mit dem ich etwas Festes haben wollte. Ich darf den ersten Typen, den ich seit langer Zeit wirklich mag und bei dem ich mich wohlfühle, nicht verscheuchen, indem ich zugebe, dass ich so extreme Maßnahmen ergriffen habe, wie eine ganze Falscher-Verlobter-Story zu erfinden. Ich kann mich nicht einmal daran erinnern, Irland erwähnt zu haben. Vielleicht können wir vergessen, dass Nigel jemals existiert hat? Nigel Wer?

Ich schaue zum Himmel. „Ich würde diese Sterne wirklich gerne vom Wasser aus sehen."

„Hast du Zweifel wegen Nigel? Es ist nicht endgültig, bis ihr „Ich will" sagt, und selbst dann gibt es noch eine Flucht-klausel."

Sollte ich eine Trennung von meinem falschen Verlobten vortäuschen? Nein, ich bin keine so gute Schauspielerin. Mein Bruder Wyatt liebt es, mit mir Poker zu spielen, weil er immer weiß, ob ich eine gute oder schlechte Hand habe. Jede Emotion zeigt sich in meinem Gesicht. Ich bin überrascht, dass ich das Falscher-Verlobter-Ding nicht schon verraten habe. Ich denke, der Ring hat für sich selbst gesprochen.

„Brauchst du Hilfe dabei, das Boot rauszuholen?", frage ich fröhlich.

Seine blauen Augen funkeln vor Humor. „Hab schon verstanden. Es klingt, als könntest du eine Pause brauchen, um deine Probleme mit Nigel und bei der Arbeit zu vergessen."

„Ja! Das klingt großartig."

Er deutet zur Küche. „Du holst das Bier, und ich hole das Boot aus dem Keller. Wir treffen uns draußen."

Ich lehne mich auf meine Ellbogen im Boot zurück und nehme die leuchtenden Sterne in mir auf, die in einem dunklen wolkenlosen Himmel gespickt sind, während der Glanz des Mondlichts durch die Bäume dringt. Ich bin jetzt so entspannt. Nachts ist es hier etwas kühler, aber Max hat mir ein dickes Sweatshirt gegeben, das überdimensional genug ist, dass es mir auch noch eine Sitzfläche bietet. Max ist *super*. Er hat das ganze Rudern mit den großen, kräftigen Schultern übernommen, hat mir Bier gegeben und sogar eine Tüte Kartoffelchips mitgenommen. Die sind längst weg. Das Abendessen mit Chips und Bier war der Hit.

Seine Stimme durchschneidet die mondhelle Nacht. „Du wirst uns noch zum Kentern bringen, wenn du dich weiter so auf die Seite lehnst."

Ich richte mich auf. „Upps. Ich wollte mich einfach zurücklehnen und in den Himmel schauen. Ich schätze, ich könnte mich in die Mitte des Bootes setzen und mich auf die Bank lehnen."

„Der Boden ist etwas nass. Komm einfach hierher. Du kannst dich an meine Schulter lehnen."

„Wie ein freundschaftlicher Stuhl." *Oder macht Max einen ersten Schritt auf eine fast nicht verlobte Frau zu? Er denkt, dass es Probleme zwischen mir und Nigel gibt. Niemand könnte mir vorwerfen, wenn ich einen Kuss unter den Sternen genießen würde.*

Niemand müsste es erfahren. Nicht einmal Nigel.

In seiner Stimme ist ein Hauch von Amüsement zu hören. „Klar, ich bin freundlich. Ich hab bis jetzt nur zwei Frauen über Bord geworfen."

Ich lache. „Ich hoffe, das waren deine Schwester und eine Cousine oder so. Bei denen sind Streiche in Ordnung, aber ich werde mich nicht rühren, wenn du ahnungslose Frauen über Bord wirfst."

Seine Stimme nimmt einen dunklen, rauen Ton an. „Komm her, meine Hübsche. Sei nicht schüchtern. Alles läuft nach meinem bösen Plan."

Ich verenge meine Augen, aber ich bin nicht sicher, wie gut er meinen Ausdruck im Mondlicht sehen kann. Ich kann nur seine glitzernden Augen und das gelegentliche Blitzen weißer Zähne sehen. „Ich werfe dir meinen besten finsteren Blick mit verengten Augen zu, der sagt *Leg dich nicht mir an*."

„Brr … Gruseliges Zeug. Jetzt nicht aufstehen. Bewege dich langsam und vorsichtig auf meine Bank." Er rutscht zur Seite und setzt sich rittlings auf die Bank. Jetzt verstehe ich, wie das funktioniert. Ich sitze vor ihm, und wir sind immer noch ausgeglichen auf der Bank.

„Das ist wohl der Grund, warum du eine Schwimmweste vorgeschlagen hast", sage ich, halb von meiner Bank kriechend und in seine Richtung gelehnt. „Ich kann schwimmen, aber ich würde mich jetzt lieber nicht durchnässen lassen."

Plötzlich greift er mein Handgelenk, und ich keuche überrascht. Er zieht mich den Rest des Weges zu sich und setzt mich auf die Bank vor sich.

„Okay, lehn dich zurück", sagt er.

Ich sehe über meine Schulter. Er ist noch weiter gerutscht, um mir Platz zu machen. Ich lehne mich langsam an seine Brust zurück, eingehüllt in sein dickes Sweatshirt, und lege meinen Kopf gegen seine Schulter. Wie kann er in einer kühlen Frühlingsnacht so warm sein? Oder vielleicht bin ich diejenige, die warm ist. Das gefällt mir verdammt gut. Und das sind nicht die zwei Biere, die aus mir sprechen.

Ich starre in den Himmel, wieder einmal geblendet von der Klarheit so vieler brillanter Sterne. „Das ist schön."

Seine Stimme grollt in seiner Brust. „Das ist es. Ich möchte das nie verlieren."

Ich drehe mich, um ihn anzusehen. „Warum hast du dann das Haus auf den Markt gebracht?"

Er schiebt eine Strähne hinter mein Ohr. „Frag nicht", murmelt er.

Ich bin begeistert, in einen warmen Kokon gehüllt, nur wir zwei hier draußen auf dem Wasser. Wage ich es, die Distanz zu überbrücken?

Er wendet den Blick ab. „Da sind die Schwäne von meinem Angelplatz, als ich ein Kind war."

Ich schaue enttäuscht hinüber. Aber dann legt er seine Arme um mich, und es fühlt sich so gut an, gehalten zu werden, dass ich seufze. In der Ferne erhasche ich einen Blick auf die Schwäne, deren weiße Federn im weichen Licht leuchten. Ich möchte diesen Moment einfach dauerhaft einfrieren – in Max' warmer Umarmung gehalten, der glitzernde Nachthimmel, das Wasser, das sanft gegen das Boot schwappt.

Ich lege meine Hand auf seinen Unterarm und schiebe dann meine Handfläche zu seiner Hand, wobei ich meine auf seine Hand lege. Ich kann mich noch nicht einmal daran erinnern, wann mich das letzte Mal ein Mann festgehalten hat. Vielleicht vor einem Jahr, da bin ich mit einem Ex aufgewacht, der in Löffelchenstellung hinter mir lag, aber dann stellte sich heraus, dass er nur die zweite Runde wollte. Ich hab ihn nie wiedergesehen. Das tat weh. Ich dachte, als Sam über Nacht blieb, das bedeutete etwas. Aber das war nur seine übliche Zweimal-pro-Nacht-Art. Ich schiebe die Erinnerung beiseite. Ich genieße das hier zu sehr, um über meine schreckliche Geschichte mit Männern nachzugrübeln.

Max' andere Hand ruht auf meinem Kopf, bevor sie nach unten rutscht, um meine Haare zu streicheln. „Du hast so weiches Haar."

„Es ist okay. Ich bekomme nie Locken hinein. Paige und Kayla haben Naturwellen. Diese Gene haben mich verpasst."

„Ich mag es so, wie es ist", sagt er leise.

Bei der Andeutung einer Einladung setze ich mich anders hin und streiche meine Finger über seinen bärtigen Kiefer. „Dein Bart ist weicher, als ich dachte."

Er blickt in meine Augen.

Ich drücke impulsiv meine Lippen auf seine und werde gleich belohnt mit einem Ruck der Empfindung. Ich rutsche zurück, und wir starren einander an.

Dieses Mal küsst er mich, seine Hand umfasst meinen Kiefer, sein Mund schräg über meinem in einem Kuss, der mir den Magen hinabsacken lässt, und Lust sammelt sich zwischen meinen Beinen. Ich bin überrascht über meine Reaktion. Ich dachte immer, dass ich langsam warm werden müsse.

Er unterbricht den Kuss und blickt mich mit einem ernsten Gesichtsausdruck an. „So sehr mir das gefallen hat, ich mache nicht mit einer verlobten Frau herum."

„Wir wollen uns trennen", sage ich schnell. „Es ist vorbei mit Nile –"

„Nile? Ich dachte, er heißt Nigel."

Ich halte inne. *Mist.* „Er *heißt auch Nigel.* Tut mir leid! Zu viel Bier? Küss mich noch einmal."

Er lächelt breit und stupst mich unter dem Kinn an. „Ich weiß, dass du Nigel erfunden hast."

„Was! Woher weißt du das?" Ich rutsche, sodass ich seitlich auf der Bank sitze, um ihn anzusehen. Dann merke ich, dass ich es gerade zugegeben habe. „Ich meine, wovon sprichst du?"

Er schmunzelt, ein breites Lächeln bricht in dem hervor, was man nur als maximale männliche Überheblichkeit bezeichnen kann. „Ich hab gehört, wie du und Paige über den Verkauf des Rings gesprochen habt. Deinen Anti-Männer-Schild."

Ich tauche meine Hand über die Seite des Bootes, schöpfe etwas Wasser aus dem See und spritze ihn nass, damit er aufhört, so zu grinsen. Er spritzt zurück, und ich kreische. Das Wasser ist kalt, und er hat meinen Kopf klitschnass gemacht! Ich schöpfe so schnell und so viel ich kann, und räche mich. Er gibt so gut wie er einsteckt. Sogar das dicke Sweatshirt, das er mir gegeben hat, ist in wenigen Minuten durchnässt.

„Waffenstillstand!", brülle ich.

Er hört sofort auf, seine Hand legt sich um meinen Nacken und zieht mich zu sich. Er grinst. „Du siehst niedlich aus, wenn du so nass bist."

Ist er dabei, mich über Bord zu werfen?

„Du auch", sage ich und werfe meine Arme um seinen Hals. Wenn ich untergehe, geht er mit.

„Ich darf eine alleinstehende Frau küssen." Und dann tut er es. Ein tiefer langer Kuss, der mir den Atem aus den Lungen stiehlt. Mein Geist schaltet sich ab, und mein Körper entzündet sich, wodurch ich alles außer dem hier vergesse – seine Hitze, seinen Geschmack, ein dringendes Verlangen, das mich verzehrt.

Wir bleiben dort, küssen uns unter den Sternen, für eine sehr lange Zeit.

~

Max

Ich hab es zurück ins Haus geschafft, hab es sogar geschafft, uns beide in trockene Sachen zu bekommen und Sachen in den Trockner zu werfen, aber was ich nicht geschafft habe, ist aufzuhören, Brooke zu küssen.

Sie sitzt rittlings auf meinem Schoß auf dem Sofa, trägt mein T-Shirt und meine Jogginghose, die beide so weit sind, dass ich leicht Zugang zu ihrer weichen Haut habe. Sie reibt sich an mir, gibt uns beiden, was wir brauchen, und mein intensives Bedürfnis explodiert. Ich kämpfe gegen das Bedürfnis an, sie unter mich zu ziehen.

Ich unterbreche den Kuss und betrachte sie. Sie atmet schneller, ihre grünen Augen sind erweitert, die Wangen gerötet. So verdammt sexy.

„Was?", fragt sie mit atemloser Stimme.

Ich öffne den Mund, um zu sagen, dass ich die Situation nicht ausnutzen will, aber verdammt, das will ich. Ich greife ihr Haar und küsse sie wieder, ertrinke in dem Gefühl. Ihre weichen Kurven, das seidige Haar, die Hitze ihres Mundes. Sie duftet nach Blumen. Wie kann sie immer noch nach Blumen riechen, nachdem ich sie mit Seewasser übergossen habe?

Ich sollte aufhören. Meine Hände gleiten über ihren Rücken, kein BH. *Moment mal. Mal ganz langsam.*

Ich hebe den Kopf. Sie schnappt sich den Saum meines T-Shirts und zerrt es hoch.

„Wir sollten uns zurückhalten", sage ich heiser.

Sie starrt mich an, ihre Augen geweitet. „Wirklich?"

Ich greife nach meiner letzten Willenskraft. „Es ist keine gute Idee für mich, mit einer Kundin rumzumachen."

Sie schiebt ihr Haar aus dem Gesicht, immer noch benommen. „Richtig." Sie klettert von meinem Schoß und sitzt neben mir. „Ich denke, ich hab mich hinreißen lassen."

„Nicht, dass ich nicht alles … genieße."

Einen langen verkrampften Moment starrt sie stur geradeaus. „Ich werde einfach gehen." Sie steht auf und schaut nach hinten ins Haus. „Ich werde meine Sachen aus dem Trockner holen."

Ich nehme ihr Handgelenk, bevor sie weggehen kann. „Nur, damit es nicht chaotisch zwischen uns wird, mit dir als Kundin."

Sie hält ihren Blick weiter in der Ferne. „Verstehe ich vollkommen. Wird nicht wieder passieren." Sie zieht sich weg und eilt in die Dreckschleuse.

Ich atme kräftig aus. Sie wirkt verstimmt. Ich versuche doch nur, hier das Richtige zu tun.

Sie kehrt mit dem rosa Pullover zurück, in dem sie angekommen ist, noch feucht, er klebt an ihren Brüsten. Es juckt mir in den Fingern, sie frei entlang ihrer Sanduhrform streifen zu lassen. Ich verschränke die Arme, um meine Hände unter Kontrolle zu halten.

Sie schaut sich nach ihrer Handtasche um und legt den Riemen über ihre Schulter. Schließlich sieht sie mir in die Augen und lächelt verkrampft. „Danke! Heute Abend hat Spaß gemacht. Ich habe dein geliehenes Hemd dort zum Waschen gelassen. Also, ich seh dich dann nächsten Donnerstag, wenn ich zurück bei der Arbeit im Inn bin. Und, keine Sorge, es wird völlig professionell zwischen uns sein."

Der nächste Donnerstag fühlt sich plötzlich so weit weg an. Es ist Freitagabend. Ich weiß, dass sie von Donnerstag bis Sonntag in der Stadt ist. „Arbeitest du jemals am Wochenende im Inn?"

Ihre Stimme nimmt einen professionell strengen Ton an. „Wenn ich einen Handwerker dazu bringen kann. Manchmal schickt Gage einen oder zwei seiner Crew, wenn ich sie brauche, oder hin und wieder einen Elektriker, den Typ für den Bodenbelag oder wen auch immer. Die meisten Male bin ich dort, um zu überprüfen, was gemacht wurde und was noch gemacht werden muss. Dann jongliere ich mit den Zahlen."

Ich vermisse ihre Wärme. „Ich könnte samstags etwas arbeiten, um dem Zeitplan voraus zu sein." Ich war schon so sehr darauf bedacht, dem Zeitplan voraus zu sein, um die

Zahlung für Liam und mein Haus zu beschleunigen, aber jetzt möchte ich schnell fertig werden, damit Brooke und ich dort weitermachen können, wo wir gerade aufgehört haben. Ich will sie mehr, als ich seit langer Zeit irgendeine Frau wollte. Ich kann nichts davon sagen, solange sie meine beste Klientin ist.

Sie zuckt mit den Schultern, und ihre Handtasche fällt auf den Boden. Sie greift nach ihr. „Was immer du willst. Man sieht sich."

„Vielleicht seh ich dich dann morgen "

Sie wedelt ausladend, ihre Stimme ist hoch. „Ja, oder nächsten Donnerstag."

Ich stehe auf und begleite sie zur Tür.

Dort bleibt sie stehen und sieht zu mir auf. „Können wir so tun, als wäre das nicht passiert?"

„Klar."

Ich drücke die Tür für sie auf und bringe dabei unsere Körper nahe aneinander. Wir starren uns einen Moment lang an und prallen dann zusammen. Ich bin mir nicht einmal sicher, wer sich zuerst bewegt hat. Ich will sie so sehr, dass ich sie an die Wand drücke, sie küsse wie ein verhungernder Mann, mein Körper an sie gepresst, vor Verlangen voller Schmerzen.

Sie unterbricht den Kuss, atmet heftig. „Entschuldige."

„Verziehen."

Ich küsse sie wieder, hungrig nach mehr. Ihre Hände sind überall an mir. Ich streiche meine Hände an ihren Seiten hinunter und fühle ihre erhitzte Haut durch das feuchte Oberteil. Ich verlagere das Gewicht, um ihren Hals zu küssen, und lasse meine Zähne über sie kratzen.

„Max", keucht sie. „Wir verschieben das." Sie drückt gegen meine Brust.

Ich ziehe mich zurück, außer Atem und fast wahnsinnig vor Lust. Ich kann mich nicht daran erinnern, dass ich jemals so schnell von einem Kuss hochgefahren bin. Ich schiebe eine Hand durch mein Haar und versuche, mich zu beruhigen. *Richtig. Professionell. Verstanden.*

Es ist ätzend, verantwortungsvoll zu sein. Moment mal. Ich bin es, der unverantwortlich ist. Ist es nicht das, was jeder immer sagt? Aus demselben alten Holz geschnitzt.

Sie streichelt meinen Bart. „Bye, Max", sagt sie leise.

„Bye." Ich betrachte ihre roten Wangen, ihre rosa Lippen, und es braucht alles, was ich noch habe, um sie nicht wieder zu ergreifen.

Ich schließe die Tür hinter ihr und beobachte durch das Fenster der Tür, wie sie in ihr Auto steigt, und beobachte dann weiter, bis das Auto ein entferntes Licht in der Ferne ist.

Ich gehe zurück zum Sofa und lasse mich fallen. *Verdammt.* Ich hab es vermasselt. Wenn etwas zwischen uns schiefgeht, wird es ein dringend benötigtes Projekt nicht nur für mein Geschäft, sondern auch für meinen Bruder und für die Rettung meiner Familie ruinieren. Was zum Teufel hab ich mir dabei gedacht?

Das Beängstigende ist, dass ich der Versuchung nicht widerstehen könnte, wenn sie jetzt durch diese Tür käme. Die einzige Lösung ist, so weit wie möglich Distanz zu wahren. Wir werden so tun, als wäre das nie passiert, so wie sie gesagt hat.

Wenn ich nur die Erinnerung an ihren Mund auf meinem Mund, das Gefühl von ihr in meinen Armen, ihren blumigen Duft – einfach alles, was Brooke ist – aus meinem Kopf bekommen könnte. Ihr strahlendes Lächeln, ihr ansteckendes Lachen, ihre direkte, gerade Art. So viele Frauen haben etwas zu verbergen. Bei Brooke bekommt man, was man sieht. Ich liebe das.

Ich vermisse sie jetzt schon.

8

Brooke

Ich hab heute meinen Golden Retriever, Scout, als Puffer zwischen mir und Max mit ins Inn genommen. Tatsächlich will ich nur kurz nachsehen, um die Fortschritte zu überprüfen und die potenzielle Innenarchitektin, Max' Schwester Skylar treffen. Es ist sechs Tage her, seit ich Max das letzte Mal gesehen habe, und ich habe viel zu viel über unseren kurzen Ausflug in den lustvollen Wahnsinn nachgedacht. Ich habe eine Grenze überschritten, die ich nicht hätte überschreiten sollen, und das wird nie wieder passieren. Es ist, als ob es nie passiert wäre. Genau wie meine Verlobung. Weg. *Armer Nigel. Es hat ihn schwer getroffen. Ha-ha.*

Zum Glück geht bei der Renovierung alles gut voran. Die Wände des Wohnzimmers wurden neu verputzt und der Parkettboden an einigen Stellen repariert. Die Küche ist auch komplett, jetzt kommen noch die Klimaanlage, die Kaminreparatur, neue Badezimmer, Modernisierung der Schlafzimmer, und das Hinzufügen von Türen zu zwei Gruppen von Schlafzimmern. Zuletzt die Wohnung des Gastwirts. Paiges Wohnung ist noch ein großer, leerer Raum. Die vorherige Besitzerin hat ihn als Nähzimmer benutzt.

Ich halte Scout an der kurzen Leine und treffe mich mit Paige in unserer frisch renovierten Küche. Scout genießt es, alles zu beschnüffeln. Die Edelstahlgeräte sind immer noch mit dem klaren Schutzkunststoff überzogen. Paige dreht mir den Rücken zu, als sie ihre Wasserflasche im Waschbecken wieder auffüllt.

„Schön, wieder fließendes Wasser zu haben", sage ich.

„Die Dinge, von denen man nie merkt, dass man sie für selbstverständlich hält", sagt sie über ihre Schulter. Sie füllt die Flasche zu Ende, lehnt sich an die Theke und nimmt einen Schluck.

„Ich bin heute nur kurz hier."

Ihre Augenbrauen heben sich fragend. Es ist das erste Mal, dass ich nicht den ganzen Tag hier verbracht habe, während ich in der Stadt bin.

Eine Erklärung, warum ich mich so rar mache, wird mir durch die Türklingel erspart. Scout bellt, reißt an der Leine, will unbedingt zur Tür laufen. Ich gebe ihm wortlos einen Befehl. Er winselt, aber es ist viel ruhiger als sein Gebelle. Sein Blick bleibt auf die Haustür gerichtet.

„Muss Skylar sein", sage ich zu Paige, die gerade schon aufmachen will. „Die Crew würde einfach reinkommen."

„Oder Wyatt."

Unser älterer Bruder hat uns damit genervt, wir sollen ihn kommen lassen, damit er sich unseren Fortschritt ansehen kann. Wir haben versucht, ihn abzuhalten, bis es fertig ist. Wyatt meint es gut, aber wenn man ihn reinlässt, übernimmt er alles. Er kann nicht anders. Es liegt in seiner Natur, ein Problem zu sehen und einzutreten, um es zu beheben. Er ist wahrscheinlich schlimmer bei uns als bei seinen Geschäftspartnern, weil er die Position des Familienoberhaupts übernommen hat, als Dad starb, und fest davon überzeugt ist, dass seine drei jüngeren Schwestern in seiner Verantwortung liegen. Egal, dass wir jetzt alle erwachsen sind. Ich liebe ihn sehr, aber …

Hier ein klassisches Wyatt Szenario: Ich habe vor kurzem erfahren, dass die digitalen Tags, die er mir und meinen Schwestern für unsere Schlüssel gegeben hat, damit wir sie finden könnten, wenn sie verloren gingen, ihm ermöglicht haben, auch *uns* über eine App zu verfolgen. Hat seine eigenen Schwestern verfolgt! Ich hab mir die App nie angesehen, weil ich meine Schlüssel nicht verloren hatte. Offenbar hat Paige ihren Tag nach dem ersten Tag in ihrer Nachttisch-Schublade gelassen, weil sie die App überprüft hatte. Sie hat nicht daran gedacht, es mir gegenüber zu erwähnen. Sogar Kayla wusste es vor mir und hat es mir nicht gesagt. Sie hatte ihren Tag am Halsband des Hundes ihres Verlobten befestigt, falls er gedognapped würde (lange Geschichte). Wie auch immer, so hat Wyatt den Hund gefunden, mit der App, die alle unsere Tags verfolgt. Ich werde zweimal darüber nachdenken, bevor ich in Zukunft ein Geschenk von ihm annehme.

Ich schließe mich Paige und Skylar im Wohnzimmer an. Skylar ruft über Scout „Bist du nicht eine Schönheit?" Sie streichelt ihn und lächelt mich an. „Ich liebe Golden Retriever einfach." Sie ist eine hübsche Brünette und trägt ein rosa und orangefarbenes Wickeloberteil, eine schwarze Hose und Pumps.

Scout muss sie auch lieben, weil er sich an ihr Bein lehnt und sie anbetend anschaut. Witzig, Scout liebt Max auch, viel mehr als die meisten Menschen. Es muss an diesen Bellamy-Pheromonen liegen oder so.

Skylar lächelt mich strahlend an und streckt mir ihre Hand entgegen. „Tut mir leid, Ihr wunderschöner Hund hat mich abgelenkt. Es ist so schön, Sie kennenzulernen, Brooke. Max hat mir erzählt, dass Sie eine *erstaunliche* Architektin sind."

Ich schüttle ihr die Hand und mag sie jetzt schon. „Danke! Aber wollen wir nicht *Du* sagen? Max hat mir gesagt, dass du eine erstaunliche Innenarchitektin bist."

Sie wirft ihr langes braunes Haar über die Schulter und grinst wie ihr Bruder. „Nun, ich geb mein Bestes. Und: ja, gern!" Sie zieht ihr Handy aus einer Ledertasche. „Was dagegen, wenn ich während der Tour Fotos mache? Das wird mir helfen, später ein paar lustige Ideen zu entwickeln."

„Ich weiß sehr viel über das Dekorieren", sagt Paige. „Ich inszeniere Appartments und Wohnungen in der Stadt."

Ich werfe ihr einen Blick zu. Wir waren uns einig, dass eine Innenarchitektin hilfreich sein könnte.

Skylars Gesichtsausdruck bleibt fröhlich. „Ich habe davon gehört. Ich bin mir sicher, du bist sehr gut in deinem Job. Ich bin nur als Ideengeberin hier, und wenn ihr entscheidet, dass ich mit euch zusammenarbeiten soll, werden wir ein Team sein." Sie dreht sich zu mir um. „Du auch, Brooke. Ich arbeite gerne mit Kunden zusammen und mag es herauszufinden, was sie wirklich ansprechen würde." Sie legt eine Hand auf ihr Herz. „Es macht mich glücklich, euch glücklich zu machen."

Ich mag sie wirklich. Max hat es vorhergesagt. Ich schaue zu Paige, die nicht überzeugt aussieht.

„Hier entlang", sagt sie und bedeutet Skylar, ihr zu folgen. „Wir werden oben anfangen, da die Crew diesen Teil noch nicht in Angriff genommen hat. Da bekommst du einen Blick auf das Vorher. Auf diese Weise können wir etwaige Ideen, die du haben wirst, noch umsetzen."

Ich führe Scout zu den Stufen und lasse seine Leine los, damit er die Treppe hinaufrennen kann.

Skylar macht bei jedem Zimmer, das ich ihr zeige, *ooh* und *aah*. Sie liebt das Haus genauso wie wir. Als wir wieder im Wohnzimmer sind, lächelt sogar Paige. Wahrscheinlich war es ganz hilfreich, dass Skylar die Idee hatte, die Wohnung der Gastwirtin in einen offenen Grundriss zu verwandeln, der Paiges modernen Stil anspricht.

Das Wohnzimmer ist vorerst ein leerer Raum mit großen Fenstern auf zwei Seiten, einem Kamin, Gipswänden und einer coolen Pfosten- und Balkendecke. Ich kann die alten Zeiten im Zimmer sehen und auch, dass es mit den richtigen Möbeln und entsprechender Beleuchtung ein gemütlicher, moderner Raum sein könnte. Je nach Jahreszeit hätte ich gerne Blumen in Vasen. Oh, ich sollte Blumen in unseren Gemüsegarten hinten hinzufügen. Ich werde es Max sagen.

Scout ist durch die ganze Aufregung unserer Tour völlig fertig. Er schläft jetzt zu meinen Füßen.

Skylar studiert für einen Moment die Decke und schaut dann auf den Boden. „Fußleisten würden hier toll aussehen."

Gage kommt herein und bleibt stehen, sein Blick heftet auf Skylar. Wenn man Gage nicht kennt, könnte er einem einschüchternd vorkommen. Er ist groß, mit tätowierten Armen und hat einen harten Ausdruck mit seinen scharfen kantigen Gesichtszügen und dem stoppeligen Kiefer. Sein Ausdruck sagt normalerweise *geh mir aus dem Weg, ich habe einen Job zu erledigen.*

„Gage, das ist Skylar", sage ich. „Sie ist Innenarchitektin."

Sie bemerkt ihn und geht zu ihm, ein strahlendes, sonniges Lächeln im Gesicht. Sie hält ihm ihre Hand entgegen. „Schön, Sie kennenzulernen. Ich mache mir nur Notizen für später."

Gage schüttelt ihr kurz die Hand, das Gesicht steinern.

Skylar stemmt die Hände in die Hüfte und sieht sich im Raum um. „Wisst ihr, was fantastisch wäre? Die Böden abzusenken, um die Höhe des Raumes zu vergrößern. Ältere Häuser wurden nicht mit diesem hellen, geräumigen Gefühl entworfen, das sie heutzutage haben."

Ooh, warum habe ich nicht daran gedacht? Niemanden interessiert eine tiefere Decke im Keller. Natürlich, *das* ist ein großes Bauprojekt.

„Haben Sie gesagt, den Boden absenken?", fragt Gage verkrampft.

Skylar lächelt. „Ja. Um mehr Licht reinzuholen und uns das Gefühl von mehr Raum zu geben." Sie geht auf ihn zu und legt ihre Hand nahe an seinen Kopf. „Schauen Sie, die Decke ist nur ein paar Zentimeter von der Oberseite Ihres Kopfes entfernt. Hätte ihr Kopf nicht gern mehr Platz?"

Gage starrt sie an. Sie stehen mit den Zehenspitzen aneinander, weil Skylar nach der Messung nicht zurückgewichen ist, und es scheint, dass Gage nicht derjenige sein will, der sich zurückzieht.

„Doch, oder?", feixt sie mit gewinnendem Lächeln.

Gage erwidert das Lächeln nicht. „Auf keinen Fall, verdammt. Entschuldigung, auf keinen Fall."

„Es könnte den Raum wirklich öffnen", sagt sie unbekümmert, ohne sich um seine Sprache zu scheren. Sie ist schließlich mit zwei älteren Brüdern aufgewachsen. Sie betrachtet ihn. „Von Ihrem Werkzeuggürtel und Ihrer festen Meinung gehe ich davon aus, dass Sie für die Crew verantwortlich sind?"

Er nickt einmal.

Sie fährt gut gelaunt fort. „Ich bin so froh, dass wir uns getroffen haben, bevor die Renovierung abgeschlossen ist, denn jetzt können wir zusammenarbeiten, um etwaige langwierigen Änderungen vorzunehmen, die für den Flow besser funktionieren könnten."

„Nicht im Budget", sagt er zwischen den Zähnen. „Keine Zeit auf dem Plan."

Er hat recht, obwohl ich neugierig bin, wie viel es kosten würde. Ich öffne den Mund, um zu fragen, aber es scheint, dass ich hier nicht für das *Gage-Steinmauer-Skylar-sonniger-Himmel*-Scharmützel benötigt werde.

„Zeitpläne ändern sich", sagt Skylar mit einem Nicken. „Und bei den Budgets kann man mogeln. Man füge hier ein wenig hinzu, dort nimmt man ein wenig weg. Es ist alles sehr praktikabel, wenn wir ein wenig kreativ werden."

Er verzieht das Gesicht. „Für wen halten Sie sich eigentlich?"

Sie richtet sich gerader auf, ihre Schultern ziehen sich zurück. „Skylar Bellamy, Innenarchitektin, zu Ihren Diensten." Sie sieht zu mir und Paige. „Nun, das hoffe ich zumindest, wenn Paige und Brooke sich entscheiden, mit mir zu arbeiten."

Gage entspannt sich. „Gut, Sie sind noch nicht wirklich angestellt." Er schreitet an ihr vorbei in die Küche, wo er sich selbst beim Wasser bedient.

Skylars Blick folgt ihm, während sie murmelt: „Ich freue mich auch, Sie kennenzulernen, Mr. Griesgram."

Gage reagiert nicht, aber er muss es gehört haben, denn

als er auf dem Rückweg durch den Raum geht, murmelt er „Miss Perky", gerade als er an ihr vorbeigeht. Er geht weiter in Richtung Wohnzimmer.

„Ich bin eben munter, vielen Dank auch!", ruft Skylar ihm hinterher. „Die Welt braucht positive Menschen!"

Paige und ich tauschen einen Blick aus. Hmm, ich bin mir nicht sicher, ob diese beiden zusammenarbeiten sollten.

Skylar wendet sich an uns. „Tut mir leid! Ich habe für einen Moment die Beherrschung verloren. Ist er immer so?"

„So ziemlich", sage ich.

„Wow", sagt sie. „Einfach nur wow. Auf jeden Fall ..." Sie atmet tief ein, schließt die Augen für einen Moment und öffnet sie dann mit einem strahlenden Lächeln. „Ich werde einen Plan ausarbeiten. Ich habe bereits eure ausgefüllten Fragebögen, und jetzt, da ich euch getroffen und das Haus gesehen habe, freue ich mich, mit euch beiden zusammenzuarbeiten."

„Wir uns auch", sage ich.

„Ich freue mich auf den Plan", sagt Paige regungslos.

„Großartig! Ich geh mal hinten raus, um Max Hallo zu sagen", sagt Skylar.

„Ich werde mit dir gehen", sage ich und wittere einen noch besseren Puffer als Scout. „Ich möchte mir den Teich ansehen, bevor ich gehe."

Wir gehen aus der Haustür, da sich die neue Hintertür in der Bauzone befindet. Scout wird gleich wieder munter, sobald wir nach draußen treten, trottet mit erhobenem Schwanz und sieht begeistert aus. Er ist ein glückliches Kerlchen.

Ich entdecke Max sofort, obwohl er uns den Rücken zukehrt, während er den Koi-Teich gräbt. Scheinbar habe ich mir die Form seiner Schultern und seines Rückens in seinem marineblauen Bellamy Landscapes T-Shirt gemerkt. Dave ist heute hier bei ihm, ein gutmütiger Kerl in seinen Dreißigern. Er arbeitet daran, einen Platz für den neuen Gemüsegarten zu räumen.

Skylar bewegt sich halb tänzelnd auf ihn zu. „Max! Mein

Lieblingsbruder in New York!" Ihr anderer Bruder ist in Vermont.

Er dreht sich um, ein breites Lächeln auf seinem hübschen Gesicht. „Sky!"

Sie läuft lachend auf ihn zu. Er umarmt sie, hebt sie von ihren Füßen und stellt sie wieder ab, wobei er seine Hand auf ihren Kopf legt. Sie drückt seine Hand beiseite und schlägt ihm auf die Schulter. Er hatte recht. Sie verehrt ihn, und er erwidert diese Verehrung. Mein Herz zieht sich in diesem warmen Familienmoment zusammen. Max ist ein guter großer Bruder.

Scout läuft unerwartet los, die Leine fliegt aus meiner Hand. Ich eile ihm nach, denn ich möchte nicht, dass er sich im Wald auf der Rückseite des Grundstücks verirrt.

Oh, er steuert auf Max zu, und Max ist von Skylar abgelenkt.

„Max!", brülle ich. „Pass auf –"

Scout springt auf ihn, bevor ich die Worte herausbekommen kann. Max stolpert zurück, verliert seinen Halt und landet auf seinem Hintern im halb gegrabenen Teich. Scout steht mit seinen Vorderpfoten auf Max' Brust und leckt sein Gesicht.

Ich eile hinüber, bleibe aber abrupt stehen, denn ich will nicht Dreck auf meine weißen Sneaker bekommen. „Tut mir leid! Scout, hierher!" Ich lehne mich vor, um die Leine zu schnappen, aber sie ist außer Reichweite.

„Runter von mir, du schlabbernde Bestie", sagt Max und schiebt Scout weg. Als er versucht aufzustehen, springt Scout aufgeregt auf ihn.

„Scout, runter!" Ich drehe mich zu Max um, völlig beschämt. „Ich schwöre, dass ich mit ihm Obedience-Kurse besucht habe. Er ist in der Regel nicht so."

Max reicht mir die Leine, seine Handflächen sind mit dunkler Erde bedeckt. „Dein Hund ist eine Gefahr."

„Sag das nicht!", ruft Skylar. „Er ist nur ein großer, lieber Kerl. Nicht wahr, Scout?"

Scout rast zu ihr hinüber, und sie hockt sich nieder und

streichelt ihn. Zumindest ist er nicht auf sie gesprungen. Ich weiß nicht, was Max an sich hat, das Scout so verrückt macht.

Max steigt aus dem Teich und klopft sich den Schmutz ab. Er dreht sich, um auf seine Rückseite zu schauen. Leider klebt der Dreck wirklich überall an ihm. Eher wie Schlamm. Was für ein Schlamassel. Scout rennt begeistert zu ihm, schnüffelt an seiner Jeans und stupst dann seine Hand an, um gestreichelt zu werden. Max gehorcht und krault ihn hinter den Ohren. „Idiot", sagt er.

Scout hechelt glücklich zu ihm auf, als wäre er verliebt. Allmählich empfinde ich genauso.

Am nächsten Tag gibt es ein Problem nach dem anderen. Ein neuer Badezimmerschrank wurde bei der Ankunft beschädigt, ein Fenster im vorderen Schlafzimmer wurde von einem Vogel zerbrochen, der direkt hineinflog – der arme Vogel starb beim Aufprall – und Gage hat sich krankgemeldet, was er nie tut, also weiß ich, dass es schlimm sein muss. Er ist sich nicht sicher, ob es sich um eine Lebensmittelvergiftung oder einen Magenvirus handelt, also habe ich versucht, für ihn einzuspringen und die Aufgaben, die heute mit der Crew erledigt werden müssen, durchzugehen, während Paige immer wieder erzählt, was ihr an Skylars Ideen von gestern gefällt und was ihr nicht gefällt. Wir haben Skylars Entwürfe noch nicht einmal gesehen. Paige versucht aufgrund ihrer Inszenierungserfahrung immer noch, an ihrem Status als Chefdekorateurin festzuhalten. Es ist nicht so, als hätte sie das studiert. Paige hat einen Abschluss in Wirtschaftswissenschaften. Aber sie hat es gehasst, im Finanzwesen zu arbeiten, und hat sich für den Immobilienteil entschieden.

Es ist eine Erleichterung, als Paige an diesem Nachmittag endlich in die Stadt aufbricht. Ich verkrümel mich aus dem Baulärm, in Richtung Ruhe der Gastwirtwohnung, um einige Telefonate zu führen. Meine erste Priorität ist es, ein historisches Fenster für das kaputte zu beschaffen; sonst passt es nicht zum Rest des Hauses. Wir könnten ein Fenster hinten herausnehmen, um es zu ersetzen, aber damit riskieren wir, noch mehr des Hauses zu beschädigen.

Als ich oben ankomme, bin ich überrascht, eine Luftmatratze mit einem Kissen und Paiges gelb-gepunktete Decke zu sehen. Hat sie hier übernachtet? Gestern Abend habe ich gehört, wie sie und Wyatt sich gestritten haben. Sie geht oft an die frische Luft, wenn sie wütend ist. Sie muss hierhergekommen sein. Ich dachte, sie wäre heute Morgen einfach sehr früh zum Inn gekommen. Ich schaue mich um und sehe nichts anderes, was sie hinterlassen hat. Vielleicht wollte sie nur einen Ort zum Übernachten für den Fall, dass sie Abstand von Wyatt braucht. Sie sind sich von uns Geschwistern vom Alter her am nächsten, und Paige kann Wyatts Hyperprotektivität oder seine Vorliebe sich einzumischen nicht ertragen. Das hält ihn aber nicht davon ab.

Ich rufe alle an, die mir einfallen, die Zugang zu einem historischen Fenster haben könnten, einschließlich einer Frau, mit der ich im Büro arbeite, und es ist eine Sackgasse. Ich komme nicht weiter. Meine Schultern werden immer verkrampfter, während ich im Raum auf und ab gehe, mit den Lieferanten für den Badezimmerschrank spreche, den Waschbecken- und den Tresen-Typen und mich dann bei meinem Chef, Bill, melde. Er ist nicht glücklich darüber, wie lange es dauert, bis ich ihn an meinen Tagen im Homeoffice zurückrufe. Nicht ohne Grund, aber ich habe mir die letzten vier Jahre in seiner Firma den Hintern aufgerissen. Man sollte doch meinen, er könnte ein wenig nachsichtig sein, wenn ich zwei Tage die Woche mal nicht sofort zur Verfügung stehe. Ich erwidere schon alle Anrufe und Mails bis zum Ende des Arbeitstages.

Ich schiebe das Telefon in meine Handtasche, weil ich nicht alle Benachrichtigungen, Nachrichten und verpassten Anrufe sehen will. Ich brauche nur eine Pause. Ich gehe hinüber zum hinteren Fenster und sehe Max am Koi-Teich arbeiten. Er legt eine Schutzfolie ein. Ich habe Scout heute zu Hause gelassen, nachdem der peinliche Vorfall Max in den

Schlamm des Teiches geworfen hat. Max war ein Held und hat gesagt, er wolle keine Zeit bei der Arbeit verlieren, also ist er nicht einmal nach Hause gefahren, um sich umzuziehen. Er hat mir versichert, dass er ein Handtuch im Auto habe, auf das er sich für die Heimfahrt setzen konnte.

Dave arbeitet an einem Wasserfall in der Nähe, aber mein Blick kehrt zu Max zurück, und ich muss an letzten Freitag denken und wie wir die Fahrt im Mondschein gemacht haben, wie er mich gehalten hat, wie er mich geküsst hat. Ich weiß nicht wirklich, was es mit ihm auf sich hat. Er entspannt mich, indem er einfach er selbst ist, wodurch ich mich sicher fühle. Ich glaube, ich habe mich noch nie bei einem Typen sicher gefühlt. Gleichzeitig erregt er mich.

Geh nicht in diese Richtung! Mit all dem Stress, der mir auf den Schultern lastet, habe ich sehr wenig Willenskraft übrig, um die Versuchung zu leugnen.

Ich gehe zurück nach unten in das Chaos der Mannschaft, die noch hart arbeitet, und mache mich auf den Weg in die Küche. Sie ist nicht voll funktionsfähig. Alles ist an Ort und Stelle, schützend mit Planen abgedeckt. Normalerweise backe ich Schokoladenkekse, um mich abzulenken – es ist der warme Geruch von Schokolade, Butter und Zucker, die kleb-rige Güte, in einen frisch gebackenen Keks zu beißen, was jedes Mal bei mir wirkt. Ich kann hier nicht backen, und ich habe sowieso keine Zeit. Meine zweite Schicht beginnt gleich nach dieser, nämlich, an meinem eigentlichen Job zu arbeiten. Meine Schultern verkrampfen sich, wenn ich nur daran denke.

Ich mache mich auf den Weg nach draußen und sage mir, ich werde nur Max' Fortschritte überprüfen. Ich kann mich nicht von jemandem distanzieren, der für mich arbeitet, nicht wahr? Und ich entspanne mich immer, wenn ich bei ihm bin.

Was wäre, wenn Max mein Stressabbau wäre? Ein lässiger Stressabbau ohne Verpflichtungen. Bei dem Gedanken setzt mein Herz einen Schlag aus.

Ich komme auf der hinteren Terrasse an, gerade als Max eine gekühlte Flasche Wasser aus einer Kühlbox dort holt.

Mein Puls hämmert, als ich sein großartiges Aussehen betrachte. Die breiten Schultern und muskulösen Arme. Große fähige Hände.

Einer seiner Mundwinkel hebt sich, als er über meine Seite schaut. „Kein Scout, der sich heute auf mich stürzen könnte?"

Ich lächle unbehaglich. „Kein Scout. Ich weiß nicht, warum er so aufgeregt bei dir ist. Ist ein bisschen peinlich."

Er dreht den Deckel ab und nimmt einen Schluck Wasser. „Ich bin ein aufregender Typ."

Ich trete näher, halb geneigt, mir an Scout ein Beispiel zu nehmen und mich auf ihn zu stürzen. „Wie das?"

„Er hat mich im Dreck graben sehen. Das ist ganz oben auf der Lieblings-Liste jedes Hundes. Er wollte bei dem Spaß einfach mitmachen."

„Ja, aber er ist auf dich gesprungen, als da gar keine Erde war."

Er grinst, seine blauen Augen funkeln teuflisch. *Verlangen.* „Das bärtige Wunder." So habe ich ihn mal genannt.

„Magst du heute Abend im Horseman Inn was trinken gehen?" Ich halte den Atem an und versuche, einen lockeren Gesichtsausdruck zu bewahren, als wäre das keine große Sache.

„Wie wär's mit Abendessen?"

9

Max

Am Ende des Tages wende ich mich in Richtung Haus, um Brooke zu suchen. Wir sind an der Halbzeitmarke des Projekts, was die nächste Zahlung bedeutet. Und ich muss unsere Pläne fürs Abendessen festmachen. Sie winkt mir aus einem Fenster im Obergeschoss zu und bedeutet mir, zu ihr zu kommen. Ich gehe durch den neuen Flur und die hintere Treppe hinauf, wo ich sie in der Wohnung des Gastwirts finde.

Ich betrete den Raum und bleibe abrupt stehen. Auf dem Boden liegt eine große Matratze mit einer mädchenhaften gelb-gepunkteten Decke. Anscheinend will Brooke mehr als nur Abendessen.

Langsam nähert sie sich mir, ihre Hüften wiegen sich, ihr Blick ist auf meinen gerichtet. „Hi!"

In diesem Moment blitzen mir so viele Dinge durch den Kopf – Abendessen, *Sex*, meine Bezahlung, *Sex*, größte Kundin, *Sex*. Aber was herauskommt, ist ein lahmes „He-e-ey".

Sie wirft sich auf mich, ihre Lippen treffen auf meine, während ihre Arme sich um meinen Hals legen. Ich kann nicht widerstehen. Kein Mann könnte das. Sie ist so sexy, ihre

Zunge schiebt sich in meinen Mund. Ich umfasse ihren Hintern und drücke sie gegen mich, der Schmerz ist fast unerträglich. Sie stöhnt leise.

Plötzlich unterbricht sie den Kuss und zieht ihre blaue Rüschenbluse aus. Mein Mund wird trocken. Sie ist so schön. Sie reißt mein T-Shirt hoch, und ich mache den Rest. Dann ist sie wieder in meinen Armen und küsst mich leidenschaftlich. Verlangen, wie ich es noch nie gekannt habe, brüllt durch mich. Ich kann nicht genug bekommen, sie zu küssen, während ich so viel weiche Haut streichele. Ich schiebe die Träger ihres BHs nach unten, finde den Verschluss und werfe ihn fort.

Ihre Hände fummeln am Knopf meiner Jeans, und ich unterbreche den Kuss, schwer atmend. „Brooke, warte. Werden wir das wirklich tun? Was ist mit –"

Sie schält sich bereits aus ihrer Jeans. „Ist schon okay. Ich nehme die Pille."

Ich zermartere mir das Hirn und versuche, mit einem rationalen Argument zu kommen, von dem ich dachte, dass es dort wartete. Nein. Ich habe nichts. „Ich bin gesund."

„Ich auch." Sie zieht die Bettdecke zur Seite, legt sich hin und spreizt ihre Beine einladend. „Ich habe mal gehört, dass Sex die beste Stressbewältigung ist. Max, ich könnte *wirklich* etwas Erleichterung gebrauchen."

Ich springe in Aktion, beseitige meine Jeans und reiße sie mit meinen Boxershorts runter. „Das habe ich auch gehört."

Ich bin auf ihr wie der Blitz, das Gefühl von Haut auf Haut bringt einen Rausch der Erregung durch mich. Ich stütze mich auf meine Unterarme und küsse sie zärtlich, arbeite hart daran, es zu verlangsamen. Ich möchte es gut für sie machen.

„Max", sagt sie leise, als ich ihre Stirn küsse. Ich mache weiter, küsse ihr schönes Gesicht und dann ihre Halsneige, wo sie nach Blumen riecht.

Ich senke mich auf ihre Brust, küsse langsam rundherum, während ihre Brustwarze einen starren Punkt bildet.

„Max", flüstert sie, „Ich bin bereit."

Ich sauge an ihr, meine andere Hand streichelt die andere Brust, um sie für meine Aufmerksamkeit bereit zu machen. Ihre Finger schieben sich durch meine Haare. Ich schaue auf. Sie hat den Kopf zurückgelegt, ihre Lippen sind geöffnet, und sie atmet heftig.

Ich mache mich an ihre andere Brust und sauge kräftig. Ihre Hüften bewegen sich unruhig unter mir und flehen um meine Aufmerksamkeit. Ich lege mich anders hin, meine Hand gleitet zwischen ihre Beine, geradewegs zu dem, was ich als den heißen Knopf bezeichne. Eine Berührung, und Frauen werden wild. *Da ist er ja.* Sie schnappt nach Luft, ihre Hüften wölben sich vom Bett.

„Okay?", frage ich, denke, ich habe vielleicht zu schnell gemacht.

Sie nickt lebhaft. „Es ist zu lang her für mich."

Keine kleine Menge Stolz füllt meine Brust. Sie hat *mich* ausgewählt. Ich muss unwiderstehlich sein.

„Schau nicht so selbstgefällig drein", sagt sie. „Das ist Stressabbau."

Keine Verpflichtungen. Keine Erwartungen. Es ist perfekt.

Ich küsse sie, streichele sie immer noch zwischen den Beinen und spüre, wie sich ihr Verlangen aufbaut. Sie bewegt sich zu meinem Rhythmus, macht diese bedürftigen Geräusche im hinteren Teil ihrer Kehle. Mein eigenes Verlangen schießt in die Höhe.

Ich hebe meinen Kopf, um in ihre Augen zu sehen. Diese grünen Augen starren mich an, und dann schließen sie sich, während sie schreit und bei ihrer Erlösung zittert. *Ja!*

Ich kann es nicht abwarten. Ich stoße in sie hinein, und sie keucht, ihre Augen fliegen auf. Sie ist so eng, unerträglich gut. Ich gebe ihr noch einen Moment.

„Wow", sagt sie. „Du fühlst dich umwerfend an. Jetzt bin ich dran." Sie drückt meine Schultern und versucht, mich von sich wegzuschieben.

Ich rolle zur Seite und setze sie auf mich. Sie entspannt sich und stöhnt leise. Ihr langes Haar schwebt über mir wie ein seidiger Vorhang, ihr Körper ist eng und heiß. Ich bin fast da, und sie hat sich noch nicht einmal bewegt.

Ich greife ihre Hüften und führe sie dazu, langsam zu schaukeln.

Das macht ihr nichts aus, ihre Augen schließen sich, ihr Kopf fällt zurück. „Ich bin fast ganz oben", sagt sie mit atemloser Stimme. „So ist es, wenn du nicht zu sehr darüber nachdenkst."

„Du sprichst gern dabei." Ich frage mich, was ich aus ihr herausholen kann, was sie normalerweise nicht sagen würde. Ich streichele sie leicht, necke mehr Lust von dem heißen Knopf, den ich gerade erst zum Orgasmus gebracht habe. Jetzt keucht sie. „Erzähl mir all deine schmutzigen Fantasien."

„Ah-ah-ah, Max!" Sie bewegt immer schneller ihre Hüften, ihre Finger umklammern meine Schultern. Ich kämpfe um Kontrolle, mein eigenes Bedürfnis krallt sich an mich.

Warte noch, warte noch, warte noch.

Sie geht mit einem scharfen Schrei hoch. Ich greife ihre Hüften, stoße immer wieder in sie hinein, während sie äußerst sexy keucht. Ich lasse los, eine Explosion von Lust, die durch mich rast. Das Zimmer verdunkelt sich für einen Moment, meine Ohren klingeln. Ich kollabiere und verliere meinen Halt an ihren Hüften. Die Empfindung überschwemmt mich sogar noch danach. Heiße, satinierte Haut, ihr seidiges Haar, der blumige Moschusduft in der Luft.

Sie küsst mich. „Danke!"

Ich grinse. „Ich danke *dir*!"

„Ich backe normalerweise Kekse, um den Stress loszuwerden, aber das ist viel besser."

Ich streichele ihr die Haare aus dem Gesicht, ein Ansturm von Zuneigung durchzieht mich. *Kekse.* Daran könnte ich mich gewöhnen. Nackte Zeit mit Brooke, Abendessen mit Brooke, Gespräche in einer warmen oder kühlen Nacht oder im Bett. Nur mit ihr zusammen zu sein.

„Jederzeit", murmele ich und streichele ihren Kiefer entlang.

„Paige würde mich töten, wenn sie davon wüsste. Erzähl es ihr nicht. Nicht, dass du das würdest. Du kannst doch still sein, richtig?"

Kalte Realität schleicht sich ein. Dies könnte zu einem Riss zwischen ihnen führen. Und sie unterschreiben meinen Gehaltsscheck. Sie zanken bereits, und wenn Paige wüsste, dass Brooke bei der Arbeit herummacht ...

Ich hebe sie von mir und lege sie auf die Matratze. Sofort kuschelt sie sich an meine Seite und zieht die Bettdecke über uns. Ich werde stockstelf, unsicher, was hier das Richtige ist. Vergessen Sie all diese kitschigen liebevollen Gefühle. Das war nur das Nachglühen. Ziemlich sicher. Wie auch immer, ich sollte mich zurückziehen, sagen, das wird nie wieder passieren, und raus.

Sie packt meinen Arm und legt ihn um ihre Schultern, zwingt mich zu kuscheln. Kuscheln ist mir nicht fremd. Ich hatte schließlich eine fünfjährige Beziehung direkt nach der Highschool, wo Kuscheln nach dem Sex obligatorisch gewesen war, wenn ich es nicht mit einer stinkwütenden Frau zu tun haben wollte. Ist das nicht der Punkt, an dem einer von uns eine Grenze ziehen sollte?

Um eben keine Verpflichtungen zu haben.

Und professioneller Kram.

Und ich werde von der Person bezahlt, die mir gerade den besten Sex meines Lebens beschert hat.

Ich schlucke schwer und versuche, die richtigen Worte zu finden. Ich möchte ihre Gefühle nicht verletzen. Frauen können nach dem Sex so emotional sein.

Sie legt ihren Kopf an meine Schulter und seufzt. Ihre Hand bleibt über meinem Herzen liegen. „Dein Herz schlägt so schnell. Das war toll, oder?"

„Richtig." Sie spricht gern vorher und nachher, und ich kann mich nicht dazu bringen, die Wärme des Bettes zu verlassen. Meine Finger zeichnen träge die Kurve ihrer Schulter nach. Irgendwann muss einer von uns das Problem dessen ansprechen, was wir gerade getan haben. Das darf nie wieder passieren.

„Du leistest gute Arbeit", sagt sie.

Meine Lippen biegen sich nach oben. Ich hab ihr zwei Orgasmen gegeben. „Gern geschehen."

Sie lacht. „Ich meinte das mit der Landschaftsgestaltung. Du solltest deine Raten für kommerzielle Projekte erhöhen. Du warst billiger als alle anderen Angebote, die wir bekommen haben."

Ich drehe mich, um sie anzusehen. „Um wie viel?"

Sie blickt tief in Gedanken zur Decke. „Zwanzig Prozent."

Ich starre zur Decke. „Verdammt."

„Ich sag das nur für die Zukunft."

„Dieser Job ist erst mein zweiter kommerzieller Kunde, und ich hab dem ersten einen dreißigprozentigen Rabatt im Austausch für einen Rabatt auf die Verpflegung für den Winterfest-Ball gegeben."

„Nun, das ist ätzend."

„Wem sagst du das?" Ich packe und kitzle sie. Sie kreischt und schlägt mich zwischen ihren Lachern.

Ich klemme sie unter mich und halte ihre Handgelenke auf beiden Seiten ihres Kopfes. „Es ist wirklich ätzend. Vielen Dank, dass du mich darauf hingewiesen hast."

Ihre Augen sind strahlend, Farbe überflutet ihre Wangen von all dem Lachen. Ihre Schönheit, einfach alles an ihr zieht mich an. Es tut auch nicht weh, dass wir völlig nackt sind und ich auf ihr bin. Lust regt sich erneut.

„Hey, ich musste schließlich nichts über dein Gebot sagen", sagt sie. „Das war ein Gefallen von einem Freund für den anderen."

Freund. Ha! „Nun, mein *Freund* hat mir gerade das Beste gegeben, was ich je hatte."

Sie beißt sich auf die Unterlippe, ihre Augen werden weich. „Wirklich?"

Ich lasse ihre Handgelenke los und bedauere, das zuge- geben zu haben. Es wird es nur schwieriger machen, sie aus beruflichen Gründen auf Distanz zu halten. Ich schaue zur Seite und sammle die Kraft, sie zu verlassen.

Sie wirft ihre Arme um meinen Hals und lächelt breit. „Ich auch."

Ich könnte in diesem Lächeln ertrinken. *Widerstehe. Zieh dich an.* „Es darf nie wieder passieren", sage ich fest.

Sie streichelt meinen Bart. „Niemals." Und dann packt sie meinen Kopf und küsst mich.

Ich tauche wieder ein für mehr. Dieses Mal zählt nicht.

Brooke

Das ist also passiert und jetzt *das*. Max und ich essen im Horseman Inn zu Abend, was sich wie ein Date anfühlt. Vielleicht ist es das Nachglühen, das da spricht, aber ich bin so warm und zufrieden. Alles scheint heller in der Welt. Als würde ich nach einem langen Schlummer wieder aufwachen. Liegt es daran, dass ich endlich meine Durststrecke durchbrochen habe, oder gibt es noch etwas anderes?

Ich nehme einen Bissen Spinat und sage mir, dass ich mich an meinen ersten Instinkt halten soll. Sex als Stressabbau, mehr nicht. Ich mache nie etwas Lockeres, und ich fühle mich jetzt so gut. Normalerweise überdenke ich es zu sehr oder mache mir Sorgen, dass er mich ignorieren wird. Es war so toll, dass ich mich frage, warum ich diesen Weg nicht vorher schon gegangen bin. Paige würde mich töten, wenn sie wüsste, dass ich ihr Bett für Sex benutzt habe. Ich werde alles waschen, bevor sie zurückkommt. Sie würde sich auch nicht freuen, wenn sie wüsste, dass ich bei der Arbeit rumgemacht habe, aber zu meiner Verteidigung: es war nach fünf Uhr. Technisch gesehen das Ende des Arbeitstages. Ich weiß, ich weiß, das ist eine fadenscheinige Entschuldigung.

„Wie ist dein Essen?", fragt Max.

„Großartig! Alles, was ich hier ausprobiert habe, war wunderbar. Ich hoffe, dass wir die Hilfe des Küchenchefs im

Inn für unser Frühstücksmenü bekommen können. Und deins?"

Er schneidet ein Stück vom Steak ab. „Fantastisch." Seine Augen funkeln, ein Lächeln umspielt seine Lippen.

Ich lächle zurück und sonne mich in der geheimen Wärme des *Wir-hatten-gerade-Sex-und-es-war-super*-Clubs. Ich nehme einen weiteren Bissen Mahi-Mahi mit Macadamiakruste. Wenn man bedenkt, dass ich vorher so gestresst war. Es ist mir nicht einmal mehr wichtig, dass ich heute Abend noch Arbeit für meinen bezahlten Job zu tun habe. Nichts kann dieses Nachglühen berühren.

„Erde an Brooke!", ruft eine Frau.

Ich schrecke aus meinem verträumten Zustand. Meine Schwägerin, Sydney, steht an unserem Tisch, und ich habe sie nicht einmal bemerkt. Ihr gehört das Lokal. Ihr langes, kastanienbraunes Haar ist in einem hohen Pferdeschwanz, und sie trägt das schwarze Horseman Inn T-Shirt, das alle Mitarbeiter tragen, mit einer schwarzen Hose und schwarzen Stiefeletten. „Hi!"

Plötzlich bin ich mir bewusst, dass ich mit Max zu Abend esse. Sydney erzählt es zu Hause vielleicht Wyatt, wo Paige und ich wohnen, wenn wir in der Stadt sind. Paige wird Fragen stellen, und ich bin nicht gut darin, Dinge zu verbergen. Wenn Wyatt denkt, dass es im Schwesternland Probleme gibt, tritt er auf den Plan, spielt die Hyperprotektiver-Bruder-Karte und „behebt" das Problem. Ich will nicht, dass er Max repariert. Er ist einfach toll, so wie er ist.

Oh Mann, hab ich mich schon in meinen lässigen, stresslosen Stressabbauer verguckt?

Sydney lächelt Max an. „Hey, Max." Sie schaut neugierig zwischen uns hin und her, ein Hauch von einem Grinsen auf ihrem Gesicht. Ich schwöre, Wyatt färbt auf sie ab. Er ist ein großer Grinser. „Wie ist euer Abendessen?"

„Großartig", sagt Max.

Ich nicke. „Wirklich gut."

Sydney stupst Max an die Schulter und wendet sich mir zu. „Ich bin mit Max aufgewachsen, gleiche Stufe. Audrey war verrückt nach ihm im Abschlussjahr der Highschool, bis er sie für ihr eigenes Wohl hat fallen lassen."

Max reibt sich den Nacken. „Alte Geschichte. Wir sind jetzt Freunde."

„Ich will ihn nur ärgern", sagt Sydney zu mir. „Audrey schwärmt schon *ewig* für meinen großen Bruder, wahre Heldenverehrung, mit ein paar Ausrutschern hier und da anstelle von echten Beziehungen."

Max schüttelt den Kopf. „Ich bin sicher, dass sie dem entwachsen ist und ihn wie einen normalen Kerl sieht, genau wie der Rest von uns."

Sydney sieht nachdenklich aus. „Das ist es, was ich nie verstehe. In ihren Augen ist er eine Art Kriegsgott –"

„Ein Ritter", sagt Max.

Sydney fällt die Kinnlade herunter. „Hat sie das gesagt? Wie ein Ritter in glänzender Rüstung?"

Max rutscht unbehaglich hin und her. „Aber sag ihr nicht, dass ich das erzählt habe."

„Max! Sag es mir. Hat sie genau diese Worte gesagt – Ritter in glänzender Rüstung?"

Er zuckt mit den Schultern. „Ich dachte immer, sie verwandele ihn in eine Fantasie aus einem dieser romantischen Abenteuerbücher, die sie so gerne liest."

Oh, Mann! Max plaudert wirklich aus Audreys Nähkästchen. Muss ich mir merken: Erzähl Max *keine* geheimen Fantasien.

Sydney presst die Hände in die Hüfte. „Romantische Abenteuerbücher! Wie kommt es, dass ich das nicht wusste?"

Max presst die Lippen fest aufeinander. „Das hast du nicht von mir."

Sydney schüttelt den Kopf. „Ich verstehe sie einfach nicht! Wenn sie sich heimlich nach Abenteuern sehnt, warum ist sie dann in Summerdale geblieben und arbeitet als Bibliotheka-rin? Sie ist noch nie irgendwohin gereist. Ich muss mit diesem Mädchen reden. So geheimnisvoll. Man sollte meinen, sie würde mir vertrauen, schließlich kenne ich sie seit *dem Kinder-garten*. Himmel, jetzt, da ich darüber nachdenke, bin ich sauer." Sie schaut aus dem vorderen Fenster, ihre Augen verengen sich. „Ich gehe zu ihr und fordere sie auf, mir jetzt alles zu erzählen."

Max hält eine Handfläche hoch. „Sie wird nichts zugeben, wenn du dorthin marschierst und sie zum Sprechen zwingen willst."

Genau. Max ist überraschend auf sensible Themen einge-stimmt. Oder vielleicht ist er nur auf Audrey eingestimmt. Ist da noch etwas? Mein Magen sackt bei dem Gedanken hinunter.

Sydney seufzt. „Du hast recht. Ich hasse es einfach, sie feststecken zu sehen, weißt du?"

„Sie wird sich lösen, wenn sie bereit ist", sagt Max.

Ich schiebe meine Eifersucht zurück. Audrey muss Max noch mehr vertraut haben als ihrer besten Freundin bei allem, was sie ihm erzählt hat. Das sagt etwas Wichtiges über ihn aus. Er ist vertrauenswürdig. Und irgendwie wundervoll.

Sydney schubst meine Schulter an, einen vielsagenden Blick in den Augen. „Wenn ich denke, dass ich dich mit Eli zusammenbringen wollte, und jetzt ist er verheiratet, und du bist hier mit Max. Er ist einer der Guten, und es gefällt mir, dass er von hier ist. Wir müssen dich dazu bringen, dauerhaft hier zu bleiben."

„Wir sind nicht zusammen", sagt Max.

Mein Blick kollidiert mit seinem, seltsamerweise enttäuscht, obwohl ich das Gleiche sagen wollte. Ich möchte nicht, dass etwas davon Paige oder Wyatt erreicht. „Nur Freunde. Wir arbeiten zusammen."

„M-hmm", macht Sydney. „Sieht hier an einem Ecktisch für zwei sehr gemütlich aus."

Die Kellnerin Ellen, eine Frau in ihren Sechzigern, mit gefärbtem blondem Haar, kommt, um zu sehen, ob wir etwas brauchen.

Sydney dreht sich zu mir um. „Würdest du sagen, das hier sieht aus wie zwei Freunde, die zu Abend essen, oder wie ein Date? Objektiv betrachtet."

Ellen zwinkert. „Sieht aus wie zwei Freunde, die einem Date nicht abgeneigt wären. Wer zahlt?"

„Ich", sage ich sofort, obwohl ich im Moment knapp bei Kasse bin.

„Wir teilen", sagt Max, was eine Erleichterung ist.

Ellen sieht Sydney mit geneigtem Kopf an. „Klingt für mich nach Freunden mit Potential."

Sie lachen und gehen davon.

Ich starre auf mein Abendessen und kämpfe gegen die Röte, die ich meine Wangen hochkriechen fühle. Habe ich nicht gesagt, dass sich jede Emotion in meinem Gesicht zeigt?

Max beugt sich über den Tisch. „Sie langweilen sich einfach nur bei der Arbeit. Hör nicht auf sie."

Ich hebe den Kopf. „Ich will nur nicht, dass es bei Paige ankommt." Ich lasse Wyatt aus dem Spiel. Es ist peinlich, in meinem Alter einen hyperprotektiven Bruder zu haben.

Sein Kiefer verkrampft sich, und er lehnt sich auf seinem Platz zurück. „Richtig."

„Ich lasse nicht zu, dass sie dich feuert oder so."

„Das hoffe ich doch." Er lehnt sich vor und flüstert heftig: „Du bist zu mir gekommen."

Ich verziehe das Gesicht. „Nun, es war nicht so, als hätte ich dich überfallen. Du hast es sofort erwidert."

Er schaut aus dem Fenster in die Dunkelheit der Nacht. „Es darf nicht wieder vorkommen."

Das tut weh, und ich antworte in einem kühlen Ton: „Es ist überhaupt nicht passiert."

Wir beenden das Abendessen schweigend. Ich bin so genervt, dass ich nicht einmal Nachtisch bestelle, obwohl ich den mehllosen Schokoladenkuchen hier liebe.

Ellen legt die Rechnung auf den Tisch. „Habt noch einen schönen Abend!"

„Danke, du auch", sage ich und greife nach meiner Handtasche. Ich ziehe meine Brieftasche heraus.

Max schnappt sich die Rechnung. „Ich habe dich eingeladen. Ich werde bezahlen."

Ich öffne den Mund, um dagegen etwas einzuwenden und

schließe ihn dann. Er ist freundlich, und ich werde diesen Abend nicht mit einem Wermutstropfen beenden. Ich hatte eine fantastische Zeit mit ihm, bis ich angefangen habe, es zu verkomplizieren, indem ich dachte, wir könnten das, *was auch immer es ist*, fortsetzen. Einmal Sex, okay, zweimal, bedeutet nichts. Es war nur Stressabbau. Keine chaotischen Emotionen. Ich wünschte, das wäre so einfach für mich, wie es für Jungs zu sein scheint.

Mein Bauch dreht sich langsam. Ich dachte, Max sei anders.

„Danke für das Abendessen." Ich lege mein Portemonnaie zurück in die Handtasche und hole seinen Scheck heraus. „Ach, hätte ich fast vergessen. Hier ist deine nächste Rate." Ich schiebe den Scheck über den Tisch zu ihm.

Er starrt ihn an, als wäre er eine Schlange.

„Die Halbzeit", erinnere ich ihn. „Wie ich schon sagte, ihr macht großartige Arbeit."

Langsam hebt er den Kopf, seine Augen blicken glühend in meine. Ich dachte, er würde sich freuen, bezahlt zu werden. Er hat über die Beschleunigung des Zeitplans gesprochen. Ich hab angenommen, das lag daran, dass er den Gehaltsscheck braucht und zu seinem nächsten Projekt übergehen will.

„Was ist los?"

Er steckt den Scheck in seine Brieftasche. „Gar nichts. Danke!"

„Max, komm schon, was ist los?"

Er schüttelt den Kopf. „Gar nichts. Das hilft mehr, als du weißt."

„Hast du Schulden?"

Er sieht mir in die Augen, die Wärme in ihnen ist verschwunden. „Ich möchte mein Haus nicht verkaufen. Die Deadline für meinen Bruder nähert sich schnell. Ich werde ihm geben, was immer hiervon übrig ist, nachdem ich die Crew und das Zubehör bezahlt habe."

„Welche Deadline?"

Er erzählt von Liams ums Überleben kämpfender Farm, seiner schwangeren Freundin und der Tatsache, dass Max,

Liam und Skylar technisch gesehen gleichberechtigte Eigentümer des Seehauses sind.

„Ich liebe das Haus", sagt er langsam. „Hauptsächlich nostalgisch." Er drückt die Lippen zu einer flachen Linie zusammen. „Ich sollte einfach weiterziehen. Liam hat es gemacht."

Mein Herz schmerzt vor Mitleid. Ich hatte keine Ahnung, dass er Geld für seine Familie braucht. Und ich habe sein Seehaus gesehen. Es ist etwas Besonderes, seit Generationen in der Familie und dann noch an einem so schönen Ort. „Was denkt Skylar?"

Er bringt ein halbes Lächeln zustande. „Skylar glaubt, dass sich das Universum so entfaltet, wie es sollte, obwohl sie hofft, dass ich es halten kann."

„Jetzt wette ich, du wünschtest dir wirklich, nicht unterboten zu haben." Ich schlage mir eine Hand vor den Mund. „Tut mir leid! Das hätte ich nicht sagen sollen."

Er steht abrupt auf. „Leben und lernen."

Ich stehe auch auf und fühle, dass der Abend unwiderruflich den Bach runter geht. Er bedeutet mir, vorauszugehen. Ich gehe zur Eingangstür und versuche, mir zu überlegen, was ich sagen kann, um den Abend zu retten. Alles hat so schön angefangen.

Max folgt hinter mir wie eine dunkle Wolke.

Er begleitet mich zu meinem Auto. „Gute Nacht." Er beugt sich hinunter, und für einen wilden Moment denke ich, dass er mich küssen wird und vielleicht alles in Ordnung ist. Stattdessen küsst er meine Wange. „Danke für den Scheck."

„Du hast ihn dir verdient."

Seine Lippen zucken zur Seite. Dann dreht er sich um und geht davon.

Moment mal, klang das so, als hätte er ihn sich für Sex verdient?

„Ich meinte mit all deinen guten Landschaftsarbeiten!", brülle ich über den Parkplatz.

Er hebt zur Bestätigung die Hand und steigt auf die Fahrerseite seines Pickups. Ich reibe mir die Schläfe. Warum habe ich jetzt das Gefühl, wieder das Falsche gesagt zu haben?

Seufzend lasse ich den Kopf hängen. *Weil du das Falsche getan hast. Zweimal. Du hattest Sex mit ihm, und dann hast du ihn bezahlt.*

10

Ich sitze unruhig am langen, hellen Holztisch in Wyatts Haus für das traditionelle Familienessen am Sonntag. Wir sind im formellen Esszimmer, das direkt neben der Küche liegt, mit einem Kamin und einem großen roten persischen Teppich über Parkettböden. Am Esstisch finden zwölf Personen Platz. Heute Abend sind es Wyatt, Sydney, ich, Paige, Kayla und Kaylas Verlobter Adam. Wyatt sieht sein Haus als den Hauptsitz der Familie Winters-Robinson. Er ist Gastgeber für alle besonderen Anlässe, vom Festessen bis hin zu Hochzeiten. Eli Robinson hat Jenna hier am letzten Silvesterabend im Familienzimmer geheiratet, und Sydney und Wyatt Anfang des Jahres draußen.

Wyatt und Sydney sitzen an Kopf und Fuß des Tisches und streiten spielerisch darüber, welche Seite der Kopf und welche der Fuß ist, was bedeutet, dass nur einer der wirkliche Anführer des Clans ist. Es ist eine lustige Dynamik, weil sie beide darauf bestehen, vor Kopf zu sitzen, und an einem so langen Tisch müssen die anderen Gäste eine Seite für das Gespräch wählen. Paige und ich sitzen neben Wyatt. Adam und Kayla sind am anderen Ende des Tisches neben Sydney unten. Wir tauschen jede Woche. Wyatt lädt immer uns drei Schwestern ein, während Sydney zufrieden damit zu sein scheint, nicht alle ihre Brüder einzuladen. Nur Adam, weil er mit Kayla verlobt ist. Ich glaube insgeheim, dass es daran liegt, dass Sydney glaubt, ihre Brüder würden ihrer Führungsrivalität mit Wyatt im Weg stehen und sie verteidigen, während sie es äußerst unterhaltsam findet, sich selbst gegen ihn zu behaupten.

Normalerweise würde ich mich amüsieren, aber ich kann nur darüber nachdenken, wie ich es mit Max vermasselt habe. Ich hätte ihn viel früher am Tag bezahlen sollen, damit es in keiner Weise in Verbindung mit meiner späteren Verführung hätte gebracht werden können. Ich weiß nicht, was in mich gefahren ist, ihn so zu verführen. Wir hatten Pläne fürs Abendessen, was eine nette, zwanglose Sache gewesen wäre. Stattdessen hab ich mich ihm an den Hals geworfen.

Und die Sache ist, ich kann nicht aufhören, darüber nachzudenken, wie toll es war und wie sehr ich es noch einmal tun möchte. Aber es ist mehr als das. Ich mag ihn wirklich. Ich mag es, dass er auch in schwierigen Zeiten seinen Sinn für Humor behält, selbst wenn er sein geliebtes Haus um seines Bruders willen verkaufen muss. Oder von meinem übereifrigen Hund in einem Teich auf den Hintern geworfen wird. Er hat ihn einfach gestreichelt, ihn einen Idioten genannt und sich wieder an die Arbeit gemacht. Es gefällt mir, dass bei ihm seine Familie an erster Stelle kommt und er seinem älteren Bruder und seiner ihn anbetenden jüngeren Schwester hilft. Ich liebe es, dass man so leicht mit ihm sprechen kann, dass er so entspannt und auch süß ist. Ein harter Arbeiter. Mist.

Ich habe mich in ihn verliebt.

Mit zittriger Hand nehme ich einen Schluck Wasser. Wie konnte ich das zulassen? Ich sollte vorsichtig sein, es langsam angehen, die Dinge locker halten. Schwerer Fehler. Und jetzt ist alles zwischen uns verkorkst, bevor wir überhaupt eine Chance hatten. Ich hätte ihn anrufen sollen, aber ich wusste einfach nicht, was ich sagen sollte. Und jetzt weiß ich warum. Denn zu sagen, es war nur Stressabbau, ist eine Lüge. Und ich bin mir nicht sicher, ob die Wahrheit eine willkommene Nachricht sein wird.

Ich fahre hiernach zurück nach New Jersey zu meinem bezahlten Job und werde Max bis Donnerstag nicht sehen. Ich hoffe, dass sich die Dinge in Bezug auf den Scheck-nach-Sex-Vorfall abgekühlt haben werden, wenn ich zurückkomme. Ich erkläre es —, nein, Moment. Ich sollte gleich hiernach zu seinem Haus fahren und ganz offen und ehrlich sein, wie viel mir an ihm liegt. Aber was, wenn er nicht dasselbe fühlt?

Paige tritt mich unter dem Tisch.

„Au!"

Ihre Augen bohren sich in meine. „Ich habe Wyatt gerade gesagt, dass das Inn genau im Zeitplan ist, und alles nach Plan läuft."

„Brooke, ich freue mich, einen Beitrag zu leisten, wenn es eng wird", sagt Wyatt. „Ich möchte, dass das Inn ein Erfolg wird."

Es ist so verlockend, Wyatt helfen zu lassen. Er ist wohlhabend nach mehreren erfolgreichen Tech-Start-ups, die er verkauft hat, aber Paige ist unnachgiebig, dass wir seine Hilfe nicht akzeptieren dürfen. Er wird alles an sich reißen.

Ich werfe Paige einen flehenden Blick zu. *Nur ein bisschen Hilfe?* Jeden Tag bin ich über das Budget und teure Verzögerungen gestresst. Ich musste auf die hochwertigen antiken Schlafzimmermöbel verzichten, die ich für die Gästezimmer wollte. Jetzt begnügen wir uns mit einem schlichten rustikalen Look mit eisernen Bettgestellen und maschinengesteppten Tagesdecken. Keine handgenähten Quilts. Die Teppiche wurden auch gegen einfache unechte Sisalteppiche getauscht. Und ich musste Skylars geniale Idee, die Böden im Erdgeschoss für ein grosszügigeres Raumgefühl abzusenken, komplett abhaken. Zumindest hat Paige zugestimmt, Skylar an Bord zu holen.

Paige schüttelt kaum merklich den Kopf.

Ich wende mich an Wyatt, sein Ausdruck ist hoffnungsvoll. Er will uns so gern helfen. Ich weiß, dass er sich immer noch als Mann der Familie für uns verantwortlich fühlt. „Es läuft alles großartig, aber vielen Dank für das Angebot."

Er wirft Paige einen Blick zu, die erfreut aussieht,

während sie sich wieder ans Essen macht. „Du hast nur Angst, dass ich das übernehmen werde."

„Ich habe keine *Angst*, dass du das übernehmen wirst", sagt Paige. „Ich *weiß*, dass du das übernehmen wirst."

„Nur auf hilfreiche Weise", sagt er und klingt beleidigt. „Richtig, Syd? Ich kenne mich aus und helfe Unternehmen zum Erfolg."

„Das tust du", antwortet seine Frau sofort. „Aber es ist besser, wenn man um Hilfe gebeten wird. Brooke und Paige haben alles unter Kontrolle."

Wyatt wendet sich mir zu, seine Augenbrauen ziehen sich über hellbraunen Augen zusammen. „Sei ehrlich. Ich sehe dich jedes Mal, wenn du nach Hause kommst, ganz verkrampft. Wenn du gestresst bist wegen –"

„Es geht uns gut", sagt Paige.

Oh, ich bin gestresst! Mein ganzes Leben ist ein glühender Schlamassel!

„Danke für das Angebot." Ich drücke seinen Arm. „Wenn wir jemals ernsthaft in Not sind, bist du die erste Person, an die wir uns wenden."

Er blickt auf meine Hand an seinem Arm und nimmt sie. „Wo ist denn Paiges Verlobungsring?"

Ich lege sie zurück auf den Schoß. Ich kann ihn nicht belügen, also sage ich nichts.

Er durchbohrt mich mit einem harten Blick. „Musstest du ihn verkaufen, um die Kosten im Inn zu decken?" Wyatt entgeht nichts.

„Ich wollte ihn verkaufen", sagt Paige. „Wer braucht die Erinnerung?"

Kayla meldet sich mit lauter Stimme vom anderen Ende des Tisches. „Kein Ring? Brooke, heißt das, du bist bereit, wieder zu daten?"

Mein Kopf ruckt zum anderen Ende des Tisches, allerdings nicht zu Kayla. Ich sehe Sydney in die Augen und flehe sie an, mein Abendessen mit Max nicht zu erwähnen. Ich möchte nicht, dass Paige denkt, ich mache bei der Arbeit irgendwelche Dummheiten, obwohl ich jetzt weiß, dass Max mir viel mehr bedeutet als nur Spaß. Es ist schlimm genug, dass ich in dieses Unternehmen gegangen bin und meine große Schwester die Oberhand hat – weil sie mehr finanziell investiert, mehr Zeit vor Ort verbringt, ihre Arbeitsstunden auf nur die Wochenenden gekürzt hat. Sie überprüft immer, ob ich den Überblick habe.

Sydney nimmt einen Schluck Wein, sieht gelassen aus. Gut, sie hält ihren Mund.

Das Zimmer ist still, alle Blicke auf mich.

„Und?", hakt Kayla nach. „Gehst du endlich wieder auf die Pirsch? Wie lange ist es her, sechs Monate?"

Typisch Kayla, dass sie die genauen Daten weiß. Sie hat Dads Kopf für Zahlen. Und ich habe diese Durststrecke mit dem besten Sex meines Lebens beendet. Und er hat dasselbe gesagt! Das ist unglaublich, richtig? Es war unglaublich von Anfang bis Ende, weil wir so synchron sind. Ich hoffe, das bedeutet, dass ich nicht allein mit meinen Gefühlen bin.

„Sechs Monate seit was?", fragt Wyatt.

„Ich schätze Sex aufgrund ihrer geröteten Wangen", antwortet Sydney.

„Nichts ist los!", rufe ich. „Paige wollte den Ring verkaufen, und er gehört ihr, also konnte sie ihn verkaufen. Mehr heißt das nicht." Ich nehme einen langen Schluck Wasser und spüre, dass Wyatt mich mustert. Ich versuche, mich nicht zu winden.

Ich entscheide mich, jeder weiteren Befragung einen Schritt voraus zu sein. Ich drehe mich zu Kayla um. „Obwohl, jetzt, da du es erwähnst, bin ich froh aufzuhören, so zu tun, als ob ich verlobt wäre. Es ist viel einfacher, keine ganze komplizierte Falscher-Verlobter-Geschichte erfinden zu müssen. Ich würde gerne denken, dass, wenn ein netter Kerl meinen Weg kreuzt, ich so lässig sein könnte, wie jeder Kerl jemals mit mir gewesen ist." *Richtig. Du bist verliebt in ihn.*

Verflixt, das Wichtigste ist, dass ich alle weiteren Spekulationen seitens meiner Familie erfolgreich abgewendet habe. Niemand würde jemals vermuten, dass ich Sex hatte und ihn dann bezahlt habe. Oder dass ich wünschte, ich wüsste, wo die Dinge zwischen uns stehen. Ich nehme etwas Kartoffelpüree, nur um sicherzustellen, dass ich nichts anderes mehr ausplaudere.

Ich spüre, wie mich alle anstarren.

Ich kaue und schlucke. „Was?"

„Das hört sich nicht nach dir an", sagt Wyatt.

Paige verengt die Augen in meine Richtung, als ob sie wüsste, dass ich etwas verheimliche.

„Wyatt hat recht", sagt Kayla. „Du bist einfach keine lockere Person. Du gibst hundertzehn Prozent bei allem, was du tust."

„Richtig", sagt Paige. „Deshalb machst du dich auch zwischen deinem Job und dem Inn kaputt."

Ich setze mich aufrechter hin, meine Schultern ziehen sich stolz zurück. Paige *glaubt,* dass ich unserem Projekt verpflichtet bin. Es fühlt sich gut an, ihren Respekt zu haben.

Meine Geschwister mustern mich. Ich weiche ihrem Blick aus und mache mich wieder an mein Abendessen.

In der seltenen Stille am Tisch spricht Adam zum ersten Mal. Mein zukünftiger Schwager ist in Wyatts Alter, in seinen Dreißigern, ein zurückhaltender dunkelhaariger Kerl mit einem ständig stoppeligen Kiefer. „Wyatt, wir haben einen Termin für meine Junggesellenparty am Wochenende vor der Hochzeit festgelegt. Bist du dabei?"

Wyatt reibt sich die Hände. „Ja, ich bin dabei. Was wird es werden? Drew organisiert es, nicht wahr? Ich wette, es wird wild."

Adam setzt ein seltenes Lächeln auf. „Ja. Es wird toll werden. Ein Jungs-Angelausflug. Das ganze Wochenende Camping im Acadia National Park in Maine."

Kayla kichert. Wyatt hat noch nie in seinem Leben gezeltet. Er hat in der Stadt gelebt, bevor er hierhergezogen ist, und davor im Silicon Valley in Kalifornien. Wir waren auch nie als Kinder Zelten.

Wyatt wirft Sydney einen vielsagenden Blick zu und bettelt praktisch um Hilfe. Sie lächelt nur. Er dreht sich zu Adam um. „Cool. Gibt es ein Hotel in der Nähe? Ich könnte zum spaßigen Angelteil dazustoßen." Wyatt hat auch noch nie geangelt.

Kayla drückt Adams Schulter. „Ich habe dir gesagt, dass er mit all dieser Natur nicht umgehen kann."

„Natürlich kann ich", sagt Wyatt. „Es wird großartig werden. Mit der richtigen Ausrüstung ..." Er wendet sich an Paige, die viel gereist ist. „Warst du nicht mal in Tansania glampen?"

„War ich", sagt sie. „Die Zelte waren wie luxuriöse Hotelzimmer mit Personal, das helfen konnte."

Wyatt zeigt auf sie. „Lass uns das machen. Ich werde Mitarbeiter einstellen und herausfinden, wo ich ein paar dieser Zelte bekommen kann."

Adam schüttelt den Kopf. „Ich ziehe es vor, bei den Basics zu bleiben."

Paige lächelt Wyatt süßlich an. „Ich bin sicher, dass du es für ein Wochenende unbequem haben kannst, um für deinen neuen Schwager da zu sein."

„Ganz natürlich, Baby", sagt Sydney mit einem Grinsen.

Wyatt verengt seine Augen in Sydneys Richtung, bevor er sich zu Kayla wendet. „Was machen die Frauen bei der Junggesellinnenparty?"

Kayla strahlt. „Einen Spa-Tag."

Max presst die Lippen fest aufeinander. Er würde es wahrscheinlich vorziehen, einem Wellness-Tag für Frauen zu trotzen als der freien Natur.

„Kayla ist mit Adam fischen gegangen und hatte eine tolle Zeit", werfe ich ein. „Hast du das nicht gesagt, Kayla?"

„Sicher", sagt sie stolz.

Adam schmunzelt, kommentiert es aber nicht. Ich wette, er hat die ganze Arbeit gemacht, und Kayla kam mit Snacks.

Wyatt atmet scharf aus und ändert dann abrupt das Thema. „Meine Schwestern bewegen sich alle vorwärts. Kayla wird bald verheiratet sein, Paige ist über ihren Ex-Verlobten hinweg, und Brooke ist offen für zwanglose Dates. Solange es keine Idioten in Paiges und Brookes Zukunft gibt, kann ich mich entspannen."

„Triffst du dich mit jemanden?", fragt Paige.

Warum fragt sie mich das, nachdem Wyatt Idioten erwähnt hat?

Ich wedele durch die Luft. „Ich sehe die ganze Zeit Leute."

Wyatt starrt mich an. „Du konntest noch nie gut lügen."

„Ich lüge überhaupt nicht!", rufe ich. „Himmel, können wir bitte zum Hochzeitsgespräch zurückkehren?"

Wyatt beugt sich vor. „Sag's nur. Wenn es ein Problem mit einem Kerl gibt, werde ich –"

„Habt ihr das Wimmern gehört?", fragt Sydney laut. „Es klang so, als ob Snowball irgendwo feststeckt. Hat jemand oben eine Schlafzimmertür geschlossen?"

Wyatt rast aus dem Raum, bereit, den kleinen weißen Shih Tzu zu retten, den er so liebt.

Ich werfe Sydney einen dankbaren Blick zu. Mein Auge fällt auf Paiges neugierigen Blick. Ich zwinge mich zu einem Lächeln und mache mich wieder ans Essen. Niemand muss wissen, was mit Max passiert ist.

Oder wie sehr ich befürchte, dass ich allein damit bin.

Max

Ich habe mich diese Woche in die Arbeit gestürzt und Doppelschichten abgezogen, um den Zeitplan im Inn zu beschleunigen und auch im Bell Estate fertig zu werden. Ich habe das ganze Wochenende allein im Bell Estate gearbeitet. Es ist jetzt Donnerstag, und meine Muskeln protestieren, weil ich ihnen das zugemutet habe. Ich kann nicht herunterfahren. Es ist Mitte April, und das wöchentliche Mähen und der Frühjahrsputz unserer Stammkunden müssen ebenfalls geschehen. Ich wünschte, ich könnte mir mehr Mitarbeiter leisten. Ich muss im Inn fertig werden, damit ich verdammt nochmal von Brooke wegkomme. Alles an dem, was wir gemacht haben, war ein Fehler. Im Inn miteinander zu schlafen. Gemeinsames Abendessen, das sich gefährlich nah an einem Date anfühlte. Danach meinen Gehaltsscheck zu bekommen. Männliche Prostituierte kommt mir in den Sinn.

Es war ein Fehler. Ich werde meine letzte Zahlung kassieren und gehen.

Ich drehe den Wasserfall am Koi-Teich an, und er fließt rauschend. Ich kauere hinter der Wasserfallfunktion und passe den Regler an, um einen langsameren Fluss einzustellen. Einen Moment setze ich mich auf eine Steinbank, während eine leichte Brise vorbeiweht, zufrieden mit der Außenanlage. Alles, was wir jetzt noch brauchen, sind die Koi-Fische. Ich werde warten, bis die schattenspendenden Pflanzungen an Ort und Stelle sind, um den Teich vor Überhitzung zu schützen. Mit den hohen Pflanzungen um den Teich und die Bänke, wird es wie ein Meditationsbereich sein. Wir haben auch Steine um den Teich gelegt.

Ich komme nun zum nächsten Punkt auf meiner Tagesordnung. Der Gemüsegarten ist gepflanzt. Ich muss noch einen Blumenabschnitt bepflanzen und dann die Spieße stecken, um das Ganze einzuzäunen. Der Hundespielplatz ist auf Eis und wartet nach der öffentlichen Anhörung auf die Genehmigung durch die Stadtplanungsstelle, das könnte also meinen Gehaltsscheck verringern. Ohne ihn wird es eng, aber ich hoffe, was immer ich Liam geben kann, wird helfen. Ich hatte ein weiteres Angebot für mein Haus, dieses Mal über dem verlangten Preis, von einem wohlhabenden Paar in Brooklyn. Ich habe um eine Woche Bedenkzeit gebeten und gesagt, ich sei nicht sicher, ob ich bereit wäre, umzuziehen. Daraufhin haben sie mir noch mehr geboten.

Ich sollte einfach verkaufen. Das wäre das Logische, aber mein Herz will mich nicht lassen. Ich bin an das Haus und all seine Erinnerungen gebunden. Ich möchte, dass es in der Familie bleibt. Vielleicht heiratet Skylar und hat Kinder, die gerne dorthin kommen. Diese Zukunft ist ausgelöscht, wenn ich es aufgebe.

Ich stehe auf und strecke mich. Ich sollte mich besser an die Blumen für den Garten machen. Ich trete aus der friedlichen Oase, gehe Richtung Garten und halte abrupt an. Warum sind da Erdhügel?

Mist! Scout ist in den Garten gekommen und gräbt das ganze Gemüse aus. Sein langer Schwanz wedelt hinter einer Tomatenrebe, die im Boden steckt.

„Scout, nein!" Ich renne auf ihn zu und wedele wild mit meinen Armen. Er rennt im Zickzack durch den Garten, stößt gegen Pflanzen und rast dann geradewegs auf mich zu.

Ich weiche zurück. „Stopp! Sitz!"

Er springt an mir hoch, seine schmutzigen Pfoten krallen sich in meine Brust, während er versucht, mein Gesicht zu lecken. Ich drücke ihn herunter. Keine Leine oder Halsband. Wo ist Brooke?

Ich atme scharf aus und gehe, um den Schaden zu begutachten, während Scout mir folgt. Er hat, wie es aussieht, drei Viertel des Gartens ausgegraben. Überall sind Erdhaufen, winzige Blätter liegen verstreut, Wurzeln sind freigelegt, Baby-Karotten halb gekaut, Tomatenstäbe stehen schräg. Das wird mich was kosten. Nicht, dass ich für den Schaden zahle. Das ist Brookes Schuld dafür, dass sie ihren Hund von der Leine gelassen hat. Das wird mich Zeit kosten, was ich mir nicht leisten kann. All die Extra-Arbeit, die ich geleistet habe, ist ruiniert. Ich brauche diesen letzten Gehaltsscheck, um dieses Projekt abzuschließen. Jetzt muss ich den Garten wieder von vorne anfangen.

Ich kauere mich hin, um einige Zwiebeln wieder einzupflanzen, und Scout springt auf meinen Rücken und versucht, mich umzuwerfen. Ich stehe auf und starre ihn finster an. „Du hattest deinen großen Auftritt, nicht wahr?"

Er läuft zwischen meinen Beinen hindurch und umkreist mich, bevor er sich zum Spiel verneigt. Er hechelt, und es sieht fast wie ein Lächeln aus. Jemand muss dafür bezahlen. „Wo ist deine Leine?"

Ich marschiere gerade zurück zum Haus, als Brooke, Paige und Spencer, der Koch vom Horseman Inn, um die Ecke kommen.

Brooke rast uns entgegen. „Scout! Wie bist du denn hier rausgekommen?"

„Dein Hund hat den ganzen Gemüsegarten ausgegraben!", rufe ich.

Sie geht zu Scout, um ihn zu packen, doch er weicht ihr aus. „Sein Halsband muss irgendwie aufgegangen sein. Ich hatte ihn an die Kücheninsel gebunden, und er hat geschlafen."

Scout rennt zu mir und springt an meinem Bein hoch. Ich schubse ihn weg, und sage, er soll Sitz machen. Schließlich tut er es. Ich halte ihn mit einer Hand am Nacken an seinem Platz.

Brooke sieht mich entschuldigend an. „Das ist schrecklich. Ich würde ja sagen, er wollte dich sehen, aber scheinbar wollte er lieber graben."

Ich konzentriere mich auf Scout, denn jetzt, da ich wieder nah bei Brooke bin, blitzen mir Erinnerungen durch den Kopf, die zu vergessen ich mich so sehr bemüht hatte. Ihr langes Haar, wie es in einem seidigen Vorhang um mich fällt, während sie gegen mich schaukelt, ihr Gesicht in Ekstase. Ich muss mich zusammenreißen, um einen gewissen Abstand zwischen uns zu wahren. „Warum hast du ihn überhaupt mitgebracht?"

Sie trägt einen pfirsichfarbenen hauchdünnen Rock, ihre Beine sind nackt in Sandalen mit Absätzen. Mein Mund wird trocken.

„Ich bringe ihn immer mit, wenn ich nur kurz hier bin. Heute bin ich vorbeigekommen, um mich mit Spencer zu treffen." Sie schaut hinüber auf den zerstörten Garten. „Das wird uns zurückwerfen. Ich werde neue Pflanzen kaufen. Was auch immer du denkst, das nicht gerettet werden kann."

Scout windet sich unter meinem Griff, und ich hebe ihn in meine Arme. Er leckt meinen Hals.

Brooke schaut von ihm zu mir. „Er betet dich an."

„Das dachte ich mir schon", sage ich trocken. „Kannst du sein Halsband und die Leine holen, damit wir diese Bescherung unter Kontrolle bringen können?"

„Ja, lass uns in die Küche gehen."

„Ich denke, wir werden auch dorthin zurückkehren", sagt Paige, die an Brookes Seite auftaucht. „Für Spencer gibt es hier nichts mehr zu sehen."

„Ist schon gut", sagt Spencer. Er ist in seinen Zwanzigern, hat kurze braune Haare, einen gestutzten Bart und einen leichten Schwung in seinem Gang, der sagt, dass er sich seiner Fähigkeiten sehr bewusst ist. „Sie können jetzt mit den Artikeln beginnen, die für mich am nützlichsten sind."

Paige neigt den Kopf. „Und ich dachte, wir haben einen Chefkoch engagiert, der mit dem arbeitet, was wir haben."

„Ich werde Ihnen eine Liste schicken", erwidert er.

Brooke und ich drehen uns zurück zum Haus, Paige und Spencer kommen hinterher.

Spencer fährt fort: „Wie gesagt, ich habe keine Zeit, hier morgens zu arbeiten, aber ich könnte jeden ausbilden, den Sie für die Zubereitung der Speisen finden."

„Nur ich", sagt Paige. „Ich bin Wirtin, Frühstücksmacherin und Geschirrspülerin."

„Irgendwelche Erfahrungen in der Küche?", fragt er.

„Ich kann Essen holen und ziemlich guten Toast mit Butter."

Spencer holt Brooke ein. „Bitte sagen Sie mir, dass Sie mehr können als gebutterten Toast."

„Ich kann Rührei, aber ich bin nur in Teilzeit hier. Ich bin mir sicher, Paige und ich können es lernen. Wie schwierig kann das schon sein?"

Spencer bleibt abrupt stehen und schaut zwischen Paige und Brooke hin und her. „Sie sagen also, dass ich zwei schöne Frauen unter meine Fittiche nehmen darf?"

„Sie sind gefeuert", sagt Paige nur.

„Paige!", ruft Brooke.

Paige stößt einen Finger in Spencers Richtung. „Unter seine Fittiche? Nein, wir sind oben. Wir sind *Ihr* Chef. Wir bezahlen Sie."

Mein Bauch verkrampft sich bei der Erinnerung an meine

eigene Lohnsituation. *Sex. Gehaltsscheck.* Scout bellt in meinen Armen. Ich gehe entschlossen weiter zum Haus.

Brooke und Paige sind hinter mir und streiten darüber, ob sie Spencer behalten oder nicht. Direkt vor seiner Nase. Brooke erklärt, dass sie ihn brauchen, und Paige sagt, dass *jeder* Frühstück machen kann. Ich sehe über meine Schulter. Spencer sieht so aus, als ob er den Kampf um sich genießt. Seltsamer Kerl.

Ich gehe schneller, begierig darauf, Scout wieder an die Leine zu legen und zurück an die Arbeit zu gehen. Ich muss den Garten für die neuen Pflanzungen aufräumen. „Du hast eine Menge Ärger verursacht", sage ich ihm.

Er sieht zu mir auf, seine großen braunen Augen glänzen vor Hundeanbetung. Es ist schwierig, wütend auf ihn zu bleiben.

Das Erdgeschoss des Hauses ist relativ ruhig, als wir hineinkommen. Es scheint, als wäre die Crew nach oben umgezogen, um an den Schlaf- und Badezimmern zu arbeiten. Ich bringe Scout in die Küche und lege ihn neben sein Halsband und der Leine auf den Boden bei der Insel. Ich befehle ihm zu sitzen und halte dabei eine Hand an seinem Nacken.

Brooke kommt einen Moment später hereingeeilt. Sie schnappt sich ein paar Papiertücher und putzt seine Pfoten, während ich ihm das Halsband anlege. Ich atme Brookes blumigen Duft ein, der meine Träume verfolgt. Sie ist genau wie ich auf den Knien. Scout ist damit beschäftigt, an meiner Hand zu schnüffeln. „Es tut mir wirklich leid, Max. Er ist einfach nicht an all diese interessanten Sachen gewöhnt. Scout hat zuvor ein behütetes Leben mit mir in meiner Wohnung verbracht. Ich habe eine kleine Kellerwohnung in einem Haus mit einem Garten für ihn. Dann war er bei meiner Mom und jetzt bei Wyatt, aber Wyatt hält die Hunde an der kurzen Leine."

„Wie er auch sollte."

Ihre Augen sind auf meine gerichtet, ihre Stimme ist vor

Sehnsucht weich. „Ich denke, Scout weiß, dass du ein guter Kerl bist. Er mag dich wirklich. Sehr."

Mein Puls schlägt heftiger, und meine Stimme kommt belegt heraus. „Dank Scout für mich."

Ein knisternder Moment der Spannung hängt in der Luft, unsere Blicke begegnen sich. Ich bin wieder ganz zu ihr hingezogen.

Scout leckt mir das Gesicht und rüttelt mich zurück in die Realität. Ich schiebe ihn weg. „Keine großen Schlabberküsse mehr."

Brooke steht auf und geht zum Waschbecken, um sich die Hände zu waschen. Ich schnalle Scouts Leine an ihn und stehe auf, halte die Leine aber, bis Brooke bereit ist, ihn zu nehmen.

Paige kommt hereingestürmt. „Wir stellen ihn nicht ein. Spencer Wolf kann meinetwegen zur Hölle gehen."

Scheinbar ist Spencer weg.

„Aber Sydney meint, dass er ein wirklich begabter Koch ist", sagt Brooke. „Das ist ein wichtiger Teil beim Bed-and-Breakfast-Erlebnis."

Paiges Augen verengen sich. „Er ist völlig unangemessen."

„Er flirtet eben gern", sagt Brooke.

„Brooke! Er ist die Art von Kerl, die ein Gruppending wollen würde!" Sie deutet zwischen ihnen beiden hin und her. „Wir drei, und ich bin mir sicher, dass es nicht das erste Mal wäre!"

Ich verkneife mir ein Lachen, als Brooke erschrocken nach Luft schnappt.

„Nein!", ruft Brooke. „Das hat er *nicht* gesagt."

Paige schürzt die Lippen. „Zwei schöne Frauen unter meinen Fittichen? Wie kannst du das nicht hören?" Sie fährt mit einer Hand durch die Luft. „Er ist raus."

„Nein, er darf nicht raus sein. Wir beide haben hier ein Mitspracherecht."

„Ich verbrenne seine Visitenkarte", sagt Paige grimmig.

„Sei vernünftig", sagt Brooke.

Paige sieht mich an. „Hast du gehört, was ich gehört habe? Arroganter Typ, mit dem man unmöglich arbeiten kann?"

„Hast du sein Essen probiert?", frage ich. „Die Speisekarte hat sich erheblich verbessert, als er im Horseman Inn an Bord ging. Lauter frisches, gesundes Essen, vom Erzeuger auf den Tisch. Und es schmeckt auch wirklich gut."

Paige nimmt mir Scouts Leine ab. „Ich werde ein wenig mit Scout spazieren gehen." Sie marschiert zur Haustür hinaus.

Brooke lässt sich gegen die Insel sinken. „Wir brauchen ihn. „Ich kann es nicht fassen, dass sie das gerade allein entschieden hat."

„Ihr seid Partner, wenn du ihn also willst, dann bedeutet das, dass es nicht vorbei ist."

Brooke seufzt. „Mir ist gerade das perfekte Argument eingefallen, nachdem sie gegangen ist. Ist das nicht immer so? Als Kayla früher Kellnerin im Horseman Inn war, hat sie ganz begeistert von Spencer gesprochen. Sie sagte, er flirtet mit allen, und das bedeute nichts."

Ich zwinge mich, mein Gesicht neutral zu halten. „Möchtest du, dass ich mit ihm über angemessene Grenzen in professionellen Situationen spreche?"

Brooke

Ich möchte lachen. Max spricht über Grenzen nach dem, was wir gemeinsam gemacht haben? Aber irgendwie kann ich mir nur vorstellen, wie sehr ich ihn umarmen, ihm sein schönes Gesicht küssen und ihm dann die Klamotten runter-reißen will.

Er wirft mir ein schiefes Grinsen zu. „Ich kann mir das gut vorstellen. Spencer Wolf – übrigens ein sehr vielsagender Name für einen Dreier-Typ – hör mal zu. Sei immer respekt-voll, wahre Distanz, niemals –"

Ich unterbreche ihn mit einem Kuss. Er reißt mich an sich,

sein Mund erobert meinen. Die Welt verengt sich zu einem intensiven Bedürfnis. Nie habe ich etwas wie diese Anziehung gespürt.

Ich packe ihn an der Vorderseite seines T-Shirts und ziehe ihn mit mir nach hinten in Richtung der leeren, begehbaren Speisekammer. Sie hat eine Tür. Privatraum. Ich stoße dagegen und unterbreche den Kuss gerade lange genug, um sie zu öffnen.

Er folgt, küsst mich, während wir hineinstolpern und die Tür hinter uns zuschlagen. Ich giere plötzlich nach Kontakt. Schnell öffne ich seine Jeans. Er übernimmt, befreit sich und hebt mich dann hoch. Ich lege meine Arme um seinen Hals, während er uns verlagert, meinen Rock hochschiebt und mich dann gegen die Tür drückt. *Mehr, mehr.*

Er reißt mein Höschen zur Seite und ist da, dringt bis zum Anschlag ein. *Jaaaa!* Mein Atem stottert heraus, wird von ihm erfüllt, schmerzend und doch auch so erleichtert, dass ich ihn zurückbekommen habe.

Mit jedem harten Stoß feuert weißglühende Lust durch mich, seine großen Hände packen meine Hüften, die Dynamik seiner Bewegungen hebt mich. Immer und immer und immer wieder. Das Verlangen wird immer dringender und dringender, mein Atem kommt angestrengter. Er schiebt mich gerade so weit zurück, dass er seine Hand zwischen uns schieben und mich streicheln kann. Ich zucke wie wild. Seine Finger sind böse, seine Stöße tief.

Unendliche Lust.

Feuer. Ich stehe in Flammen.

So nah.

Mein Körper zuckt, und dann schreie ich, der Orgasmus fährt durch mich. Sein Mund bedeckt meinen, bedeckt mein leises Stöhnen, während er für seine eigene Erlösung weiterpumpt und Schockwellen der Lust erzeugt. Ein letztes Mal rammt er in mich und stöhnt an meinem Hals.

Verdammt. Ich habe ihn schon wieder verführt, und ich habe ihm nicht gesagt, was ich empfinde. Obwohl ich bei dieser Verführung nicht allein war. Er hat mich flirtend erinnert.

Er küsst an der Seite meines Halses, als könne er nicht genug von mir bekommen. Ich lasse ihn, meinen Kopf nach hinten gegen die Tür gekippt, um ihm mehr Zugang zu geben. Ich poche immer noch.

Er hebt seinen Kopf, sieht mir in die Augen. „Das darf nie wieder passieren."

„Lad mich heute Abend zu dir nach Hause ein."

„Wir sind *Profis*."

Ich streichele seinen Bart. „Ich mag es zu sehr, um aufzuhören."

Er hält meinen Kiefer mit einer Hand. „Du magst es mehr als das. Du liebst es."

Wir lächeln einander an.

„Komm heute Abend bei mir vorbei", sagt er.

„Kann nicht. Ich muss arbeiten."

Er hebt mich von sich hinunter und klatscht mir auf den Hintern. „Du wirst da sein, und es wird dir gefallen."

„Wir werden sehen."

Er grinst, seine Augen blicken warm in meine.

Ich kann nicht widerstehen, ihn wieder zu küssen, lächelnd, während ich mich zurückziehe, um ihn anzuschauen, in der Hoffnung, dass er die Wahrheit in meinen Augen lesen kann. *Ich habe mich in dich verliebt.*

„Max?"

„Ja?"

„Brooke! Wo bist du?", ruft Paige.

„Ach, nichts", flüstere ich, ziehe mich schnell an und schlüpfe in die Küche. Zurück an die Arbeit.

11

Am Ende des nächsten Arbeitstages entspanne ich mich mit Max in der Küche des Inns, wir trinken was und reden. Ich habe meinen Lieblings-Sauvignon Blanc mitgebracht und ihn überredet, ihn zu probieren. Ich sitze auf der Insel, und er lehnt sich neben mir dagegen.

Er sieht zu mir hinüber. „Noch gestresst?"

Ich lächle und stupse seine Schulter mit meiner an. „Du hast mir definitiv bei der Stressbewältigung geholfen." Wir haben gestern Abend bei ihm zu Hause miteinander geschlafen, plus heute Morgen in der Speisekammer. Letzte Nacht habe ich mich für das Timing seines Schecks nach unserem ersten Mal entschuldigt, und er hatte kein Problem damit. Ich bin mir nicht sicher, wie viel von seiner Vergebung von Lust und der Tatsache getrieben wurde, dass wir allein bei ihm zu Hause waren, aber hey. Alles ist wieder cool zwischen uns.

„Das ist die Art von Dingen, von denen du für eine maximale Wirkung eine tägliche Dosis benötigst." Er umfasst meinen Kiefer und zieht mich zu einem Kuss an sich. „Ärztliche Anordnung."

Ich lächele an seinen Lippen. „Welcher Arzt ist das?"

„Dr. Love."

Ich löse mich von ihm, lachend, während mein Puls rast. „Scheint angemessen."

Er nimmt einen weiteren Schluck Wein. „An dieses Zeug kann man sich gewöhnen." Er hält inne. „Warte mal, was ist angemessen?"

Ich hebe eine Schulter. „Dr. Love. Für mich ist es nicht mehr so ungezwungen."

Er umfasst meinen Nacken und drückt seine Stirn gegen meine. „Du bist verrückt nach mir."

Mein Herz hämmert gegen meinen Brustkorb. „Ja", sage ich leise. „Und was ist mit dir?"

Er stellt sein Glas ab, schiebt meine Beine auseinander und stellt sich dazwischen. „Ich dachte, wir würden das professionell halten, Ms. Winters."

„Max", sage ich unruhig, als seine großen Hände die Außenseite meiner mit Jeans bekleideten Beine streicheln. Seine Hände landen auf meinen Hüften und ziehen mich näher, bis ich vollständig gegen ihn gedrückt werde. Das Verlangen steigt sofort.

Er nimmt mir das Weinglas aus der Hand und stellt es neben seins. Mein Puls beschleunigt sich.

Seine Finger fahren in meine Haare, seine Lippen schweben über meinen. „Ich bin auch verrückt nach dir."

Ich lege meine Arme um seinen Hals, Glück sprudelt in mir auf. Seine Lippen streifen meine, bevor sie sich fester darauf drücken. Er verlagert sein Gewicht, küsst entlang meines Kiefers, sein Bart reibt köstlich an mir. Seine Zähne kratzen meinen Hals, bevor er an meinem Hals saugt. Mein Kopf fällt zurück, während seine Hände langsam meine inneren Oberschenkel hinaufstreicheln. Das Verlangen festigt sich in mir, ein eindringendes Pochen, das um seine Berührung bettelt.

Die Eingangstür öffnet sich knarrend, und wir reißen uns voneinander los. Max tritt weg, und ich sehe meine Schwester Paige, ihre Augen weit, die Szene einnehmend. Mein Herz donnert. Vor ein paar Stunden ist sie in Richtung City aufgebrochen. Ich weiß, das sieht schlecht aus. Wir beide in der Küche mit einer Flasche Wein, ich sitze auf der Insel, Max neben mir.

„Wir gönnen uns nur einen Drink nach der Arbeit", sage ich fröhlich. „Es war eine lange Woche. Warum bist du nicht in der City?"

Paige nähert sich mir und mustert mich von meinen Lippen über meine Wangen, die wahrscheinlich beide rosa sind, bis hin zu meinen Haaren, die sicher von Max Fingern strubbelig sind. „Mein Samstagmorgentermin wurde abgesagt. Ich war bei Wyatt, aber er wollte nicht aufhören, mich über die Finanzen des Inns zu löchern, also dachte ich, ich würde hier in meiner Wohnung bleiben, um ein wenig Ruhe und Frieden zu bekommen." Sie deutet zwischen mir und Max hin und her. „Seid ihr zwei …"

„Dabei, mit etwas Wein zu chillen", sage ich. „Ja."

Sie tritt näher heran und inspiziert meinen Hals. Instinktiv bedecke ich ihn mit meiner Hand. Bartbrand, ein Knutschfleck, ich weiß nicht, was da ist, aber ich habe das Gefühl, dass Max einige Beweise hinterlassen hat. „Brooke! Was zum Teufel? Verbringst du so deine Zeit, wenn ich weg bin? Machst mit unseren Angestellten rum?"

„Nicht mit allen!", rufe ich.

Max versteift sich. „Brooke war nichts als professionell. Und ich nehme diesen Job ernst. Es war nur ein Drink nach Feierabend."

Paige kauft es ihm nicht ab. „Wie lange trefft ihr euch schon?"

„Wir treffen uns nicht", sage ich. „Außer bei der Arbeit. Und, okay, ich hab mir sein Haus am See angesehen, und wir haben eine Bootsfahrt gemacht. Jetzt glücklich?"

Paige schnaubt. „Eine Bootsfahrt. Richtig. Ich reiße mir hier rund um die Uhr den Arsch auf, während du unsere brandneue Küche als deinen persönlichen Spielplatz nutzt."

„Sei nicht wütend auf sie", sagt Max. „Ich übernehme die volle Verantwortung."

„Max, nein", sage ich. „Ich habe ihn verführt. Er hat nur mitgespielt."

Paige wirft die Hände in die Luft. „Bist du nicht ganz bei Trost, Brooke? Sag es mir jetzt. Ich habe meine Lebensersparnisse in dieses Projekt gesteckt, was *doppelt* so viel war, wie das, was du dazu beigetragen hast, und ich habe meine Stunden deutlich reduziert, um dieses Projekt zu unterstützen. Du bist zwei Tage die Woche hier, und in dieser Zeit verführst du einen unserer Vertragspartner! Denkst du überhaupt darüber nach, wie dieses Inn ein Erfolg wird? Wir werden unser letztes Hemd verlieren, *ich werde* mein letztes Hemd verlieren, wenn es scheitert."

Ich schaue zu Max. „Du solltest wahrscheinlich gehen. Paige und ich müssen uns ernsthaft unterhalten, und ich will nicht, dass du in der Mitte stehst."

„Bist du dir sicher?", fragt er.

Ich nicke, berührt, dass er bleiben möchte, um seine Unterstützung zu zeigen. „Ich rufe dich später an."

Er schaut mich mitleidig an, nickt Paige zu und geht hinaus.

Paige verschränkt die Arme. „Na? Habe ich mich mit einem Blindgänger auf das hier eingelassen?"

„Okay, ich hatte vielleicht nicht so viel Geld, das ich investieren konnte, aber ich habe auch meine gesamten Ersparnisse hier reingesteckt. Ich hab meine Wohnung aufgegeben, um Geld zu sparen und bin bei Mom eingezogen, was nicht einfach ist, weil sie immer wissen will, ob ich genug esse, genug schlafe und Zeit zum Trainieren finde, was ich nicht tue!"

Paige zuckt mit dem Daumen zur Haustür. „Man könnte meinen, dass er Training genug ist." Sie schüttelt den Kopf und sieht aus wie eine allwissende große Schwester. „Lass dich nie mit jemandem ein, mit dem du arbeitest, vor allem, wenn du seinen Gehaltsscheck unterschreibst. Wirklich, Brooke. Das ist so unprofessionell von dir."

„Ich kann es nicht erklären, er ist nur …" Ich seufze. „Schau, ich bin genauso engagiert wie du für das Inn. Ich konnte meinen Gehaltsscheck von meinem Job nicht aufgeben, aber ich habe es geschafft, ein Homeoffice durchzusetzen, das ins Wochenende hineingeht, weil ich nicht alles machen kann. Meine Nerven sind zum Zerreißen dünn, ich bin die ganze Zeit gestresst, und Max ist wie eine ruhige Oase in all diesem Chaos."

Paige atmet tief ein. „Ist es was Ernstes?"

„Ich weiß nicht." *Ich hoffe es.*

Ihre Stimme wird weicher. „Dann beende es. Er ist eine Ablenkung, und du hast genug zu tun. Ich brauche in der kurzen Zeit, in der ich dich hier habe, deine volle Konzentration auf das Inn."

Mein Magen dreht sich um, was ein krankes Gefühl hinterlässt. Ich will es nicht beenden. Ich fühle mich gut, wenn ich bei ihm bin, und es ist nicht nur der Sex. Ich liebe seinen lockeren Humor, seine Wärme, die Art, wie er sich wirklich um seine Familie und seine Arbeit kümmert. Er ist dieser seltene gute Kerl, den ich nie zu finden scheine. Wie kann ich ihn gehen lassen?

Ich kann es nicht. Mir liegt zu viel an ihm, um das zu tun. Ich wage es nicht, das L-Wort laut auszusprechen, aber ich fühle es tief in meinem Herzen. Ich muss warten, bis der Zeitpunkt stimmt.

Paiges Stimme ist mitleidig. „Du hast dich bereits in ihn verliebt, richtig? Du tauchst immer so tief ein, und dann wirst du verletzt."

„Mir geht es gut. Ich werde nicht verletzt." Ich atme tief ein. „Ich bin noch nicht bereit, ihn loszulassen."

Sie schenkt mir einen skeptischen Blick. „Wie kann ich mich darauf verlassen, dass du hier alles gibst, wenn du in so viele Richtungen gezogen wirst?"

Ich koche, bin mir bewusst, dass ich mich meiner großen Schwester erneut beweisen muss. Ich bin nicht bereit, Max aufzugeben, aber es gibt etwas, das mir etwas Erleichterung bringen würde. „Ich werde meinen Chef fragen, ob ich auf Teilzeit runterfahren kann. Das wird den Druck reduzieren, und ich kann mich hier mehr konzentrieren. Ich werde zwei Tage pro Woche nur im Büro vorschlagen, und dann lasse ich meine Arbeit dort. Der Rest meines Fokus' wird zu hundert Prozent hier sein."

„Kannst du dir das leisten?"

„Es ist nicht ideal, aber im schlimmsten Fall kann ich immer noch bei Wyatt schlafen." Schlimmster Fall heißt, wenn das Inn scheitert. Ich versuche, diese Worte nie laut auszusprechen, aus Angst, unser Unternehmen damit zu verhexen.

Sie verzieht das Gesicht. Bei Wyatt zu leben wäre nicht ihre erste Wahl. Sie liebt ihre Unabhängigkeit.

Ich stoße einen Atemzug aus. „Und wir nähern uns dem Ende hier. Sieben weitere Wochen. Ich wollte ohnehin vor Ort nach einem Beratungsjob suchen, weil ich ja hier nur in Teilzeit helfen werde, also würde ich sowieso kündigen. Es ist der richtige Zeitpunkt, um auf Teilzeit umzustellen."

„Wird Max ein Problem sein? Was ist, wenn es nicht gut läuft, und dann musst du ihn hier auch noch arbeiten sehen, und er erwartet einen Gehaltsscheck." Sie schüttelt den Kopf. „Mach nie mit jemandem herum, den du eingestellt hast."

Ich halte eine Handfläche hoch. „Okay, ich verstehe das, aber es ist ein wenig spät für den Rat der großen Schwester." Ich kann keine Worte finden, um zu erklären, was Max mit mir macht, wie gut ich mich fühle, wenn ich bei ihm bin. Er ist nicht nur der Mann, der an unserer Landschaftsgestaltung arbeitet. Er ist so viel mehr. „Ich werde es streng auf den Feierabend beschränken. Wie heute Abend."

Sie atmet kräftig aus. „Ich will nicht einmal wissen, was hier sonst noch los war, als ich nicht da war."

Mein Geist blitzt in die Speisekammer und das erste Mal auf der Luftmatratze in ihrer Wohnung. „Das willst du wirklich nicht."

Am Montagmorgen setze ich mich bei der Arbeit an meinen Schreibtisch im offenen Bürobereich, meine Nerven sind am Ende. Ich habe am Wochenende meinem Chef Bill eine Mail geschickt, in der ich ihn darum gebeten habe, sich heute mit mir zu treffen. Er war einverstanden und es ist fast so weit. Ich habe eine Rede darüber vorbereitet, dass ich gerne weiter hier arbeiten würde; wenn ich mich auf einen Kunden beschränkte, könnte mir das die Teilzeitarbeit ermöglichen. Ich werde meine Krankenversicherung und andere Leistungen verlieren, aber hoffentlich wird es auf lange Sicht funktionieren. Paige und ich werden versuchen, einige Leistungen durch das Inn zu bekommen, sobald wir einsatzbereit sind.

Ich bin so nervös, dass ich durch meine gelbe Blumenbluse schwitze. Dazu trage ich eine schwarze Hose und Blockabsätze. Mein übliches Business-Casual Arbeitsoutfit. Es wird schon alles gut gehen. Ich bin eine wertvolle Mitarbeiterin. Ich arbeite hier seit vier Jahren und habe immer großartige Leistungsbeurteilungen bekommen. Leider hat sich das nicht in mehr Verantwortung als leitende Architektin niedergeschlagen. Ich bin hier immer in einer zuarbeitenden Rolle, weshalb ich so aufgeregt war, die Leitung des Inns und zukünftiger Projekte zu übernehmen, die ich für Häuser hoffentlich haben werde.

Es ist so weit!

Ich mache mich auf den Weg zu seinem großen, verglasten Büro und trete ein, mein Lächeln fest an seinem Platz. „Guten Morgen, Bill." Er ist ein großer Typ mit Glatze in seinen Sechzigern, der sich tadellos kleidet. Heute trägt er einen grauen Blazer, ein strahlend weißes Hemd und eine graue Hose. Alles für seine Statur maßgeschneidert.

Er steht auf und deutet zur Tür. „Schließen Sie die Tür hinter Ihnen."

Mein Herz springt in meine Kehle. Kein gutes Zeichen. Ich schließe die Tür und nehme einen der dunkelorange gepolsterten Stühle vor seinem Mahagoni-Schreibtisch. „Danke, dass Sie sich Zeit für mich nehmen. Ich hätte einen Vorschlag für Sie bezüglich meiner Arbeitszeit."

Er hält eine Handfläche hoch. „Brooke, wir werden Sie entlassen."

Mein Herz pocht. „Was! Warum?"

„Schauen Sie, das ist nie einfach. Wir müssen ein paar Kürzungen vornehmen, und ehrlich gesagt, haben Sie schon seit einer Weile einen Fuß vor der Tür. Die Home-Office-Tage haben für mich nicht funktioniert. Seit dem letzten Januar, als Sie das Inn gekauft haben, arbeiten Sie unzuverlässig. Die Wahrheit ist, wir können es uns nicht leisten, jemanden zu halten, der nicht alles gibt."

Ich kann kaum atmen, mein Geist und mein Herz rasen. Ich greife die Armlehnen des Stuhls und versuche, mich zu beruhigen. Ich befeuchte meine trockenen Lippen. „Okay, was ist mit Teilzeit? Ich könnte an einem dedizierten Kunden in einer Support-Position arbeiten."

„Sie erhalten vier Wochen Abfindungszahlung. Bitte suchen Sie auf Ihrem Weg nach draußen die Personalabteilung auf."

Mein Mund steht offen, mein Darm ist in einem kalten Knoten.

Bill blättert durch einige Papiere auf seinem Schreibtisch und entlässt mich damit.

Meine Augen werden heiß. *Nicht weinen, nicht weinen!* „Bin ich die Einzige, die entlassen wird?"

„Drei weitere nach Ihnen", sagt er. „Viel Glück mit Ihrem Inn."

„Danke", murmele ich und mache mich auf wackeligen Beinen auf den Weg zur Tür. Ich fasse es nicht. Kein Sicherheitsnetz. Puff! Weg. Jetzt gibt es nur noch das Inn.

Ich gehe benommen zurück zu meinem Schreibtisch. In meinem ganzen Leben wurde ich noch nie gefeuert. Ich denke, technisch gesehen wurde ich entlassen, und es bin nicht nur ich. Er sagte, sie müssten einige Kürzungen vornehmen. Ich war eine einfache Wahl, da er mit meiner Home-Office-Arbeit nicht zufrieden war. *Mist.*

Den Rest des Morgens erlebe ich in einem tauben Schockzustand. Ich räume meinen Schreibtisch auf, unterzeichne ein paar Formulare, gebe meine Schlüsselkarte ab und fahre dann zu Mom nach Hause.

Scout ist begeistert, mich zu sehen, als ich so unerwartet mitten am Morgen zurückkomme. Ich umarme ihn, und er leckt mir die Tränen aus dem Gesicht. Mom ist bei der Arbeit an der Uni. Ich stoße einen zittrigen Atem aus, gehe in die Küche und nehme den Notizblock, den sie immer beim Telefon hat. Ich kritzele eine kurze Notiz, in der ich ihr sage, dass ich in nächster Zeit bei Wyatt wohnen werde. Ich werde ihr am Abend alles erklären. Ich bin noch nicht bereit, die Ereignisse des Morgens wieder durchzukauen. Bei ihrem mitfühlenden Ton werde ich in Tränen ausbrechen. Keine Zeit für Tränen. Ich habe Arbeit zu tun.

„Wir werden Vollzeit bei Wyatt wohnen", sage ich zu Scout. „Möchtest du mit Snowball und Rexie spielen?"

Er läuft im Kreis und bellt.

„Okay, lass mich unsere Sachen packen, und wir brechen auf. Zeit, unser hundefreundliches Inn Wirklichkeit werden zu lassen. Du kannst alle Doggie-Features testen. Hundespielplatz, Hundegäste, alles in einer hundefreundlichen Stadt."

Er legt den Kopf schräg, als wäre er verwirrt.

Ich schniefe und wische mir die Tränen beiseite. „Du wirst schon sehen."

Nachdem ich Scout bei seinen Hundecousinen in Wyatts Haus untergebracht habe, tauche ich im Inn auf und überrasche Paige, die in einem Gästezimmer oben Farbfelder an die Wand hält.

„Was machst du denn hier?", fragt sie. „Hast du schon auf Teilzeit reduziert?"

„Ich habe auf Null reduziert." Meine Stimme bricht. „Ich wurde entlassen."

„Oh nein! Brooke! Das tut mir so leid. War es, weil du darum gebeten hast, deine Stunden zu kürzen?"

„Nein. Er musste einige Leute gehen lassen, und er war nicht glücklich mit meiner Home-Office-Arbeit. Er sagte, dass ich seit dem Kauf des Inns schon einen Fuß vor der Tür hatte. Siehst du? Ich fühle mich unserem Geschäft verpflichtet."

Sie umarmt mich. „Es tut mir leid, dass ich an dir gezweifelt habe." Sie zieht sich zurück. „Es war für uns beide eine

Menge Druck. Wir sind fast da. Ich habe heute Morgen angefangen, eine einfache Website anzulegen, und Sydney sagte, sie würde uns bei unserem Marketingplan helfen. Eines der Dinge, die sie erwähnte, war die Ankündigung unserer Eröffnung beim Spatenstich für das neue Tierheim nächsten Monat. Du weißt schon, Mundpropaganda von all den Tierliebhabern."

Ich lächle. „Das klingt großartig. Das Inn on Lovers' Lane. Meinst du, wir sollten uns einen hundefreundlicheren Namen einfallen lassen?"

„Ich habe gerade den Domainnamen für das Inn on Lovers' Lane gekauft. Ach, was zum Teufel? Wir können immer noch einen anderen kaufen, wenn uns was Besseres einfällt. Es ist nur Geld, richtig?"

Ich drücke ihren Arm. „Wir behalten, was wir haben. Ich werde mal nach Gage sehen. Ich hab ihn auf dem Weg zu dir im Badezimmer der Master-Suite gesehen."

„Skylar kommt um etwa fünf vorbei, um mit mir die Farbschemata für die Schlafzimmer-Suiten durchzugehen. Nun, ich denke, jetzt mit uns. Du solltest dich uns anschließen."

„Absolut!" Ich ziehe mein Handy aus der Handtasche und füge es meinem Kalender hinzu.

Gage ist gerade dabei, mit drei anderen Jungs eine Badewanne mit eisernen Klauen in das Hauptbad zu schleppen. Ich werde warten, um mit ihm zu sprechen.

Ich gehe nach unten und nehme mir einen Moment Zeit, um meine Mails zu lesen. Ich klicke auf eine vom Summerdale Planning Board. Mein Magen verkrampft sich. *Abgelehnt.* Sie haben unsere Anfrage abgelehnt, einen Hundespielplatz anlegen zu dürfen! Das gesamte Inn dreht sich um das Hundekonzept!

Ich eile zur Treppe. „Paige!"

Sie erscheint oben. „Ich habe gerade die gleiche Mail bekommen. Die Nachbarn müssen dagegen gestimmt haben." Sie eilt nach unten. „Was sollen wir denn jetzt tun? Das war unser ganzes Thema."

„Ich weiß. Es war das, was uns von der Konkurrenz

abheben sollte. Wir haben sogar extra eine Terrasse für mehr Platz für die Hunde und ihre Besitzer angelegt." Meine Stimme bricht. „Ich habe Hundewassernäpfe bestellt und ein paar Hundeschilder mit niedlichen Sprüchen, die ich um das Inn herum aufstellen wollte. Das sollte der Himmel für Scout sein."

„Mist."

Mein Magen brennt. Das gesamte Hundekonzept ist von Scout inspiriert und davon, wie hundefreundlich Summerdale ist. Es gibt sogar ein jährliches Hundeschwimmen in Lake Summerdale. Mein Plan fällt auseinander. War ich jemals als leitende Architektin geeignet? Vielleicht hat Bill etwas gesehen, das ich nicht sehen kann. Ich bin nicht bereit für diese Art von Verantwortung. Ich hätte schon früh an eine Freigabe durch den Planungsausschuss denken sollen, aber das hab ich nicht, weil ich unterschätzt habe, was für eine große Sache ein Hundespielplatz für die Nachbarn sein würde. Ich lasse die Schultern sinken. Was für ein Mist-Tag.

„Wir haben noch den Frühstücksteil", bietet Paige an.

Ich atme kräftig aus. „Jedes B&B hat das. Was haben wir, das eine Million anderer B&Bs in der Gegend nicht haben?"

Paige murmelt etwas, das ich nicht verstehe. Sie ist genauso ratlos wie ich.

„Ich sollte es Max besser sagen", meine ich, schon auf dem Weg nach draußen. Er wird den Hundespielplatz aus seinen Plänen nehmen müssen, was bedeutet, dass er hier noch schneller fertig sein könnte als in zwei Wochen, wie er erwartet hatte.

Sein Truck ist nicht hier. Ich gehe nach hinten in den Garten. Da ist er auch nicht. Merkwürdig. Es ist nicht so, als hätte er den Job hier beendet. Es gibt immer noch eine gute Menge an Landschaftsgestaltung, Pflanzungen und Bäumen, um unser Anwesen zu ergänzen. Er hat nicht einmal jemanden aus seiner Mannschaft dagelassen. Ich verkrampfe mich, meine Zähne knirschen zusammen. Verdammt!

Ich ziehe mein Handy heraus und rufe ihn an. In dem Moment, in dem er antwortet, blaffe ich „Wo bist du?"

„Mir fehlt ein Mann in der Crew, und ich musste mit einem anderen Projekt beginnen, bevor wir es verlieren. Ich bin am Donnerstag wieder am Inn." Heute ist Montag. Inakzeptabel.

„Wir sind also keine Priorität mehr für dich, jetzt, da du fast fertig bist?"

„Natürlich seid ihr das, aber ich jongliere mit vielen Prioritäten. Keine Sorge, ich komme ja wieder."

„Wir haben den Hundespielplatz verloren, also rate mal. Du kannst hier noch schneller abschließen, als du ursprünglich gedacht hast."

„Mist. Das war eine beträchtliche …"

„Kannst du den Zaun und den Kunstrasen zurückgeben?"

„Das hoffe ich verdammt nochmal."

„Max, du musst sofort wieder hierherkommen und fertig werden, was du angefangen hast."

„Ich habe dir doch Donnerstag gesagt."

„Wenn du morgen früh nicht hier bist, bist du draußen."

„Was!"

„Ich brauche Auftragnehmer, auf die ich mich verlassen kann."

„Brooke, was ist denn los? Du klingst wirklich aufgebracht."

Ich drücke meine Lippen fest zusammen, meine Augen sind heiß.

„Geht es dir gut?"

Meine Worte stolpern nur so heraus. „Ich hab meinen Job verloren, das gesamte Konzept für das Inn, und jetzt möchte ich die Öffnung des Inns beschleunigen, da ich keinen regulären Gehaltsscheck habe, aber ich kann das nicht tun, wenn das Grundstück nur halb bepflanzt ist und all das fehlt, was uns versprochen wurde."

„Hat Gage die Renovierung abgeschlossen?"

„Mit ihm rede ich als Nächstes." Ich weiß nicht, wie viel schneller Gage arbeiten kann. „Ehrlich gesagt, alles, woran ich gerade denken kann, ist die Tatsache, dass du hier sein solltest, und das bist du nicht. Du musst tun, was du gesagt hast. Das nennt man professionelle Integrität."

„Das mit deinem Job tut mir leid. Tut es wirklich. Und ich weiß, du bist aufgebracht, aber lass es nicht an mir aus. Die Arbeit wird wie versprochen pünktlich erledigt."

Ich schnaufe. „Wenn ich nicht auf dich zählen kann, dann vergiss es. Okay? Vergiss es einfach."

„Na schön. Ich komme morgen früh vorbei."

„Danke!"

„Ich werde am Ende der Woche fertig sein und meine letzte Zahlung erhalten." Er legt mit einem kurzen Tschüss auf.

Ich gehe im Garten auf und ab. Doch dadurch fühle ich mich irgendwie nicht besser. Er wird fertig und weg sein. Ich bin mir nicht einmal sicher, ob er mich weiterhin sehen möchte, nachdem ich gerade die Nummer des angepissten Kunden abgezogen habe. Der ätzendste Tag aller Zeiten.

12

Max

Ich habe es so richtig vermasselt. Ich hab im Inn Gas gegeben und bin am Donnerstag fertig geworden, hauptsächlich damit ich meinen letzten Gehaltsscheck bekommen konnte, und dann bin ich zurück zum Anwesen des wohlhabenden Hausbesitzers, bei dem ich ein paar Städte entfernt angefangen hatte, gefahren, und er hat mich gefeuert. Er war wütend, weil wir für die neue Terrasse und die Gartenbeete alles ausgegraben und ihn dann drei Tage lang hängen gelassen haben. Verdammt. Das Mundpropaganda-Geschäft hätte sich in dieser Stadt enorm auszahlen können. Und ich habe immer noch nicht meinen letzten Gehaltsscheck von Brooke bekommen. Sie sagte, sie hätten Probleme mit dem Cashflow und könnten mich erst Freitag bezahlen.

Ich parke in der Straße vor dem Inn. Jetzt ist Freitag, ich habe einen lukrativen Kunden verloren, und ich will mein Geld. Ich will es nicht nur, ich brauche es. Außerdem habe ich alles gemacht, worüber wir gesprochen haben. Ich steige aus dem Truck und inspiziere den Vorgarten. Die Pflanzungen sehen nicht so gut aus. Sieht so aus, als hätte der Nachtfrost ihnen zugesetzt. Ich werde sie im nächsten Monat aus meiner Tasche ersetzen müssen. Der Mai ist immer besser für neue

Pflanzungen. Ich weiß das, aber mit dem Druck von Brooke und meinem Bruder Liam, der mir im Nacken sitzt, hab ich unverantwortlich gehandelt. Er hat mir bis zum Ende des Monats gegeben, und das ist morgen. Er kann seine Hypothek nächsten Monat nicht bezahlen, wenn ich unser Haus nicht verkaufe. Ich dachte, ich hätte alles ausgearbeitet, und jetzt fällt es einfach auseinander.

Verdammte Bellamy-Gene. Ich bin in meine wahre Natur zurückgefallen, unverantwortlich wie Dad. Zuerst war ich unverantwortlich bei der Arbeit und dann bei Brooke. Die Lage war angespannt zwischen Brooke und Paige, alles meinetwegen. Ich wusste, dass es unprofessionell ist, mit ihr zu schlafen, aber scheinbar konnte ich nicht anders. Okay, ich weiß warum. Sie ist unwiderstehlich. Und wenn ich ehrlich bin, bedeutet sie mir viel. So habe ich seit langer Zeit nicht mehr für eine Frau empfunden.

Dennoch bin ich wütend auf sie. Sie hat mich so unter Druck gesetzt, wieder hierherzukommen, dass es die Sache mit meinem neuen Kunden vermasselt hat. Vielleicht ist eine gewisse Distanz zwischen uns eine gute Sache. Ist ja nicht so, als würde ich sie heiraten. Ich bin nicht für die Ehe gemacht. Ich sollte es beenden, bevor einer von uns zu tief drinsteckt.

Ich stehe für einen Moment da und kaue alles durch, was in meinem Leben schiefgelaufen ist. Alles, was ich getan hab, war ein tapferer Versuch, mein Familienhaus zu retten. Es ist Zeit, sich den Tatsachen zu stellen. Liam wird seine Farm verlieren, wenn ich nicht verkaufe. Er wird bald Vater sein, und ich möchte, dass meine Nichte oder mein Neffe ein Zuhause hat. Es ist also Zeit, meins zu verkaufen. Es war dumm, so lange daran zu hängen, wie ich es getan hab. Ich habe ein Angebot deutlich über dem bekommen, was ich verlangt habe, ich habe eine noch größere Summe gefordert, dachte, sie würden abspringen, aber sie haben zugestimmt. Ich ziehe mein Telefon heraus und rufe Pete an, meinen eifrigen Immobilienmakler.

In dem Moment, in dem er antwortet, zwinge ich die

Worte in eine so ruhige Stimme, wie ich sie aufbringen kann. „Hi, Max Bellamy hier. Nur zu, nehmen Sie das Angebot für mein Haus an."

„Ja! Sie tun das Richtige, Max. Es geschieht nicht oft, dass man ein Angebot wie dieses über Marktwert bekommt. Es ist Gold wert. Ich rufe gleich ihren Verhandlungspartner an. Bis Montag ist alles in trockenen Tüchern.

„Okay, danke. Bye."

Ich drücke die Ballen meiner Hände gegen meine Augen, meine Kehle ist voller Emotionen. Wäre Mom verärgert, dass ich verkauft habe? Sie ist nicht mehr hier, um sie zu fragen. Ich bin der Einzige, der den Verlust des Hauses betrauert.

Ich lasse meine Hände fallen und texte Liam die Nachricht, einschließlich des überraschend hohen Verkaufspreises. Er ruft sofort an. „Großartige Neuigkeiten! Aw, Max, das hätte zu keinem besseren Zeitpunkt kommen können. Wir haben gerade erfahren, dass wir Zwillinge bekommen. Ich war schon in Panik darüber, all diese Verantwortung, ganz zu schweigen von den Rechnungen, und dann hast du angerufen!"

Meine Brust verkrampft sich. Ich hoffe, er kommt nicht nach unserem Dad und haut ab. Ich gehe die Straße hinunter, um mich an einem ruhigen Ort zu unterhalten. „Du klingst wie Dad, wenn du so über Rechnungen und Verantwortung sprichst."

„Das liegt daran, dass ich ein Dad sein werde. Wenn man es ernst nimmt, sind Rechnungen und Verantwortung eine schwere Belastung. Ich bin mir sicher, es wird sich lohnen."

Ich entspanne mich, weil er so glücklich klingt. „Glückwunsch zu den Zwillingen. Das sind große Neuigkeiten!"

Er lacht. „Wir drehen immer noch völlig durch deswegen, der Schock war wirklich überwältigend. Aber ich bin sicher, wenn sie erst einmal da sind, werden wir besser vorbereitet sein. Der Arzt sagt, es sind eineiige Zwillinge, was es noch wilder macht. Am Anfang müssen wir ihre Kleider farbcodieren. Zwei von allem. Auf die bestmögliche Art verrückt."

Ich lächle. „Ich freue mich wirklich für dich."

„Danke, Bruderherz. Und nochmals vielen Dank, dass du dich so für meine wachsende Familie eingesetzt hast."

„Natürlich. Dafür ist Familie da."

Ich hänge auf und gehe zur Eingangstür des Inns. Mit dem Verkauf habe ich das Richtige getan. Das macht es nicht leichter.

Ich öffne mir selbst die entriegelte Vordertür und schaue mich nach Brooke um. Oben und unten wird immer noch gebaut. Es ist Zahltag. Der Scheck wird mit dem Fehlen des Hundespielbereichs kleiner ausfallen, aber er wird immer noch dringend benötigt. Ich muss den Gehaltsscheck für die Crew decken, und ich gebe alles, was noch übrig ist, an Liam weiter. Ich bin mir nicht sicher, wie lange es dauern wird, bis der Verkauf des Hauses durch ist.

Ich finde Brooke und Paige in der Küche, über einen Laptop gebeugt, angeregt flüsternd.

„Hey", sage ich und marschiere zu ihnen.

Paige schließt sofort den Laptop und richtet sich auf. „Die Hälfte der Pflanzungen vorne ist tot."

„Später Frost letzte Nacht, weiß ich. Ich werde sie nächsten Monat ersetzen, kostenlos. Für junge Pflanzungen war es wahrscheinlich zu früh."

„Wir bezahlen dich, sobald die Arbeit abgeschlossen ist", sagt Paige.

„Paige, ich habe dir gesagt, wir können darauf vertrauen, dass er zurückkommt", sagt Brooke.

Paige starrt sie wütend an. „Dein Urteil ist verdächtig, da ihr beide was am Laufen habt."

Ich räuspere mich. „Ich lebe und arbeite in der Stadt. Dies ist mein bisher größtes Projekt, und ich würde niemals etwas unternehmen, um es oder meinen Ruf zu gefährden."

„Außer mit der Kundin schlafen", sagt Paige leise.

„Ich schreibe den Scheck", sagt Brooke und sieht mir direkt in die Augen, ihr Ton ist kühl und professionell. „Ich habe die Hundespielgeräte und die damit verbundenen

Arbeitskosten herausgenommen. Konntest du die Sachen zurückgeben?"

„Ja, minus zehn Prozent."

Brooke wendet sich an Paige. „Er sollte nicht auf diesen zehn Prozent sitzenbleiben. Es war nicht seine Schuld. Wir werden das abdecken, und er sagte, er werde die toten Pflanzungen übernehmen. Alles gut."

Paige schüttelt den Kopf. „Die Pflanzungen waren ohnehin seine Verantwortung. Abschlusszahlung nach Abschluss der Arbeiten. So funktioniert jeder professionelle Vertrag. Du kannst ihm heute eine Teilzahlung geben."

Sie beginnen in heftigem Flüstern zu streiten, drehen mir den Rücken zu und gehen weg.

Schau mal einer an, was ich getan habe, hab noch mehr Spannung zwischen den Schwestern verursacht. Ich hätte mich nie mit Brooke einlassen sollen. Paige würde sich nicht so sehr widersetzen, wenn sie nicht dächte, Brooke würde mich unangemessen begünstigen.

„So mache ich meine Geschäfte nicht!", ruft Paige. „Na schön. Wir werden sehen, wie das ausgeht. Sag nur nicht, ich hätte dich nicht gewarnt." Sie schreitet aus dem Raum hinaus, ihr Kiefer fest verkrampft.

Brooke lächelt mich verlegen an. „Das tut mir leid. Ich geb dir dein Restgeld. Ich weiß, dass du es dir verdient hast, und ich bin diejenige, die dich so gedrängt hat, den Job schnell zu beenden." Sie zieht ein Scheckbuch aus ihrer Handtasche, überprüft die Zahlen auf ihrem Laptop und füllt ihn aus.

Ich rutsch unbehaglich hin und her. Unverantwortlich. Das ist mein größter Fehler, und man sieht ja, was passiert ist. Einen großen Kunden habe ich verloren, einen anderen enttäuscht. Die Schwestern streiten sich meinetwegen. Ich wollte mit glühenden Empfehlungen von hier gehen. Jetzt respektiert Paige mich nicht und denkt, ich sei unprofessionell. Brooke ist freundlich, aber ich weiß, was ich zu tun habe. Es ist an der Zeit, von der Bildoberfläche zu verschwinden.

Sie reicht mir den Scheck, und ich stecke ihn in meine Gesäßtasche. „Danke!"

„Das mit eben tut mir leid. Paige und ich geraten in letzter Zeit immer häufiger aneinander. Mit dem Inn gibt es viel Druck. Sie hat gerade einen großen Verkauf bei ihrem anderen Job verloren, sodass der Cashflow rundherum knapp ist. Nicht deine Schuld."

„Ich möchte keinen weiteren Druck auf euch beide ausüben." Ich halte inne und senke meine Stimme. „Sie hat recht, weißt du. Es war unprofessionell von mir, die Grenze zu überschreiten."

Ihr Kinn hebt sich. „Ich habe sie auch überschritten. Ich habe sie sogar *zuerst* überschritten."

„Aber ich habe mitgemacht, obwohl ich wusste, dass es falsch war." Ich schaue über ihre Schulter und weiche ihrem Blick aus. „Ich denke, es ist am besten, wenn wir uns nicht mehr sehen."

„Wegen Paige, oder bin ich es?" Ihre Stimme klingt ganz leise.

Mein Magen zieht sich zusammen. „Schau, ich bin einfach nicht der Typ für eine feste Beziehung. Vertrau mir, es wird jetzt einfacher sein als später."

„Oh!" Sie blinzelt schnell, öffnet den Mund und schließt ihn wieder. „Wenn du so empfindest."

Ich mache einen Schritt zurück, muss meine Distanz wahren. „Pass auf dich auf, Brooke. Viel Glück mit dem Inn."

Ihre grünen Augen spiegeln Verletzung wider, während sie meinen Ausdruck betrachtet.

Ich schaue weg, mein Bauch brennt. Ich wollte sie nie verletzen, aber es ist zum Besten.

„Bye, Max", sagt sie leise.

Ich gehe hinaus, frei von jeglicher Verantwortung. Kein Haus mehr, kein großer Auftrag, keine Frau. Nur ich und meine regelmäßigen Mäharbeiten und die Rasenpflege. Status quo. Ich sollte mich frei fühlen, sogar erheitert; stattdessen bin ich mehr belastet als je zuvor.

∽

Brooke

Zwei Wochen ununterbrochener Arbeit im Inn haben ihren Tribut gefordert, aber ich kann das Licht am Ende dieses Tunnels sehen. Es ist das erste Wochenende im Mai, und es sieht so aus, als könnten wir das Inn im Juni eröffnen. Meinen Job zu verlieren war ein Segen. Ich hab die Zeit hier gebraucht, und es hat Paige die Last von den Schultern genommen. Ich sollte begeistert sein. Aber in jedem Moment, in dem ich nicht arbeite, denke ich an Max. Ich vermisse ihn so sehr. Paige hatte recht. Ich tauche immer so tief ein, und dann werde ich verletzt. Ich weiß nicht, warum ich immer wieder unvorsichtig werde. Es ist, als ob ich nicht anders kann, als mein Herz zu öffnen, selbst wenn ich es besser weiß.

Dieses Mal jedoch war es anders. Ich habe nicht nur freundschaftlich für Max empfunden. Ich habe mich verliebt. Er war anders als die meisten Typen, die ich so kennenlerne. Ich habe mich sicher bei ihm gefühlt und gleichzeitig aufgeregt. Ich wusste nicht einmal, dass es so eine Leidenschaft im wirklichen Leben gibt. Er war immer so aufrichtig und geradlinig, eine erfrischende Abwechslung. Selbst als er mit mir Schluss gemacht hat, war er ehrlich. Er hätte einfach mit seinem Gehaltsscheck gehen und nie wieder anrufen können.

Ich weiß dennoch nicht, was falsch gelaufen ist. Es nagt an mir, dieses unruhige Gefühl, dass wir noch nicht fertig sind.

Ich gehe in meinem Schlafzimmer in Wyatts Haus auf und ab. Es ist Samstagabend, und ich sollte mich entspannen, aber es ist unmöglich. Mein Geist dreht sich immer wieder um das, was mit Max passiert ist. Genau deshalb habe ich Paiges Verlobungsring so lange getragen. Ich brauchte Zeit, um mich nach so vielen schlechten Erfahrungen neu zu sammeln, und was mache ich dann? Verliebe mich in den ersten Typen, der mich anlächelt.

Ich reibe mir die Schläfe. Er hat ein tolles Lächeln, warm und voller guter Laune. Er war der Lichtblick in meinem Tag. Und die ganze Zeit, während ich tiefer und tiefer fiel, ist er immer noch davon ausgegangen, dass wir einfach nur Spaß zusammen hatten. Ich dachte, als er sagte, er sei verrückt nach mir, wie ich nach ihm, das bedeutete etwas Tieferes. Vielleicht hat er das einfach erwidert, ohne dass es ihm wirklich etwas bedeutet hat. Wir *wollten* schließlich gerade wieder miteinander schlafen.

Ich könnte heute Abend an seiner offenen Tür erscheinen und mir alles von der Seele reden. Ihm sagen, dass ich mich in ihn verliebt habe und nicht will, dass es zu Ende ist. Kayla hat mir erzählt, dass Max sein Haus verkauft hat, und der Verkauf ab nächster Woche rechtskräftig sei. Er hat eine letzte Blowout-Party, um sich davon zu verabschieden. Es ist ein offenes Haus, was bedeutet, dass jeder in der Stadt einfach erscheinen kann. Ich weiß, wie viel ihm dieses Haus bedeutet. Er muss so traurig sein, es loslassen zu müssen. Meine Brust schmerzt vor Mitleid. So viele Erinnerungen an seine Familie sind mit dem einzigen Haus, in dem er je gelebt hat, verknüpft. Einige von ihnen an Familienmitglieder, die verstorben sind.

Ich muss dort hingehen, um Max als Freundin beizustehen. Ich gehe zum Spiegel über der Kommode und schminke mich. Ich kann das. Er hat Schluss gemacht, und ich muss das akzeptieren. Ich sollte ihn einfach beim Wort nehmen, dass er nicht der Typ für eine Verlobung ist. Ich hätte gern eine feste Beziehung, also haben wir eindeutig keine Zukunft.

Ich sauge Luft ein und bemühe mich sehr, nicht zu weinen. Ich werde keine große emotionale Szene auslösen oder versuchen, ihn zurückzugewinnen. Wenn er über sein Haus traurig ist, werde ich einfach etwas Beruhigendes sagen. Auf keinen Fall werde ich mich selbst zum Narren machen und alles, was ich fühle, herausplatzen. Aber wenn die Stimmung richtig scheint, werde ich sagen, dass ich hoffe, wir können in Kontakt bleiben. Kein Druck.

Meine Laune verbessert sich, und ich habe ein gutes Gefühl bei meinem Plan. Ich kann meine Würde bewahren, und vielleicht können wir uns immer noch als Freunde sehen. Ich muss mich nicht für immer verabschieden. Immerhin ist er noch mit seiner Ex Audrey befreundet. Manche Leute schaffen das. Nun, bei mir hat das noch nie geklappt, aber man *kann* es machen. Ich gehe nach unten und bringe die Hunde für eine Pinkelpause nach draußen, dann schließe ich hinter mir ab. Ich bin allein hier. Wyatt und Sydney arbeiten heute Abend im Horseman Inn, und Paige ist für ihr Wochenende in der City.

Ich fahre hinüber zu seinem Haus, Erinnerungen an meine Zeit dort gehen mir durch den Kopf. Wie wir auf seiner Veranda gesessen und geredet haben, auf dem Boot, in seinem Bett. Nein. Zurückgerudert auf Freundschaftsmodus. Er ist verletzt wegen des Verlustes seines Hauses. *Niedrigere Erwartungen.* Ich werde einen Abschluss bekommen. Das ist alles.

Als ich ankomme, sitzen ein paar Leute, die ich nicht kenne, auf der Veranda, trinken und reden. Ich gehe hinein und sehe Kayla, Audrey und Jenna auf dem Sofa im Wohnzimmer sitzen. Ich schließe mich ihnen an und setze mich auf die Sofaarmlehne neben meine Schwester. Jenna ist eine große Blondine, Besitzerin von Summerdale Sweets, der Konditorei der Stadt. Audrey lächelt mich an, ihre blauen Augen sind freundlich. Wenn ich daran denke, dass ich mal eifersüchtig auf ihre Beziehung zu Max war. Jetzt teilen wir uns einen Ex. Meine Brust schmerzt. *Denk nicht darüber nach.*

Kayla springt vom Sofa auf, um mich kurz zu umarmen. „Schön, dass du heute Abend hergekommen bist. Getränke gibt es in der Küche. Max ist hinten am Grill."

„Danke!" Sie weiß, dass mit Max etwas passiert ist, weil Paige so schnippisch wegen unserer Beziehung war. Wyatt hat es natürlich gehört, da das alles in seinem Haus eskalierte. Er ist überraschend ruhig bei diesem Thema. Ich wette, Sydney hat ihn schwören lassen, sich nicht einzumischen. Sie hat einen beruhigenden Einfluss auf ihn. Gott sei Dank, weil er sich schon so lange in mein Leben (und das Leben meiner Schwestern) im Namen der Großer-Bruder-Verantwortung eingemischt hat.

„Wie geht es euch allen?", frage ich.

„Gut", sagt Audrey.

„Wie geht es dem Inn?", fragt Jenna.

Ich lächle. „Wir kommen gut voran. Wir freuen uns auf die Eröffnung im Juni. Aber wir brauchen einen neuen Aufhänger. Der Hundespielplatz wurde gestrichen, und wir überdenken das ganze Konzept."

„Wie heißt das Inn?", fragt Jenna.

„Inn on Lovers' Lane", sage ich. „Weil es am Ende der Lovers' Lane ist."

Ihre Augenbrauen heben sich. „Da habt ihr euer Konzept. Hochzeitsreisende."

„Ich bin mir nicht sicher, ob Summerdale genug dafür zu bieten hat."

„Könnte doch sein", sagt Audrey. „Wir sind wie eine Oase für die Menschen der City. Viel frische Luft und Natur."

Kayla packt meinen Arm. „Hochzeiten! Erinnerst du dich an Jennas kleine Hochzeit in Wyatts Haus? Es war wie durchgebrannt, aber mit enger Familie und Freunden. Darauf könntet ihr euch spezialisieren! So romantisch!"

Meine Augenbrauen ziehen sich zusammen, während ich darüber nachdenke. „Gibt es nicht eine Wartezeit für die Hochzeitserlaubnis?"

„Nur eine vierundzwanzigstündige Wartezeit", sagt Jenna. „Wir haben das gerade hinter uns. Paare können überall im Staat heiraten, und sie gilt für sechzig Tage. „Ihr braucht nur einen Standesbeamten. Ihr könnt den Bürgermeister, Levi, fragen, oder eine von euch könnte eine offizielle Online-Lizenz erwerben und als Zeuge fungieren."

Kayla klatscht. „Ich liebe Hochzeiten. Das ist ein großes Geschäft, Brooke. Durchbrennen und dann in ein romantisches Inn wäre so einzigartig. Ihr könntet sie nur für das Brautpaar oder für sie und ihre nächsten Angehörigen veranstalten."

„Durchbrennen mit den nächsten Angehörigen", halle ich wider. „Das gefällt mir."

Sie nickt enthusiastisch. „Das muss auch nicht kompliziert sein. Blumen, Schokolade, Champagner, fertig."

Ich lächle. „Das klingt tatsächlich toll. Ich muss es mit Paige besprechen, aber mir gefällt diese Idee."

„Ich kann euch helfen, das einzurichten", sagt Kayla. „So kann ich auch Teil des Inns sein."

Ich lege einen Arm um ihre Schultern und drücke sie. Sie ist Biostatistikerin. Wir haben sie nicht am Inn beteiligt, weil wir dachten, das würde sie nicht interessieren. Sie muss sich aus unserem Schwesternprojekt ausgeschlossen gefühlt haben. „Sehr gerne. Und du bist die Expertin für Hochzeitsplanung, nachdem du schon bei der Planung von Sydneys und Wyatts Hochzeit geholfen hast und jetzt deine eigene."

„Eines Tages helfe ich dir und Paige bei der Planung eurer Hochzeiten", sagt sie.

Ich nehme meinen Arm von ihr. „Ja, halt so lange nicht den Atem an."

„Nur weil es diesmal nicht geklappt hat, heißt das nicht, dass es das nie tun wird", sagt Kayla. „Gib die Hoffnung nicht auf, okay?"

Ich stehe auf. „Ja, sicher. Ich hole mir was zu trinken."

„Mit wem warst du denn zusammen?", fragt Jenna.

Kayla antwortet für mich. „Max."

Ich schaue zu Audrey, die früher mit Max zusammen war.

„Er ist ein guter Mann", sagt sie. „Was ist schiefgelaufen?"

Ich zucke die Schultern. „Es ist kompliziert. Ich hoffe, heute Abend ein paar Dinge gerade rücken zu können."

„Er hat es beendet, nicht wahr?", fragt Audrey.

„Woher weißt du das?"

„Abgesehen von deinem tapferen Gesicht?", fragt sie mit einem sanften Lächeln. „Er ist immer derjenige, der es aus dem ein oder anderen edlen Grund beendet. Er hat ernsthafte Probleme, sich auf eine Beziehung einzulassen. Ich habe gehört, dass er seine fünfjährige Beziehung beendet hat, weil sie heiraten wollte, und er wollte ihr keine falschen Hoffnungen machen, weil er wusste, dass er sie nie heiraten würde."

Max hatte eine fünfjährige Beziehung? Das klingt nicht wie jemand mit Beziehungsproblemen. „Also ist er gegen die Ehe?"

„Sieht so aus", erwidert Audrey mit einem Achselzucken. „Aber wer weiß? Vielleicht ist er gereift. Er ist neunundzwanzig und könnte die Welt jetzt anders sehen als damals. Gib die Hoffnung nicht auf."

Sie klingt nicht allzu zuversichtlich. Und das ist jetzt schon die zweite in den letzten fünf Minuten, die mir sagt, dass ich die Hoffnung nicht aufgeben soll. Sehe ich so traurig aus, wie ich mich fühle?

„Danke", sage ich einfach. Ich bin mir nicht sicher, ob dieser Zuspruch demoralisierender oder ermutigender war.

Ich mache mich auf einen Drink in die Küche und finde Max, der dort steht und mit Skylar und einer anderen zierlichen Brünette mit einem mitleidigen Blick im Gesicht spricht. Eine Platte mit frisch zubereiteten Burgern und Hot Dogs steht auf dem Küchentisch, auf die niemand achtet.

Hat Max bereits eine Neue?

Sie ist hübsch – lange dunkle Haare, bernsteinfarbene Augen. Moment mal, ist das nicht Queen Snowflake vom Winterfest-Ball? Sie sieht anders aus, ohne Krone und förmliche Kleidung. Heute trägt sie ein verblasstes schwarzes T-Shirt mit zerrissenen Jeans.

Skylar öffnet die Pantry-Tür und macht ein Bild von den Größenlinien, wo sie und ihre Brüder gemessen worden sind. „Mach jetzt eins mit mir", sagt sie zu Max und stellt sich mit dem Rücken gegen die Messlatte.

Max zieht sein Handy heraus und macht ein Bild. Dann dirigiert die andere Frau beide dorthin und fotografiert sie.

„Danke, Sloane", sagt Skylar. Sie umarmt Max. „Ich werde ein paar Fotos von meinem Zimmer machen. Ich möchte mein Wandbild behalten."

„Klar", sagt er leise.

Auf ihrem Weg nach draußen kommt sie auf mich zu und drückt meinen Arm. „Es ist schwer, sich von diesem Haus zu verabschieden. Wir haben gerade erfahren, dass der neue

Besitzer plant, es abzureißen und ein großes zweistöckiges Haus an Ort und Stelle zu bauen."

„Oh, das tut mir so leid."

Sie nickt. „Danke!"

„Ich werde jetzt verkünden, dass das Essen fertig ist", sagt Sloane.

Er legt eine Hand auf ihren Kopf, genau wie er es bei seiner Schwester tut. „Danke! Könntest du mir ein Bier vom Kühler auf der Veranda holen, wenn du schon da draußen bist?"

„Sollst du haben." Sie schaut zu mir herüber. „Hi!" Sie wendet sich an Max. „Es sieht so aus, als wollte hier jemand mit dir sprechen."

Seine Augen treffen auf meine und wirken überrascht. „Ich wusste nicht, dass du kommst."

Sloane winkt mir verlegen zu. „Ich bin Sloane. Max und ich sind beste Freunde, keine Sorge." Sie hebt ihre Hand. „Ich bin verlobt. Mit deinem Schwippschwager genau genommen, Caleb Robinson."

Sie weiß, wer ich bin. Ich strahle, erfreut, dass Max mit seiner besten Freundin über mich gesprochen hat. „Dann sind wir ja praktisch Familie. Herzlichen Glückwunsch zu eurer Verlobung!" Ich platze fast schon heraus, dass wir im Inn Hochzeiten veranstalten, aber ich möchte mich nicht auf ein langes Gespräch einlassen. Ich muss mit Max allein reden.

Sie deutet auf die Platte mit dem Essen. „Möchtest du etwas, bevor ich es zu der Meute rausbringe?"

„Nein, danke."

Sie nickt einmal und trägt die Platte zur Tür an der Veranda. „Könnte mir mal jemand helfen?"

Max eilt hinüber und öffnet dann die Tür für sie. Er kommt zurück in die Küche und lehnt sich an die Theke. „Du hast wohl gehört, dass ich das Haus verkauft habe."

„Ja, ich weiß, es fällt dir schwer, es loszulassen. Ich wollte einfach nur mal vorbeischauen und sehen, ob es dir gut geht. Es ist wirklich ein hübsches Haus. Weißt du schon, wohin du ziehen wirst?"

„Vorübergehend zu Rob Murray." Er deutet auf die Veranda. „Sloanes Dad. Er ist der Eigentümer von Murray's, der Autowerkstatt hier in der Stadt. Er hat mir meinen ersten Job gegeben und war für mich wie ein Dad. Danach werde ich wahrscheinlich versuchen, etwas zu finden, das ich mir in der Stadt oder in der Nähe leisten kann. Mein Geschäft ist immer noch hauptsächlich hier. Aber ich versuche zu expandieren."

„Wie läufts?"

Er fährt sich mit einer Hand durchs Haar. „Zurück zu Mähen und Wartung. Es läuft alles langsamer, als mir lieb ist, aber was kann man tun, richtig?"

„Richtig." Mein Herz zieht sich zusammen. Er macht ganz schön was durch, aber es hat nichts mit mir zu tun. Ich behalte meine Gefühle für mich, will ihn nicht belasten. „Ich wollte einfach nur mal sehen, ob es dir gut geht." Ich mache einen Schritt nach vorn. „Dann lasse ich dich mal zurück zu deiner Party." Ich drehe mich um und gehe davon, meine Kehle ist eng.

Ich halte im Wohnzimmer an, um mich von Kayla, Audrey und Jenna zu verabschieden.

„Du bist doch gerade erst gekommen!", ruft Kayla.

„Ich hab Max gesehen", flüstere ich. „Wir haben geredet. Er trauert, weil er das Haus seiner Familie verliert. Ich denke, seine Freunde und seine Schwester werden ihn mehr aufheitern."

Kayla drückt mitleidig meine Hand. „Du kannst bei uns rumhängen. Adam arbeitet heute Abend in der Werkstatt. Er mag keine großen Partys."

Es sind nur noch sie und Audrey. Jenna ist bei ihrem Mann, Eli, auf der anderen Seite des Raums.

In dem Moment nähert sich ein Mann mit langen, dunklen Haaren, einem stoppeligen Kiefer und einem roten Becher. Sydneys ältester Bruder Drew. Ihm gehört das Dojo in der Stadt. Er strahlt eine ruhige Intensität aus. Kaum in Schach gehaltene, angespannte Kraft.

Drew reicht Audrey den Becher. „Hier. Das ist Pinot Grigio."

Audreys Brauen schießen in die Höhe. „Drew! Ich habe dich gar nicht reinkommen sehen."

Er reibt sich den Nacken. „Bin auch gerade erst gekommen."

„Still und leise", sagt sie. „Woher kennst du mein Lieblingsgetränk?"

„Das bestellst du ständig an der Bar. Du arbeitest wie ein Uhrwerk, jedes Mal genau das Gleiche."

Ihre Lippen formen eine flache Linie. „Danke! Bei besonderen Anlässen nehm ich auch mal was anderes."

Kayla meldet sich zu Wort. „Hast du den mitgebracht? Ich habe in der Küche keinen Pinot Grigio gesehen."

Seine Ohrenspitzen wurden rot. „Er war da drin", murmelt er. Und dann wendet er sich in einem höflichen Ton mir und dann Kayla zu. „Kann ich euch beiden auch was bringen?"

Kayla hält ihren Becher hoch. „Ich arbeite noch an meinem Chardonnay, aber danke."

„Und ich wollte gerade gehen."

Er schiebt die Hände in seine Hosentaschen. Er trinkt nicht, redet nicht. Steht einfach nur da und starrt Audrey in die Augen.

Ihre Wangen erröten, und sie nimmt einen Schluck ihres Getränks. „Sehr gut. Schmeckt genau so, wie ich ihn für zu Hause kaufe."

Er entspannt sich etwas. Ich überlege, ob er Sydney gefragt hat, welchen sie trinkt, und ihn dann selbst gekauft hat.

„In letzter Zeit irgendwelche guten Bücher gelesen?", fragt sie ihn.

Ich winke ihr leicht zu. Sie lächelt mich an. Kayla zieht ein trauriges Gesicht. *Tut mir leid!* Ich will nicht hier rumhängen, wenn Max mich nicht so will, wie ich ihn will. Er hat Schluss gemacht, und ich muss das akzeptieren und weiterleben.

Ich begebe mich zur Tür und stürme die Treppe hinunter.

Ich bin auf halbem Weg zu meinem Auto, als ich meinen Namen höre.

„Brooke, warte!"

Ich erstarre und drehe mich langsam um, mein Herz pocht.

Max joggt die Treppe herunter und kommt direkt zu mir. Nahe. Seine Stimme ist heiser. „Bleib."

13

Max

„Es hat mich umgeworfen, dich zu sehen", sage ich und kämpfe um die richtigen Worte. „Das waren ein paar furchtbare Wochen."

Brooke betrachtet meinen Gesichtsausdruck. „Okay."

Ich nehme ihre Hand und ziehe sie ans Seeufer. „Warte hier. Bin gleich mit einer Decke zurück, auf die wir uns setzen können."

Sie nickt einmal.

Ich stürze zurück in den Keller und schnapp mir eine große grüne Stranddecke. Damit renne ich zurück zum Ufer und befürchte fast, dass sie gegangen ist. Ich war nicht so nett zu ihr, wie ich es hätte sein sollen. Ich habe sie so sehr vermisst, dass es wie ein nie endender Schmerz war. Ich habe in den letzten zwei Wochen nicht begriffen, wie sehr das Teil meiner Trauer war, bis ich sie wiedergesehen habe. Ich dachte, es ginge nur darum, dass ich das Haus verliere. Vielleicht habe ich das als Entschuldigung benutzt, damit ich nicht mit dem Verlust des Besten konfrontiert werden musste, das mir je passiert ist. Ich bin nicht bereit, mich zu verabschieden.

Ich lege die Decke aus und bedeute ihr, Platz zu nehmen. Sie setzt sich im Schneidersitz darauf.

Ich setze mich neben sie. „Ich freue mich, dass du heute Abend vorbeigekommen bist."

„Wir haben dich im Inn vermisst", sagt sie leise.

„Hat Paige mich auch so sehr vermisst? Ich hatte das Gefühl, sie hielt meine Arbeit für unterdurchschnittlich und mich für unprofessionell."

Sie dreht sich zu mir, ihre grünen Augen intensiv. „Ich habe dich vermisst. Und ich möchte dich nicht unter Druck setzen, das erwidern zu müssen oder so. Ich hoffe, wir können Freunde sein."

„Freunde", halle ich wider, erstaunt.

„Dein bester Freund ist eine Frau. Du bist immer noch mit Audrey befreundet. Es scheint, als ob das so deine Art ist."

„Ich empfinde aber nicht so für sie wie für dich."

Sie drückt ihre Lippen zusammen, ihre Augen sind weich. „Wie empfindest du denn für mich?"

„Nicht wie eine Schwester oder ein Freund! Ich, ähm …" Ich suche nach den Worten. „Es ist so: Ich hab das Gegenteil von dem getan, was ich tun wollte, indem ich das Haus verkauft habe. Das war verantwortungsvoll, richtig? Und ich dachte, es sei auch verantwortungsvoll, die Sache mit dir zu beenden, was auch das Gegenteil von dem ist, was ich tun wollte, und ich würde das zumindest gerne zurücknehmen."

„Weil ich Stressabbau bin?"

Ich beuge mich vor. „Der beste Stressabbau meines Lebens."

Einen langen Moment starrt sie auf den See. „Richtig. Folgendes. Ich habe das Gefühl, die Situation zwischen uns missverstanden zu haben, und ich verstehe sie jetzt. Du sagtest, Beziehung sei nicht dein Stil." Sie zögert, ihre Augenbrauen ziehen sich zusammen. „Zumindest nicht bei mir. Ich sollte jetzt besser gehen." Sie steht auf.

Ich erhebe mich auch. „Das ist alles?"

Sie zuckt mit den Schultern. „Ich bin mir nicht sicher, ob es noch etwas zu sagen gibt. Ich habe eine schreckliche Geschichte, was die Wahl von Männern angeht, die falsch für mich sind. Ich werde immer verletzt. Ich bin im Moment verletzt, und ich bin –" Ihre Stimme erstickt. „Ich hab es so verdammt satt."

„Ich wollte dir nie wehtun."

Sie drückt ihre Lippen fest zusammen und schaut weg.

Audrey hat mich mal Mr. Wrong, im Gegensatz zu Mr. Right genannt. Vielleicht bin ich das. Ich scheine jede Beziehung zu vermasseln. Vielleicht tue ich das, weil ich weiß, dass ich langfristig nie mit der Verantwortung einer Verpflichtung umgehen könnte.

Warum fühlt sich mein Bauch dann wie ein Bleigewicht an, wenn ich an einen weiteren Abschied denke?

Bin ich es, die hier das Problem ist oder ihr Gepäck?

„Warum dieser Sinneswandel?", frage ich und versuche, nicht verzweifelt zu klingen. Sie hatte ja gesagt, dass sie eine schreckliche Geschichte mit Männern hinter sich hat. Der Gedanke gefällt mir gar nicht, dass ich in ihrem Kopf ein Teil davon bin.

Sie lächelt traurig und drückt meinen Arm, bevor sie sich umdreht.

Ich starre ihr nach und zermartere mir das Gehirn, wie ich das beheben kann. „Was willst du?", rufe ich ihr nach.

Sie dreht sich um. „Nicht das."

Mein Bauch dreht sich langsam. Viel klarer kann es nicht werden. Ich bin nicht das, was sie will.

Sie geht weg.

Ich sinke auf die Decke und starre ausdruckslos auf das Wasser, das mir mein ganzes Leben lang ein ständiger Begleiter war. Keine Wurzeln mehr. Ich bin frei, völlig frei von allen Bindungen, antworte nur mir selbst.

Ich bin so verloren.

～

Brooke

Eine Woche später nehmen Paige und ich an der Grundsteinlegungsfeier des Tierheims von Summerdale teil. Es sind ziemlich viele Leute hier. Wir haben unsere neuen Hochglanz-

broschüren mitgebracht, um die Eröffnung unseres Inns anzu-
kündigen. Endlich ist das Ziel in Sicht. Die Renovierung ist
abgeschlossen. Wir fügen dem Interieur noch den letzten
Schliff hinzu, und in zwei Wochen eröffnen wir rechtzeitig zum
Memorial Day Weekend. Wir sind an diesem Wochenende
bereits mit nur einem Kunden ausgebucht. Harper Ellis, die
berühmte Schauspielerin, die hier aufgewachsen ist, hat das
gesamte Haus gebucht. Sie bringt ihren Mann, Garrett Rourke,
ihren Bodyguard, ein Kindermädchen, das ihr mit ihrer Tochter
Caroline hilft, und ein anderes Paar mit – Schauspielerin Josie
Abbott mit ihrem Mann Sean Rourke. Garrett und Sean sind
Brüder und gehören zur königlichen Familie Rourke, obwohl
sie in Brooklyn aufgewachsen sind. Harpers Großmutter wird
in der Suite im ersten Stock übernachten, obwohl sie hier im
Ort wohnt, weil sie jeden wachen Moment mit ihrer Urenkelin
Caroline verbringen will. Wenn der Ruhm dieser beiden
Schauspielerinnen dem Inn nicht etwas Aufsehen verleiht, die
königliche Verbindung wird es sicherlich. Alles in allem hätten
wir uns keine bessere Eröffnung wünschen können.

Das Inn on Lovers' Lane verspricht Romantik, dank Kayla.
Anstatt das einzige hundefreundliche B&B in der Gegend zu
sein, werden wir das Ziel für durchgebrannte Paare sein.
Wenn jemand auf der Suche nach einem intimen romantischen Kurzurlaub ist, können wir das auch sein. Hoffentlich
kommen die Paare dann wieder, um ihren Hochzeitstag bei
uns zu feiern. Volles Geständnis – Kayla ist der Drahtzieher
hinter all dem Romantikkram. Paige und ich haben wenig
Erfahrung, auf die wir zurückgreifen können, und wir haben
nicht die großartige Fantasie unserer kleinen Schwester.

Kayla ist sogar noch einen Schritt weitergegangen und hat
für uns ein Treffen mit ihrer Hochzeitsplanerin in Clover
Park, Hailey Campbell, arrangiert, die uns gerne beraten und
uns sogar angeboten hat, Kunden zu uns zu schicken, wenn
sie hört, dass sie lieber durchbrennen würden. Bürgermeister
Levi hat sich bereit erklärt, bei Bedarf unser Standesbeamter
zu sein. Wir werben auch online und in Brautmagazinen.

Wenn uns jetzt nur ein Paar buchen würde, wären wir bereit. Ironisch, dass Paige und ich, die keine ernsthafte Beziehung haben und weit von einer eigenen Hochzeit entfernt sind, jetzt dafür verantwortlich sind, anderen die vermählte Glückseligkeit zu bringen.

Ich vermisse Max, aber ich sage mir, es ist das Beste. Er wollte lässig und, ich zitiere: „den besten Stressabbau meines Lebens". Ich kann ihm nicht vorwerfen, nicht dort zu sein, wo ich bin, aber ich will mehr für mich selbst, eine Beziehung mit einer Zukunft.

Ein Mikrofon verursacht eine Rückkopplung, während es angeschaltet wird, und bringt mich zurück in den Moment. Dr. Dominic Russo, der Tierarzt, der diese Bemühungen in die Wege geleitet hat, steht mit dem Mikrofon vor einem großen roten Band. Er ist in seinen Dreißigern, hat kurze dunkelbraune Haare und freundliche braune Augen, ist schick gekleidet in ein blaues Button-Down-Hemd und eine marineblaue Hose. Er hält einen Boston Terrier, der seine Vorderpfoten auf seine Schulter gelegt hat. Der Hund sieht alt und ziemlich hochmütig aus, als stünde er über all diesem Tumult.

Neben Dr. Russo stehen Summerdales erster King Frost und Queen Snowflake – Caleb Robinson und Sloane Murray – mit Kronen und Schärpen. Sie sind ein süßes Paar. Caleb ist bekannt als männliches Modell mit einigen großen Kampagnen. Wyatt hat mir vor Kurzem Sloanes Auto-Reparatur-Show auf dem Turbo-Kanal gezeigt. Ich hatte keine Ahnung, da ich diesen Sender nie sehe. Sie läuft seit ein paar Wochen. Wyatt ist so begeistert, dass er sagt, selbst lernen zu wollen, wie man Oldtimer repariert. Ich denke, er will nur eine Entschuldigung, um Autos zu kaufen. Ich bin mehr als unterstützend, denn es ist immer besser, wenn Wyatt einen anderen Fokus hat als seine Schwestern.

„Vielen Dank, dass Sie heute hergekommen sind, um das erste Tierheim von Summerdale zu unterstützen. Ich bin Dr. Russo, Ihr lokaler Tierarzt, und das ist PJ. Kurz für Pretty

Jaded." Er dreht sich, damit wir alle den hochmütigen
Ausdruck des Boston Terriers sehen können.

Die Menge lacht.

Dr. Russo übergibt das Mikrofon an Caleb, der lächelt und
sagt: „Ich kann persönlich für die erstaunlichen Tiere, die zur
Adoption zur Verfügung stehen, bürgen. Dr. Russo kümmert
sich gut um sie und verfügt über ein Netzwerk von Freiwilli-
gen, die ihnen helfen, sich zu sozialisieren. Ich habe meinen
sibirischen Husky Huckleberry von ihm adoptiert und könnte
nicht glücklicher sein."

Sloane zieht das Mikrofon zu sich nach unten. „Bitte ignorieren Sie seinen lächerlichen Namen. Er ist ziemlich brillant
und viel würdiger, als der Name vermuten lässt."

Alle lachen.

Caleb nimmt das Mikrofon wieder an sich. „Er ist ein
Blödmann. Ich hätte ihn heute mitgebracht, aber er ist zu
aufgeregt, wenn so viele Menschen da sind, und versucht
dann anzugeben. Im Gegensatz zu PJ hier ist er Mr. Mellow."
Er übergibt das Mikrofon an Dr. Russo.

Dr. Russo lächelt. „Das stimmt. PJ ist zwölf und zur Adoption verfügbar, also, wenn Sie einen Hund wollen, der den
ganzen Tag in Ihrem Schoß schläft, dann ist er Ihr Hund. PJ
und ich möchten uns bei Ihnen allen für Ihr heutiges
Kommen bedanken. Die Unterstützung, die ich hier in
Summerdale für das Tierheim und alle Tiere in Not gefunden
habe, war überwältigend. Wenn Sie die Entwürfe sehen
möchten: Sie sind in der Lobby meines Büros vorne. Ich
werde Ihnen nur die Highlights nennen: ein Raum nur für
Katzen mit Zwingern sowie Freiraum für sie zum Klettern
und Spielen, und ein großer Raum für die Hunde mit einem
geschlossenen Bereich auf der Rückseite des Grundstücks
zum Spielen."

Paige und ich tauschen einen Blick aus. Das ist der
Hundespielplatz, den wir anzulegen versucht haben.
Obwohl dieser hier ausschließlich für das Tierheim
bestimmt ist und es in der Nähe keine Wohnhäuser gibt.
Das Büro von Dr. Russo befindet sich am Rande der Stadt an

der Route 15, der Hauptverkehrsstraße, die aus Summerdale führt.

Er fährt fort. „Und es wird einen Empfangsraum und einen privaten Raum für potenzielle Adoptiveltern geben, wo man das Tier der Wahl kennenlernen kann. In der Tat, wir haben heute schon ein paar Katzen und Hunde zur Adoption, die sie, wenn Sie möchten, im Anschluss in meinem Büro sehen können. Bitte sagen Sie, dass Sie das tun."

Bürgermeister Levi Appleton, ein gutaussehender Kerl mit Vollbart, kommt und sagt ins Mikrofon: „Ich werde mir die Hunde ansehen." Er reicht Dr. Russo eine Schere.

Dr. Russo ist mit seiner Überzeugungsarbeit noch nicht fertig. „Das ist großartig. Wir hatten mehrere erfolgreiche Adoptionen. Die Hunde, die wir derzeit haben, haben alle ein gutes Temperament. Wie dieser Kerl hier." Dr. Russo hält PJ hoch und setzt ihn dann hinunter. PJ sieht ihn sofort an, als ob er wieder hochgehoben werden möchte.

Eine Frau mit einer Kamera steht in der Nähe, um das Ereignis für die Online-Zeitung The Summerdale Sheet aufzuzeichnen. Ich habe vorher schon einen Blick in die Zeitung geworfen; es sind hauptsächlich lokale Nachrichten, darunter ein Polizeibericht mit den lustigsten Verbrechen, die ich je gesehen habe, oft geht es um fehlende Gegenstände, die später gefunden wurden, und Geräusche, die sich als nichts entpuppten. Sie halten die Polizei hier schon ganz schön auf Trab. Ha-ha.

Dr. Russo schneidet schließlich das Band durch. Alle jubeln und klatschen. Meine Schwägerin, Sydney, und Spencer, der Küchenchef des Horseman Inn, rollen einen Wagen mit einem großen rechteckigen Tortenblech heraus. Es ist mit einem Hund und einem Katzengesicht dekoriert und *Herzlichen Glückwunsch!* steht darauf. King Frost und Queen Snowflake posieren mit Dr. Russo neben dem Kuchen für Bilder, und dann beginnt Caleb, Stücke zu schneiden, während Sloane sie verteilt. Dr. Russo wird von Glückwünschen überflutet.

Spencer geht mit Sydney fort und grüßt mich und Paige

im Vorbeigehen. Paige wirft ihm einen Blick zu, der töten könnte. Ich lächle nur. Wir haben mit Spencer daran gearbeitet, ein Frühstücksmenü zu entwickeln, das verlockend und auch nicht zu schwierig für mich und Paige ist. Paige war ihm gegenüber kühl und sagte, er sei arrogant und ein Playboy. Er hat guten Grund, sagen wir mal, selbstbewusst zu sein. Seine Kochkünste sind unglaublich. Und ich finde, dass er ein guter Lehrer ist. Geduldig und gründlich, lobt immer unsere Bemühungen. Paige besteht darauf, dass sein Lob verdächtig ist und er wirklich nur mit einem oder beiden von uns ins Bett will. Wer kann Paige vorwerfen, dass sie Playboys leid ist? Ihr Ex-Verlobter hatte, bevor sie mit ihm zusammengekommen ist, schon einen Ruf als Weiberheld. Alle sagten, er habe sich wegen seiner Liebe zu ihr geändert; sogar sie hat das geglaubt. Dann ist er eine Woche vor der Hochzeit abgehauen und mit einer Flugbegleiterin durchgebrannt, die er gerade erst kennengelernt hatte.

Die Menge zerstreut sich, einige plaudern, während sie Kuchen essen, andere gehen in Richtung Tierarztbüro, um sich die für eine Adoption verfügbaren Tiere anzusehen. Wir haben unsere Broschüren in der Lobby neben den Plänen für das Tierheim gelassen. Hoffentlich gehen viele in die Richtung. Wir wollten sie hier nicht draußen lassen, sonst könnte eine Brise sie wegwehen.

Ich wende mich an Paige. „Was hältst du von einem Haustier fürs Inn? Entweder ein Hund oder eine Katze. Das könnte es für die Gäste gemütlicher machen."

„Ähm, nein. Was ist, wenn jemand allergisch ist?"

„Wir haben uns darüber doch auch keine Sorgen gemacht, als wir ein Hundethema hatten."

„Ja, aber das lag daran, dass wir diesen Blickwinkel in unser Marketing aufnehmen wollten, sodass nur Leute, die selbst Hunde haben, daran interessiert wären." Sie sieht sich um. „Weißt du, ich bin froh, dass wir den Weg mit den Hochzeiten gegangen sind. Es erweitert die Möglichkeiten, wer das Inn buchen würde."

„Liebespärchen."

„Und ihre engste Familie und Freunde. Wir nutzen den Hochzeits-Winkel, und es gibt Platz für Gäste, die an der glücklichen Veranstaltung teilnehmen wollen. Außerdem können wir einen schönen Empfang für sie auf der Terrasse oder unter einem Zelt im Garten anbieten. Kayla ist brillant."

„Wir hätten sie mehr einbeziehen sollen."

Paige nickt. „Ich dachte, das würde sie nicht interessieren. Sie ist mit der Planung ihrer eigenen Hochzeit und ihrer Karriere beschäftigt, aber sie hat die weiche Note, die uns fehlt." Sie bekommt eine Nachricht und schaut nach. „Apropos, unsere süße kleine Schwester ist gerade angekommen. Sie möchte, dass wir sie draußen treffen."

„Das ist geheimnisvoll. Denkst du, sie hat einen Hund adoptiert?"

Sie grinst. „Die meisten Hunde könnten rund um Tank herumlaufen. Könnte lustig sein." Tank ist eine englische Bulldogge, mit der Kayla lebt, seit sie bei ihrem Verlobten Adam eingezogen ist. Der Hund ist so faul, dass er nur einen halben Spaziergang machen will, und dann zieht ihn Kayla den Rest des Weges in einem großen roten Wagen mit einem schattigen Baldachin und einem Ventilator. Sie verwöhnt diesen Hund völlig.

Paige und ich bahnen uns den Weg durch die Menge und halten ein paar Mal an, um uns mit Leuten zu unterhalten, die wir kennen. Summerdale fühlt sich mehr und mehr wie ein Zuhause für mich an. Durch Wyatt und Sydney haben wir viele Menschen kennengelernt.

Vorne winkt Kayla zu uns dorthin, wo sie mit Max neben dessen Bellamy Landscapes Pickup Truck steht.

Mein Herz trommelt in meiner Brust. Max' blaue Augen sind mit ernsthafter Absicht auf meine gerichtet. Er hält einen Strauß Rosen in der Hand.

Kayla wackelt mit ihren Fingern in meine Richtung und geht in das Büro des Tierarztes.

„Gib ihm eine Chance", sagt Paige leise. „Er wollte eine große Geste machen. Kayla und ich haben geholfen."

Mein Kopf zuckt zu ihr herum. „Du hast geholfen? Wann hattest du denn Zeit?"

„Heute Morgen. Ich werde mich zu unseren Broschüren stellen und Reklame fürs Inn machen. Du beschäftigst dich dort mit deinem Romeo." Sie geht weg.

Ich bin an seiner Seite, bevor ich mir überhaupt der Bewegung bewusst bin. „Hi!"

Er reicht mir den Strauß Rosen. „Für dich."

Ich nehme sie und rieche daran. Dies ist erst das zweite Mal, dass ich jemals Rosen bekommen habe. Das erste Mal war nach einem Tanzabend, als ich ein Kind war. „Danke!"

„Fahr ein Stück mit mir. Ich möchte dir etwas zeigen."

Ich nicke.

Er öffnet die Beifahrertür für mich und schließt sie hinter mir. Dort liegt eine kleine Goldschachtel mit Band von meinem Lieblings-Pralinenladen in New Jersey.

Er steigt auf der Fahrerseite ein und übergibt mir die Goldbox. „Kayla hat mir erzählt, was du magst. Ich bin gestern hingefahren, um sie zu holen."

„Max, wow, ich bin überwältigt. Ich habe seit einer Woche nichts von dir gehört und … Ich schätze, ich dachte, du bist weitergezogen."

Er schüttelt den Kopf. „Unmöglich." Er startet den Truck und fährt vom Parkplatz. „Ich lerne gerade, die Vergangenheit loszulassen, und das hat mich für die Zukunft offener gemacht."

Schmetterlinge tanzen in meinem Bauch. Das klingt vielversprechend. „Du meinst dein Haus?"

„Das Haus und all die Erinnerungen, die damit verbunden sind. Ich habe den Vertrag diese Woche unterzeichnet, den Scheck bekommen und meinem Bruder und meiner Schwester ihren Anteil gezahlt. Es ist ein Neuanfang für mich und längst überfällig."

Ich bin ruhig und denke darüber nach, was ein Neuanfang für Max bedeuten würde. Er hat sein ganzes Leben in Summerdale gelebt; sein Geschäft ist hier. Denkt er darüber nach, woanders hinzuziehen? Eine neue Karriere? Hat es was mit uns zu tun?

„Für mich ist es auch ein Neuanfang", sage ich. „Mein Job ist jetzt im Inn, ich lebe hier in Summerdale. Ich hoffe, eines Tages einige Architekturprojekte zu bekommen und ein eigenes Haus zu kaufen. Es gibt sogar ein heruntergekommenes Cottage in der Lovers' Lane, das ideal wäre, aber ich kann es mir noch nicht leisten."

„Was würdest du damit machen? Es abreißen und ein größeres Haus bauen?"

„Auf keinen Fall. Es ist so hübsch. Es erinnert mich an ein altes englisches Häuschen mit Fensterläden und Erkern. Ich würde das Innere renovieren, das Äußere reparieren; vielleicht würde ich irgendwann mal einen Anbau an der Rückseite hinzufügen, um mehr Platz zu schaffen. Ich hab ein separates Nebengebäude auf der Rückseite gesehen. Anscheinend war es früher das Atelier eines Künstlers. Er war bankrott und musste verkaufen."

„Du weißt ja schon viel darüber."

Ich schaue aus dem Fenster und erkenne den Weg, den er einnimmt. Wir fahren in Richtung Lovers' Lane. „Wyatt ist derjenige, der mich darauf aufmerksam gemacht und mir die Geschichte erzählt hat. Er weiß, dass ich immer neugierig auf interessante Häuser bin."

„Cool." Er tritt aufs Gaspedal und rast am alten Cottage vorbei, während wir die Straße hinunterfahren.

Ich zeige aus dem Fenster und verrenke mir den Hals, um es zu sehen. „Da ist es."

Er verlangsamt wieder und fährt uns zum Inn. Muss so sein. Es gibt nichts anderes auf dieser Straße außer ein paar Häusern.

„Ist im Inn was los?", frage ich.

„Du wirst schon sehen."

Er biegt in die Einfahrt, parkt und steigt aus. Ich hüpfe hinaus und sterbe vor Neugier.

Abrupt bleibe ich auf dem Weg stehen, meine Hand fliegt zu meinem Mund. Max hat nicht nur die von ihm versprochenen Pflanzungen entlang des vorderen Wegs und an der Vorderseite des Inns eingepflanzt, sondern auch so viele schöne Blumen dazugepflanzt. Da sind ein Rosenbusch, rote und rosa Tulpen, fröhliche Margeriten und weitere Blumen, die ich nicht kenne, eine Explosion von Farben.

Er erscheint an meiner Seite. „Das sind nur die Frühlingsblüten." Er zeigt auf etwas. „Diese Pflanze wird im Sommer rosa Blüten hervorbringen, und diese hier werden sich mit den Jahreszeiten ändern, Frühling, Sommer, Herbst." Er deutet auf weitere Pflanzungen.

„Max, du hast dich wirklich selbst übertroffen. Hat Paige das alles gesehen? Sie sollte hier sein."

„Ah, ja. Paige und Kayla haben mir heute Morgen geholfen, es vorzubereiten." Er nimmt meine Hand. „Es gibt noch mehr." Er führt mich zur Rückseite des Hauses. Mehr Pflanzungen und Blumen. Und da ist eine hölzerne Hochzeits-Pergola, die mit viel Grün und Rosen in Blassrosa und Weiß geschmückt ist.

Er begleitet mich unter die Pergola. „Für euer neues Hochzeits-Thema. Ich habe es dekoriert, nur damit man es sich besser vorstellen kann. Wenn ihr wollt, kann ich seitlich einige Kletterpflanzen hinsetzen, und dann würdet ihr einfach frische Blumen für die Hochzeit hinzufügen." Er deutet auf den Gemüsegarten neben dem Haus. „Ich habe einige Rosensträucher und ein paar andere Blumen gepflanzt, von denen Kayla meinte, dass sie bei Bräuten beliebt sind."

Meine Augen werden feucht. „Ich fasse es nicht, dass du das alles gemacht hast. Es ist einfach so wundervoll. Danke dir!"

Er nimmt meine Hände in seine. Für einen wilden Moment fühlt es sich an, als wären wir die Braut und der Bräutigam unter der Hochzeitspergola. „Brooke, du bist mehr als nur Stressabbau für mich."

Ich blinzele Tränen beiseite. „Oh-kay."

Er atmet kräftig aus. „Ich habe Gefühle für dich. Tiefe Gefühle und das hier ist meine Art zu sagen: Ich liebe dich."

Mein Atem stockt, mein Herz rast. Ich war so sicher, dass er nicht so empfindet wie ich.

Einen Moment lang schließt er die Augen. „Wenn ich damit allein bin –"

Ich küsse ihn. „Du bist nicht allein damit."

Er löst sich von mir, sieht mir in die Augen. „Ich habe mich in den letzten Wochen so verloren gefühlt, dich verloren, mein Haus verloren, und dann hat es mich schließlich getroffen – du bist mein Zuhause."

Ich werfe meine Arme um seinen Hals. „Das ist das Romantischste, was jemals jemand zu mir gesagt hat. Und du für mich, Max."

Er küsst mich und zieht mich dann in seine Arme, hält mich fest. „Gut, dass wir füreinander ein Zuhause sind, da wir beide derzeit obdachlos sind."

Ich lache und lehne mich zurück, streichele seinen Bart. „Ich hatte so sehr Angst, dass ich hiermit, mit all diesen tiefen Gefühlen allein bin, aber jetzt. Ich bin einfach so –" Meine Stimme bricht. „Ich bin so glücklich." Meine Augen werden feucht. „Ich liebe dich auch."

Er umfasst meine Wange und küsst mich lang und tief. „Noch eine Sache, die ich dir zeigen will. Komm mit."

„Noch mehr? Aber du hast doch schon so viel getan."

„Nun, wenn man endlich erkennt, dass man wirklich gut darin ist, verantwortungsbewusst zu sein, will man damit hausieren gehen."

Ich folge ihm zu seinem Truck. „Warte! Du dachtest, du seist unverantwortlich? Aber du hast dein eigenes Geschäft, du hast deinem Bruder geholfen, du verehrst deine Schwester –"

„Ja, und schließlich wurde mir klar, dass, egal wie sehr ich nach meinem unverantwortlichen Vater komme: ich bin nicht er. Liam war so dankbar für meine Hilfe, dass er einen seiner Zwillinge nach mir benennt. Eineiige Jungs. Er möchte, dass ich Patenonkel werde. Das macht man nur mit jemandem, dem man wirklich vertraut."

Wir steigen in den Wagen. Ich nehme die Schokoladenbox

und biete ihm eine an. Er nimmt eine Süßigkeit, und ich nehme auch eine. „Mmm, so gut. Max, das hätte ich dir auch sagen können. Es ist so offensichtlich, dass du deine Verpflichtungen einhältst. Du hast fürs Inn wirklich alles gegeben. Ich bin sicher, dass all deine Kunden dich für zuverlässig halten."

„Ja, aber keiner von ihnen hat ein Kind nach mir benannt." Er startet den Truck und fährt aus der Einfahrt. „Und zum Teil bedeutet Patenonkel zu sein, dass ich mich um seine Kinder kümmern soll, wenn ihm und seiner Freundin etwas passiert. Gott bewahre, aber das ist es, was er sagte."

„Eine ziemliche Ehre."

Die Fahrt ist kurz. Er hält vor dem Cottage und steigt aus. Das erste, was ich bemerke, ist, dass über dem Zu-Verkaufen-Schild jetzt eines hängt, auf dem „Verkauft" steht. Das zweite, was mir auffällt, sind die neu bepflanzten vorderen Landschaftsbeete mit ordentlichen Heckensträuchern und Wildblumen.

Ich drehe mich mit großen Augen zu ihm um. „Hast du mein Cottage gekauft?"

Er lächelt und küsst mich. „Ich habe ein Cottage gekauft, das renoviert werden muss. Ich wäre gern dein erster Bauherr. Sieh es dir an. Sag mir, was du daraus machen würdest."

Ich blinzele schnell, meine Augen sind heiß, meine Kehle eng. Mein erster Auftrag an einem Cottage, das ich auf den ersten Blick geliebt habe. Vielleicht lebe ich eines Tages hier mit Max.

Er steigt aus dem Truck und kommt zu meiner Seite, öffnet meine Tür und führt mich hinaus. „Magst du Wildblumen? Ich dachte, sie passen besser zum Cottage."

„Die liebe ich."

Er geht mit mir zur Haustür und öffnet sie. Das Innere ist ungefähr aus den 1960ern, mit Parkettfußböden und Vintage-Leuchten. Die Wände sind cremefarben gestrichen. Es gibt eine Durchreiche vom vorderen Wohnzimmer zur Küche, in der sich weiß lackierte Schränke und Geräte aus Edelstahl befinden. Mein Geist wirbelt vor Möglichkeiten.

Ich schaue den Flur hinunter, wo ich drei Schlafzimmer und ein voll ausgestattetes Bad entdecke. Ich eile zurück ins Wohnzimmer. „Kann ich das Künstlerstudio hinten sehen?"

„Sicher."

Er lässt uns durch die Hintertür neben der Waschküche hinaus. Ich gehe hinüber zu dem kleinen Gebäude mit weißen Seiten, Oberlichtern und großen Fenstern.

Max bleibt vor der Tür stehen. „Kein Druck, okay? Das ist nur eine Idee."

Meine Augenbrauen ziehen sich verwirrt zusammen.

Er öffnet die Tür und bedeutet mir, hineinzugehen. Ich trete in einen hellen, luftigen Raum, der vom Boden bis zur Decke glänzt, als wäre er vor kurzem gereinigt worden. Es gibt einen alten verstellbaren Zeichentisch sowie einen Schreibtisch mit einem gepolsterten Stuhl an einem Fenster. Ich starre ihn an. „Es sieht aus wie ein Büro. Ist das für dein Unternehmen?"

„Das ist für dich."

Ich wirbele herum, mir fällt die Kinnlade herunter.

Seine Stimme ist belegt. „Das alles ist für dich."

„Nur für mich?", frage ich, meine Stimme ist angespannt. Das ist das großartigste Geschenk, das ich je bekommen habe, aber ich will *ihn*.

„Ich möchte gerne ein Zuhause mit dir schaffen." Er umfasst mein Gesicht mit seinen großen Händen. „Würdest du in Erwägung ziehen, mich zu heiraten?"

Heiße Tränen kullern aus meinen Augen. „Ja, das würde ich sehr ernsthaft in Erwähnung ziehen."

Er küsst mich. Ich lege meine Arme um seinen Hals und küsse ihn mit wilder Hingabe.

Er umarmt mich und spricht an mein Ohr: „Wie ernsthaft?"

„Ich fasse es nicht, dass du mir ein Haus gekauft hast."

„Ich habe es für uns gekauft. Warte, lass mich das richtig machen." Er zieht einen Diamantring aus seiner Tasche und geht auf ein Knie. „Brooke Winters, ich liebe dich, und ich bin so verdammt dankbar, dass du in mein Leben gekommen bist. Würdest du mir die große Ehre erweisen, und meine Frau werden?"

„Ja!"

Er schiebt den Ring an meinen Finger. Ich umarme ihn, sprachlos und völlig überwältigt.

Er löst sich von mir, um mich anzulächeln. „Ich war noch nie so glücklich."

„Ich auch!" Ich schaue mich um, Ideen kommen mir bereits in den Sinn. Es gibt eine kleine Küche auf meiner linken Seite und eine Tür auf der Rückseite des Studios. „Gibt es da hinten ein Schlafzimmer?"

„Sicher. Denkst du daran, es auszuprobieren?"

Ich eile dorthin, um es mir anzusehen, nehme die Abmessungen wahr, den kleinen Schrank, und das En-Suite-Badezimmer. „Ich werde das definitiv als Büro nutzen, aber das Schöne ist, dass wir es auch vermieten könnten, wenn wir wollten."

„Ich dachte, es wäre für eine Weile nur für uns."

„Ich muss das skizzieren wie das Cottage. Oh, Max, ich habe jetzt schon so viele Ideen. Ich kann es nicht abwarten, mit der Renovierung anzufangen."

Er reibt sich den Nacken. „Vielleicht wartest du damit noch. Ich habe alles, was ich hatte, ins Haus gesteckt."

„Alles klar." Ich messe mental die Fenstergröße hier und erwäge, den Schrank zu verschieben, um Platz für ein größeres Badezimmer zu schaffen.

„Du planst das Ganze in deinem Kopf, nicht wahr?"

„Ja", sage ich abwesend und öffne meine Handy-Messband-App. „Ich brauche nur ein paar Maße."

„Dann bleibt wohl die Hochzeitsplanung an mir hängen."

„Ich werde Kayla bitten, sich darum zu kümmern. Sie liebt sowas."

Er packt mich und drückt mich an die Wand. „Weißt du, was ich liebe?"

„Was?", frage ich atemlos.

„Dich." Er küsst mich, und die Dinge geraten schnell außer Kontrolle. Das Nächste, was ich weiß, ist, er hebt mein Bein und positioniert sich selbst. „Wir müssen dieses Haus einweihen."

Mein Atem wird heftiger. „Sex in jedem Zimmer. Nur so geht das."

„Mir gefällt die Art, wie du denkst."

Und dann gibt es kein Reden mehr. Nur ein Antrieb, sich zu verbinden – unsere Körper, Herzen und Seelen. *Glückseligkeit.*

Als ich auf die Erde zurückkomme, zieht Max mich an und hebt mich dann hoch, trägt mich durch den Studiobereich und aus der Tür.

Er grinst. „Jetzt muss ich dich über die Schwelle des Cottages tragen. Kayla hat mir gesagt, dass das so eine Art Hochzeitstradition ist. Ich musste erst sicherstellen, dass du einverstanden bist, meine Braut zu werden."

„Wir scheinen gut darin zu sein, Dinge in der falschen Reihenfolge zu tun. Erst das Haus, dann die Ehe."

„Solange wir am Ende zusammen sind, ist das alles, was zählt."

EPILOG

Max

Es ist Ende Juni, und ich warte in meinem Smoking unter der Hochzeits-Pergola auf meine Braut. Wie cool ist das denn? Wir sind das erste Paar, das im Inn heiratet. Wir haben das Paket für den engen Kreis, was bedeutet, dass unsere Freunde und Familie hier sind. Brooke hat einen erstklassigen Fotografen eingestellt. Man stelle sich das mal vor – unsere Hochzeitsbilder werden auf dem Marketing-Material des Inns der Website zu sehen sein und an Brautmagazine für mögliche Artikel verschickt werden. Was für eine Art, diesen Moment festzuhalten.

Kayla hat Adam in der ersten Juniwoche in einer aufwendigen Zeremonie und einem Empfang auf dem Anwesen Bell geheiratet. Brooke und ich haben uns da und dort für eine kleine, intime Hochzeit entschieden. Verstehen Sie mich nicht falsch, Kaylas Hochzeit hat Spaß gemacht. Es ist einfach nicht unser Stil. Kayla und Adam sind gerade letztes Wochenende von ihren Flitterwochen auf Hawaii zurückgekehrt, sie sehen gebräunt und glücklich aus.

Mein Bruder Liam ist mein Trauzeuge, und meine beste Freundin Sloane ist meine Trauzeugin. Brooke hat Kayla und Paige gebeten, ihre Trauzeuginnen zu sein. Sie konnte sich nicht zwischen ihren Schwestern entscheiden, weshalb ich nun auch zwei auf meiner Seite habe. Meine Schwester, Skylar, macht ein paar Lesungen für uns. Brookes Mom, Cynthia, ist in der ersten Reihe, und natürlich musste ich Sloanes Vater, Rob, einladen. Er ist mein Dad ehrenhalber. Rob schien sich gut mit Cynthia zu verstehen, als sie sich gestern Abend kennenlernten. Interessante Kombination – eine Geschichtsprofessorin und ein Mechaniker.

Skylar winkt mir vom Ende des kurzen Ganges zu. Sie hält einen eifrigen Scout am Halsband. Sein Golden Retriever Fell sieht nach seinem Besuch beim Hundefriseur gut aus. Er hat ein Kissen mit den Ringen auf den Rücken geschnallt. Ich habe daran gearbeitet, Scout dazu zu bringen, mich nicht anzuspringen, wenn er Aufmerksamkeit will. Mal sehen, wie es läuft.

Ich gehe zu unserem Standesbeamten, Bürgermeister Levi, und nicke dann Skylar zu. Sie bedeutet Wyatt, die Musik zu starten, eine langsame Prozession.

Ich klopfe mir auf den Oberschenkel. „Scout, komm her, mein Junge."

Skylar lässt ihn los, und er trabt den Gang hinunter, Kopf und Schwanz hoch, Mund offen zu einem Lächeln. Die kleine Gruppe der Anwesenden macht *ooh* und *aah* seinetwegen.

„Guter Junge", sage ich. „Steh!"

Er bleibt geduldig stehen, während ich die Ringe vom Kissen herunternehme. Dann streichle ich ihn kräftig, und er lehnt sich an mein Bein. Ich weiche zurück, denn ich will kein Golden Retriever Fell auf meinem Smoking haben. Skylar ruft ihn, und er rast den Gang hinunter auf sie zu.

Sie befiehlt ihm, sitz zu machen, aber er hat zu viel Schwung und Hundeaufregung dafür. Er springt auf sie, um ihr Gesicht zu lecken. Sie lacht, schiebt ihn zurück nach unten und legt ihm die Leine an, an der er sich am Ende des Gangs hinlegen muss.

Paige kommt in ihrem pfirsichfarbenen Brautjungfernkleid den Gang hinunter und hält einen Strauß weißer Rosen in der Hand. Mein Puls beschleunigt sich. Das passiert wirklich. So lange dachte ich, dass ich nicht für die Ehe gemacht

bin. Ich dachte, ich hätte die schlechten Bellamy-Gene, unverantwortlich und nicht in der Lage, eine große Verpflichtung
zu bewältigen. Aber weißt du was? Es war nur die richtige
Frau nötig, um mich sehen zu lassen, wie toll ein Leben
zusammen sein könnte.

Kayla kommt als Nächstes den Gang hinunter, aber meine
Augen sind auf die Frau hinter ihr gerichtet. Da ist sie –
meine schöne Braut. Sie raubt mir den Atem. Das weiße Kleid
liegt an ihr mit einem Spitzenoberteil und Perlen-Trägern. Der
Rock scheint in Schichten um sie herum zu schweben. Ihr
Haar ist mit Blumen durchwoben hochgesteckt. Sie trägt
einen aufwendigen Strauß aus rosa und weißen Rosen.

Ich blinzele ein paar Mal, um wieder sehen zu können,
denn ich habe unerwartet Tränen in den Augen. Ich liebe sie
einfach so sehr. Sie hat mir gesagt, dass ich ein großartiger
Vater sein werde, da ich so gut mit Scout und Skylar umgehe.
Nicht, dass ein Hund und eine kleine Schwester dasselbe
sind, aber trotzdem. Es bedeutet mir viel. Mein ganzes Leben
lang dachte ich, ich hätte nicht das Zeug, ein Dad zu sein, mit
dem schlechten Vorbild, das ich hatte. Brooke glaubt hundert-
prozentig an mich.

Sie lächelt mich strahlend an, was meine Augen wässrig
macht. Endlich kommt sie an meiner Seite an.

Ich umfasse ihre Wange. „So schön."

„Ich liebe dich."

„Ich liebe dich auch."

Jemand räuspert sich. Oh! Schätze, wir müssen noch ein
paar Gelübde ablegen. Bürgermeister Levi Appleton signali-
siert, die Musik auszuschalten, und wir fangen an.

Mein Leben beginnt in diesem Moment von Neuem – mit
Brooke an meiner Seite.

$$\sim$$

Brooke

Ich versuche, keine weinerliche Braut zu sein, aber Max
macht es mir mit seinen tränenden Augen schwierig. Ich

schniefe, und eine Träne fällt. Ich bin mir kaum der Menschen um uns herum bewusst, all mein Fokus liegt auf dem Mann, den ich von ganzem Herzen liebe.

Als er sein Gelübde mit solcher Ernsthaftigkeit ablegt, kann ich nicht mehr. Er wischt meine Tränen mit seinen Daumen beiseite. Ich entdecke Sloane über seiner Schulter, auch sie wischt ihre Augen.

Ich schaffe es mit ruhiger Stimme durch mein Gelübde, und nur ein paarmal stockt es in meinem Hals.

„Ich erkläre euch hiermit zu Mann und Frau", sagt der Bürgermeister. „Du darfst die Braut jetzt küssen."

Max nimmt mein Gesicht in beide Hände und gibt mir einen zarten Kuss. Dann halten wir uns an den Händen und sehen uns unserer kleinen lächelnden Gruppe von Freunden und Familie gegenüber.

Sie jubeln und klatschen für uns, als wir den Gang hinuntergehen. Eine Hochzeit im Freien im Inn war die perfekte Wahl für uns. Es ist hier, wo alles begann, und es gibt nichts Passenderes für einen Landschaftsgärtner, als die Natur während seiner Hochzeit zu genießen. Und ich konnte Scout miteinbeziehen!

Am Ende des Gangs zieht mich Max in eine Umarmung.

Ich umarme ihn fest um die Mitte und schaue ihn an. „Du hast mich mit deinen wässrigen Augen weinen lassen."

„Nein, du hattest zuerst Tränen in den Augen, und dann hatte ich wässrige Augen, weil ich Mitleid mit dir hatte."

Ich lache. „Richtig."

Er nimmt meine Hand und küsst meine Knöchel. „Du überwältigst mich. Ich kann nicht glauben, wie viel Glück ich habe."

„Ich auch!", rufe ich glücklich.

Kayla erscheint an meiner Seite. „Herzlichen Glückwunsch!" Sie umarmt uns beide gleichzeitig. „Spencer möchte wissen, ob er das Essen für die Cocktailstunde herausbringen soll." Spencer hat zugestimmt, unsere Hochzeit zu catern. Ich hoffe, dass wir ihn regelmäßig engagieren können, wenn wir Hochzeiten für das Inn veranstalten. Es wäre für ihn eine Nebenbeschäftigung. Sein Hauptjob ist immer noch Chefkoch im Horseman Inn. Sein Chef, meine Schwägerin, Sydney, war damit einverstanden, dass er gelegentlich für uns arbeitet. Sie sagt, es wird unsere Hochzeitsgäste inspirieren, das Horseman Inn auszuprobieren, während sie in der Stadt sind. Schade nur, dass Paige ihn immer noch nicht leiden kann.

„Absolut", sage ich. „Ich komme um vor Hunger. Ich war zu nervös, um vorhin zu essen."

„Weswegen warst du denn so nervös?", fragt Max. „Hattest du Zweifel?"

„Nein, überhaupt nicht. Ich wollte nur, dass alles perfekt ist."

„Deswegen hast du ja mich", wirft Kayla ein. „Ich werde es ihn wissen lassen. Nehmt euch in der Zwischenzeit etwas Champagner." Sie deutet auf das weiße Zelt im Garten. Es gibt eine kleine Tanzfläche sowie lange Tische für Essen und Trinken. Die Tanzfläche ist von runden Tischen mit weißen Tischdecken umgeben. Das war das Setup, das Wyatt und Sydney bei ihrer Hochzeit im Freien bei sich zu Hause hatten, also haben wir es komplett kopiert. Das war die stressfreiste Hochzeitsplanung aller Zeiten. Vor allem dank Kayla. Vielleicht hat sie als Biostatistikerin ihre Berufung verfehlt. In der Hochzeitsplanung ist sie jedenfalls unschlagbar.

Spencer kommt in einem schwarzen Button-Down-Shirt und einer schwarzen Hose und einer großen Platte nach draußen, gefolgt von zwei weiteren Kellnern, die gleich gekleidet sind.

Max und ich folgen ihm ins Zelt. Die Platten mit den Speisen sind auf einem langen Tisch neben dem Champagner aufgebaut. Ich bedeute unserer Familie und den Freunden, näherzukommen und sich zu bedienen.

Paige prüft das Essen. „Was ist mit den gefüllten Champignons passiert?"

Spencer wird wütend. „Ich habe eine Entscheidung getroffen. Die Pilze waren nicht in gutem Zustand. Stattdessen haben wir Süßkartoffelscheiben mit Käse, gekrönt mit Preiselbeeren. Ich habe auch von Schinken ummantelte Datteln hinzugefügt."

„Sie sollten Menüänderungen mit Ihrem Kunden absprechen", sagt sie. „Profitipp."

Er tritt so nah heran, dass sie ihren Kopf heben muss, um seinem Blick zu begegnen. „Ich treffe Entscheidungen auf Grundlage der Qualität der Lebensmittel, die mir am Tag zur Verfügung stehen. Ich bin bekannt für frische Lebensmittel, die vom Erzeuger auf den Tisch kommen. *Profitipp*: das schmeckt besser. Probieren Sie die Süßkartoffelscheiben."

Ihre Augen verengen sich.

„Ich werde eine versuchen", sage ich und nehme eine Scheibe. Max auch.

„Sie sind wirklich gut, Paige. Probier eine", sage ich.

Spencer nimmt ein Stück und bietet es ihr an. „Probieren Sie."

Ihre Augen blitzen. „Zwangsernährung eines Kunden. Wie nett!"

„Ich biete es Ihnen nur an", sagt er zwischen den Zähnen. „Sehen Sie, dass ich es in Ihr großes Mundwerk schiebe?"

Sie schnappt nach Luft. „Großes Mundwerk!"

Er schiebt die Scheibe in seinen eigenen Mund und kaut wild, bevor er sich umdreht und zurück zum Inn geht.

Paige stemmt die Hände in die Hüfte. „Kann man es glauben, dieser Typ? Wir engagieren ihn nie wieder."

„Schau dich um", sage ich. „Alle scheinen das Essen zu genießen."

Sie sieht sich um. „Die sind nur hungrig."

„Und das Abendessen klingt spektakulär", sage ich. „So gut wie jedes schicke Restaurant in der City."

Sie atmet tief ein. „Tut mir leid, so ein Spinner zu sein. Etwas an ihm treibt mich in den Wahnsinn. Jedenfalls, solange du mit ihm zu tun hast und nicht ich, denke ich, ist es okay."

„Und ich mache das gern, aber vergiss nicht, wir haben ein volles Haus hier am nächsten Wochenende für den vierten Juli, und er ist für den Grill eingeplant. Ich werde dann in den

Flitterwochen sein." Max und ich fliegen morgen in unsere Flitterwochen nach Bermuda.

Sie sieht Max an und umarmt mich dann. „Natürlich. Du musst keine weiteren Gedanken daran verschwenden." Sie geht zum Champagnertisch und kippt einen ordentlichen Schluck runter.

„Er kommt mir nett vor", sagt Max.

Ich halte meine Stimme leise. „Ich denke, er erinnert sie an ihren Ex-Verlobten. Noah war wirklich, sagen wir mal, selbstbewusst und fast arrogant. Sie dachte zuerst, das sei eine gute Eigenschaft und dann später nicht mehr so sehr."

Max küsst mich. Bald sind wir von Gästen umgeben, die uns Glück wünschen und uns nach dem Inn und unseren Plänen für unser neues Cottage fragen. Das ist das Schöne an einer kleinen Hochzeit. Wir können echte Gespräche mit allen Menschen in unserer Nähe führen.

Bevor ich es weiß, kündigt Kayla an, dass das Abendessen auf dem Weg ist, und bittet alle, ihren Tisch zu finden. Mit einem Kalligrafie-Stift hat sie niedliche Platzschilder für jeden gemacht. Sie denkt an alles.

Wyatt bleibt, nachdem alle zu ihren Tischen gegangen sind, und hält mich mit einer Hand an meinem Arm zurück. Ich greife Max' Hand, damit er bei uns bleibt.

Wyatt sieht ungewöhnlich ernst aus. „Ich habe lange und angestrengt darüber nachgedacht, was ich euch zur Hochzeit schenken soll. Und ich dachte, das beste Geschenk wäre ein Haus, das auf eure Bedürfnisse zugeschnitten ist."

„Wir haben ein Zuhause", sage ich.

Er reicht mir einen Umschlag. „Das ist für euer Renovierungsbudget. Los geht's. Macht es zu eurem."

Ich muss nicht einmal in den Umschlag schauen, um zu wissen, dass mein großer Bruder uns ein äußerst großzügiges Geschenk gemacht hat. „Wyatt, das ist zu viel."

„Woher weißt du das?", fragt Max und nimmt den Umschlag. Er linst hinein und hält die Luft an.

Wyatt umarmt mich und flüstert mir ins Ohr: „Nichts ist

zu viel für meine kleine Schwester. Herzlichen Glückwunsch!"

Meine Augen werden feucht. „Danke!" Wyatt hat sein Bestes versucht, Dad für mich und meine Schwestern zu sein, seit unser Dad gestorben ist. Er ist nur vier Jahre älter als ich, aber dieses eine Ereignis hat ihn zu einer Reife weit über seine Jahre hinaus altern lassen.

Er küsst meine Schläfe und schüttelt dann Max die Hand.

„Vielen Dank für dein großzügiges Geschenk", sagt Max. „Ich kann es kaum erwarten zu sehen, was Brooke sich dafür einfallen lässt. Sie ist brillant."

Wyatt grinst. „Das ist sie. Und vielen Dank, dass du sie dazu gebracht hast, dauerhaft hierherzuziehen. Mit ihrem Job in New Jersey und all dem Pendeln hin und her sah es nicht gut aus."

„Ich bin derjenige, der dir dafür danken sollte, dass du deinen Schwestern dieses Haus gezeigt hast", sagt Max.

Ich halte meine Handflächen hoch. „Okay, okay. Das waren nicht alles Entscheidungen von euch Männern. Ich hatte geplant, hier zu bleiben, um das Inn in Teilzeit zu betreiben."

Wyatt zuckt mit dem Kopf, und Max folgt ihm, die beiden sprechen leise miteinander.

Ich reibe mir die Augen. Gibt Wyatt Max eine Art väterlichen Rat über mich? Ich hebe mein Kleid an und beeile mich, sie einzuholen, gerade als ich Wyatt sagen höre: „Ich wusste, dass du cool bist, als Scout bei dir so ausgeflippt ist."

Gerade da reißt sich Scout aus Skylars Griff und rast uns entgegen. Seine Pfoten sehen ein wenig schmutzig aus, als ob er einen Platz zum Graben gefunden hätte. Teich? Garten? Ich habe für einen Moment Panik, dass er mein Hochzeitskleid ruinieren wird, aber er hat nur Augen für Max. Er rast zu ihm, macht aber prompt Sitz und wartet auf ein Streicheln. Max krault ihn kräftig, sodass Scouts Zunge glücklich heraushängt.

Ich schließe mich ihnen an, und der Fotograf macht Bilder von uns dreien. Meine kleine Familie – Max, Scout und ich.

Nachdem die Bilder gemacht sind, wende ich mich an Max. „Vielleicht sollten wir durchgebrannte Paare ihren Hund zu der Veranstaltung mitbringen lassen."

„Erinnerst du dich, was Paige zum Thema Haustierallergien meinte?" Er legt einen Arm um meine Schultern. „Das ist nur für uns. Sie können aber Kinder mitbringen." Seine Augen richten sich auf seinen Bruder Liam, der seiner schwangeren Freundin Alexis etwas zu essen bringt.

„Hoffst du, dass Liam sie heiraten wird und ihre Zwillinge bei der Zeremonie dabei sein werden?"

„Das wäre cool." Er schnappt sich das Revers seiner Smokingjacke. „Ich habe ihn wahrscheinlich inspiriert."

Ich lächle. „Weil du ein glücklich verheirateter Mann bist."

„Verdammt richtig. Denkst du, du möchtest auf lange Sicht vielleicht ein paar eigene Kinder?"

Ich umarme ihn und strahle. „Sehr gerne. Aber wir nennen sie nicht nach dir. Zwei Max Bellamys in der Familie sind verwirrend genug."

„Wie wäre es mit Maxine?"

Ich lache. „Wir werden zu diesem Punkt zurückkehren, nachdem ich mit einem Vornamenbuch bewaffnet bin."

Er lächelt zärtlich, seine blauen Augen sind warm. „Ich freue mich auf alles mit dir."

Wir kehren zu unserer Familie und unseren Freunden zurück, Hand in Hand, die Kraft unserer Liebe, die uns auf der Lovers' Lane zusammenbindet, wo alles begann.

Verpassen Sie nicht das nächste Buch der Serie, *Chasing –
Deutsche Ausgabe,* wo Paige und Spencer einen Deal für ein
Rache-Hochzeitsdate treffen, das eine falsche Wendung
nimmt!

Ein Rache-Hochzeitsdate, das eine falsche Wendung nimmt!

Paige

Das Problem mit Spencer Wolf ist, dass er denkt, er sei der
Boss, obwohl *ich* doch der Boss bin. Ich leite das Inn. Er ist
mein beratender Koch und Caterer und ein arroganter einge-
fleischter Junggeselle.

Aber als ich wegen der Einladung zur Hochzeit meines
Ex-Verlobten zusammenbreche, eilt Spencer zur Rettung und
bietet an, mein Rache-Hochzeitsdate zu sein. Der perfekte,
liebende, vorgetäuschte Ehemann.

Das Problem? Er will auch die Flitterwochen. Eine Nacht,
ohne Haken und Ösen. Auf keinen Fall!

Und dann küsst er mich, und in einem Moment lüsterner
Schwäche stimme ich zu.

Größter Fehler meines Lebens. Ziemlich sicher.

Spencer

Gib es zu, Paige, du brauchst mich.

Erhalten Sie die neuesten Nachrichten zuerst in Kylies Newsletter! https://www.kyliegilmore.com/DEnewsletter

WEITERE BÜCHER VON KYLIE GILMORE

Liebe von der Leine gelassen Serie << Heiße romantische Komödien mit Hunden!

Fetching – Deutsche Ausgabe (Buch 1)

Dashing – Deutsche Ausgabe (Buch 2)

Sporting – Deutsche Ausgabe (Buch 3)

Toying – Deutsche Ausgabe (Buch 4)

Blazing – Deutsche Ausgabe (Buch 5)

Chasing – Deutsche Ausgabe (Buch 6)

Daring – Deutsche Ausgabe (Buch 7)

Die Clover Park Serie << Brüder, für die die Familie an erster Stelle steht!

Clover Park: Die O'Hare-Familie

Das Gegenteil von wild (Buch 1)

Daisy schafft alles (Buch 2)

In den Falschen verguckt (Buch 3)

Ein Weihnachtsmann zum Küssen (Buch 4)

Raus aus der Tretmühle (Die O'Hare-Familie – Wie alles begann)

Clover Park: Die Reynolds-Marino-Familie

Vermieter küsst man nicht (Buch 1)

Nicht mein Romeo (Buch 2)

Bring mich auf Touren (Buch 3)

Clover Park Braut (Buch 4)

Gewagte Verlobung (Buch 5)

Retter in der Not (Buch 6)

Eine verführerische Freundschaft (Buch 7)

Ein Geschenk zum Valentinstag (Buch 8)

Die Happy End Buchclub Serie << Die Campbell Familie und ein Liebesromanbuchclub prallen aufeinander!

Hollywood Inkognito (Buch 1)

Ärger im Anzug (Buch 2)

Gewagtes Spiel (Buch 3)

Förmliche Vereinbarung (Buch 4)

Wenn der Bad Boy keiner ist (Buch 5)

Ein Störenfried zum Verlieben (Buch 6)

Schicksalsbegegnungen (Buch 7)

Eine Romantische Chance (Buch 8)

Ein sündhafter Flirt (Buch 9)

Ein unbequemer Plan (Buch 10)

Eine Happy End Hochzeit (Buch 11)

Die Rourkes aus Villroy << Prinzen, bei denen man ins Schwärmen gerät, und ebenso fantastische Prinzessinnen

Königlicher Fang (Buch 1)

Königlicher Hottie (Buch 2)

Königlicher Darling (Buch 3)

Königlicher Charmeur (Buch 4)

Königlicher Playboy (Buch 5)

Königlicher Spieler (Buch 6)

Die Rourkes aus New York

Abtrünniger Prinz (Buch 1)

Abtrünniger Gentleman (Buch 2)

Abtrünniges Schlitzohr (Buch 3)

Abtrünniger Engel (Buch 4)

Abtrünniger Fratz (Buch 5)

Abtrünniger Beschützer (Buch 6)

Die Clover Park Charmeure Serie << süße und sexy Charmeure!

Beinahe drüber weg (Buch 1)

Beinahe zusammen (Buch 2)

Beinahe Schicksal (Buch 3)

Beinahe verliebt (Buch 4)

Beinahe romantisch (Buch 5)

Beinahe frisch verheiratet (Buch 6)

Sehen Sie sich auf meiner Website die aktuelle Liste meiner Bücher an: https://www.kyliegilmore.com/deutsch/

ÜBER DIE AUTORIN

Kylie Gilmore ist die USA Today Bestsellerautorin der Happy End Buchclub Serie, der Clover Park Serie, der Clover Park Charmeure Serie, der Rourke Serie und Liebe von der Leine gelassen Serie. Sie schreibt unterhaltsame Romanzen, die die LeserInnen zum Lachen und zum Weinen bringen und zu einem Glas Eiswasser greifen lassen.

Kylie lebt mit ihrer Familie, zwei Katzen und einem verrückten Hund in New York. Wenn sie nicht gerade schreibt, Kinder bändigt oder bei Autorenkonferenzen pflicht-bewusst Notizen macht, findet man sie beim Stretching – bis ganz nach oben ins oberste Regal, um dort ihren geheimen Schokoladenvorrat zu erreichen.

Melden Sie sich für Kylies Newsletter an, damit Sie keine ihrer Neuerscheinungen verpassen. https://www.kyliegilmore.com/DEnewsletter

Mehr finden Sie auf Kylies Website https://www.kyliegilmore.com/deutsch/